KB006718

WINESBURG, OHIO

와인즈버그, 오하이오

초판 1쇄 발행 | 2019년 8월 22일

지은이 셔우드 앤더슨
옮긴이 박영원
발행인 이대식

편집 김화영 나은심 손성원 김자윤
마케팅 배성진 박상준 **관리** 홍필례
디자인 모리스

주소 서울시 종로구 평창길 329(우편번호 03003)
문의전화 02-394-1037(편집) 02-394-1047(마케팅)
팩스 02-394-1029
홈페이지 www.saeumbook.co.kr
전자우편 saeum98@hanmail.net
블로그 blog.naver.com/saeumpub
페이스북 facebook.com/saeumbooks
인스타그램 instagram.com/saeumbooks

발행처 (주)새움출판사
출판등록 1998년 8월 28일(제10-1633호)

ISBN 979-11-89271-79-4 04800
ISBN 979-11-89271-33-6 (세트)

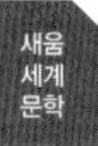

WINESBURG, OHIO

SHERWOOD ANDERSON

와인즈버그, 오하이오

셔우드 앤더슨

박영원 옮김

새움

차례 – 이야기와 그 주인공들

나의 어머니인 엠마 스미스 앤더슨을 기리며.

어머니의 당신 인생에 대한 예리한 관찰이

인생의 표면 아래를 보고자 하는 제 안의 갈증을

최초로 일깨워 주었기에 이 책을 어머니께 바칩니다.

일러두기

1. 셔우드 앤더슨의 『와인즈버그, 오하이오』는 1919년에 처음 발표되었다. 이 책은 Penguin Classics의 1992년판을 정본으로 삼았다.
2. 등장인물의 이름과 지명 표기는 국립국어원의 외래어 표기법에 따르되, 현재 널리 쓰이는 표기법을 참고했다.
3. 본문 하단의 설명은 역자의 주이다.

기이한 사람들에 관한 책

THE BOOK OF THE GROTESQUE

그 작가는 하얀 콧수염을 기른 노인으로, 잠자리에 드는 데 다소 고충을 겪었다. 그가 살았던 집의 창문은 높은 곳에 위치했고 그는 아침에 잠에서 깨었을 때 나무를 볼 수 있기를 원했다. 한 목수가 창문과 같은 높이가 될 수 있게 침대를 수리하려고 왔다.

그 문제를 놓고 한바탕 법석이 벌어졌다. 남북전쟁 당시 군인이었던 목수는 작가의 방에 와서는 침대를 높이기 위한 목적으로 단壇을 만드는 것에 대해 말하려고 자리에 앉았다. 작가 주변에는 시가들이 흩어져 있어서 목수는 그것을 피웠다.

한동안 두 사람은 침대를 높이는 것에 관해 말하다가 이어 다른 것들에 대해서도 얘기했다. 군인이었던 목수는 전쟁이란 주제로 옮겨 갔다. 사실 그를 이 주제로 이끈 것은 작가였다. 목수는 한때 앤더슨빌 교도소의 죄수였고 형제를 잃었다.

그 형제는 굶어 죽었는데 이에 관해 얘기할 때마다 목수는 울었다. 목수는 그 노작가처럼 하얀 콧수염을 길렀고 울 때면 입술을 오므렸으며 콧수염이 위아래로 까딱거렸다. 시가를 입에 문 채 구슬피 우는 노인의 모습은 우스꽝스러웠다. 침대를 높이고자 했던 작가의 계획은 잊혔고 나중에 목수는 자기 나름의 방식으로 침대를 높였으나 나이가 예순이 넘었던 작가는 밤이면 손수 의자를 이용해 침대로 가야 했다.

침대에서 작가는 옆으로 뒤척이다가 아주 가만히 누워 있었다. 수년간 그는 그의 심장에 관한 생각으로 괴로워했다. 그는 담배를 아주 많이 피웠고 이에 심장은 퍼덕거렸다. 언젠가는 갑작스럽게 죽을 수도 있다는 생각이 들어서 잠자리에 들 때면 항상 그것에 대해 생각했다. 이런 생각이 그를 놀라게 하진 않았다. 그 효과는 사실 매우 특별한 것이었고 쉽게 설명하기 힘들었다. 다른 어떤 시간보다, 침대에 있을 때 그 생각은 그를 더 생기 있게 했다. 그는 전혀 꼼짝도 하지 않은 채 누워 있었고 육신은 나이가 들어 더 이상 큰 쓸모가 없었지만 그의 안에 있는 뭔가는 아주 젊었다. 그는 임신한 여자와 같았는데 다만 그의 안에 있던 것은 아기가 아니라 젊음이었다. 아니, 그것은 젊음이 아니라 여자로, 기사처럼 쇠미늘 갑옷을 입고 있는 젊은 여자였다. 당신도 알다시피, 높은 침대에 누워 심장이 퍼덕거리는 소리를 듣고 있을 때에 그 노작가의 내부에 있는 것이 무엇이었는지 말하려 애쓰는 것은 터무니없는 일이다. 우리가 알아야 할 바는 그 작가가, 또는 작가

안에 있는 그 젊은 것이 무엇에 대해 생각하고 있었느냐 하는 것이다.

세상의 모든 사람들과 마찬가지로, 노작가는 오랫동안 살아오면서 그의 머릿속에 매우 많은 생각들을 지니고 있었다. 그는 한때 매우 잘생겼고 몇 명의 여자들이 그와 사랑에 빠지기도 했다. 그리고 당연히, 그는 당신과 내가 사람들을 아는 방식과는 달리 별나게 은밀한 방식으로 사람들을, 그것도 많은 사람들을 알고 있었다. 어쨌든 그것이 작가가 생각했던 바였고 그 생각이 그를 기쁘게 했다. 노인이 지닌 생각을 두고 그와 언쟁할 이유가 있을까?

침대에서 작가는 꿈이 아닌 꿈을 꾸었다. 조금씩 졸리기 시작했지만 그는 여전히 의식이 있었고 그런 그의 눈앞에 사람들이 나타나기 시작했다. 작가는 자신 안에 있던 형용할 수 없는 젊은 뭔가가 자신의 눈앞에서 사람들의 긴 행렬을 몰아대고 있는 것이라고 상상했다.

이 모든 것에 대한 호기심은 작가의 눈앞을 지나갔던 그 사람들에게서 기인함을 당신은 알 수 있다. 그들은 하나같이 기이했던 것이다. 작가가 이전에 조금이라도 알고 있었던 남자와 여자들 모두가 기이하게 변해 갔다.

기이했던 그 사람들 모두가 끔찍하기만 한 것은 아니었다. 어떤 사람들은 재미있었고, 어떤 이들은 매우 아름다웠는데, 일그러져 보일 만큼 아주 핼쑥한 한 여자는 그녀의 기이함으로 인해 노인을 아프게 했다. 그녀가 지나칠 때 노인은 마치 작은 개가 낑낑거리는 듯한 소리를 냈다. 만약 당신이 그 방으로 들어왔다면 아마도 노인이 불쾌한 꿈을 꾸었거나 아니면 소화불량에 걸렸다고 생각했을 것이다.

약 한 시간에 걸쳐 기이한 인물들의 행렬이 노인의 눈앞을 지나갔고 이어 비록 고통스럽긴 했지만 그는 침대에서 기어 나와 글을 쓰기 시작했다. 기이한 인물들 중 한 명이 그에게 깊은 인상을 남겨서 그는 이를 묘사하고 싶어 했다.

작가는 책상에서 약 한 시간 동안 일했다. 결국 그는 그가 이름 붙인 '기이한 사람들에 관한 책'이란 책을 썼다. 이 책은 결코 출판된 적이 없었지만 나는 한 번 본 적이 있었고 그것은 내 마음속에 지울 수 없는 인상으로 남았다. 그 책에 담긴 어떤 중심적인 생각은 매우 이상해서 항상 나의 뇌리에 남아 있었다. 그것을 기억함으로써 나는 전에는 결코 이해할 수 없었던 많은 사람들과 사물들을 이해할 수 있었다. 그 생각은 복잡했으나 이를 단순히 표현해 보자면 다음과 같은 것이라고 할 수 있겠다.

세상이 젊었던 태초에는 아주 많은 생각이 있었지만 진실이라는 형태로는 결코 존재하지 않았다. 사람이 스스로 진실을 만들었고 각 진실들은 아주 많은 애매한 생각들의 혼합체였다. 세상의 대부분은 진실들이었고 그것들은 모두 아름다웠다.

노인은 그의 책에 수백 가지의 진실들을 열거했다. 그것들 모두를 당신에게 말하려고 애쓰진 않겠다. 순결이라는 진실, 열정이라는 진실, 부와 가난, 절약과 낭비, 부주의함과 방종이라는 진실이 있었다. 수만 가지의 진실들이 있었고 그것들은 모두 아름다웠다.

이어 사람들이 다가왔다. 등장할 때에 사람들은 각자 진실 중 하나를 낚아챘으며 아주 힘이 센 몇몇 사람들은 열몇 개를 낚아채기도 했다.

사람들을 기이하게 만든 것은 바로 진실들이었다. 이 문제에 관해 노인은 아주 정교한 이론을 지니고 있었다. 그들 중 한 명이 하나의 진실을 그의 것으로 취하고, 이를 그의 진실이라 칭하고, 그리고 그것에 따라 인생을 살아가려고 애쓰는 바로 그때, 그는 기이하게 변했고 그가 품었던 진실은 거짓이 되었다는 것이 작가의 견해였다.

노인이, 인생 전부를 글쓰기에 보냈고 단어들로 둘러싸여 지냈던 그 노인이 이 문제에 관해 어떻게 수백 페이지를 써나가려 했는지 당신 스스로 알 수 있다. 그 주제는 노인의 마음에 아주 크게 자리를 잡아서 바로 그 자신이 기이하게 변해버릴 위험이 있었다. 나의 추정으로는, 그 책을 결코 출판하지 않았던 것과 똑같은 이유 때문에 노인은 기이하게 변하지 않았다. 노인을 구원했던 것은 그의 내면에 있던 그 젊음이었다.

작가를 위해 침대를 수리했던 늙은 목수에 관해서는, 그가 소위 매우 평범한 사람들이라고 불리는 많은 이들과 마찬가지로, 작가의 책에 나오는 모든 기이한 사람들 중 이해 가능하고 사랑스러운 것들과 가장 닮은 사람으로 변했기 때문에 그를 언급했을 뿐이다.

손

HANDS

작은 체구에 뚱뚱한 한 노인이, 오하이오주 와인즈버그 마을 근처의 한 협곡 끝자락에 위치한 작은 목조 가옥의 반쯤 부패한 베란다에서 초조하게 서성거렸다. 클로버 씨를 뿌렸지만 노란색의 겨자 식물 잡초만 무성했던 기다란 들판 너머로, 밭에서 돌아오는 산딸기 따는 일꾼들로 가득 찬 마차가 공용도로를 따라 달리는 모습이 눈에 들어왔다. 산딸기 따는 일꾼들, 즉 젊은 남자와 여자들은 웃으면서 떠들썩하게 소리를 질러 댔다. 파란 셔츠 차림의 한 소년이 마차에서 뛰어내리더니 여자들 중 한 명을 끌어내리려고 했고 이에 그 여자는 비명을 지르면서 새된 목소리로 항의했다. 길에 있던 소년의 발이 먼지를 걷어차서 저물어 가는 태양을 배경으로 한 무리의 먼지가 떠다녔다. 기다란 밭 너머로 여자 같은 가느다란 목소리가 들려왔다. "오, 당신 윙 비들바움, 머리를 빗어요, 머리카락이 눈까지 흘러내리잖아요." 명령하는 그 목소리는 마치 헝클어진 한 움큼의 머리카락을 정리하듯 하얀 맨 이마를 작은 손으로 초조히 만지작거리는 대머리의 그 남자에게로 향했다.

일단의 유령 같은 의심들로 인해 늘 두려워하고 괴로워하는 윙 비들바움은 자기 자신을 20년 동안 살았던 마을의 일부분이라고는 그 어떤 식으로도 생각하지 않았다. 와인즈버그의 모든 사람들 중 단 한 명을 제외하고는 누구도 그에게 가까이 다가오지 않았다. 그가 우정과 비슷한 뭔가를 형성했던 이는 뉴 윌라드 하우스의 주인인 톰 윌라드의 아들 조지 윌라드였다. 조지 윌라드는《와인즈버그 이글》의 기자였고 가끔 저녁이면 밖으로 나와 윙 비들바움의 집으로 이어지는 공용 도로를 따라 걸어가곤 했다. 초조한 듯 손을 움직여 대며 베란다에서 서성거리던 그 노인은 조지 윌라드가 와서 그와 함께 저녁 시간을 보내기를 바라고 있었다. 산딸기 일꾼들을 태운 마차가 지나간 뒤 노인은 키 큰 겨자 식물 잡초를 헤치며 밭을 가로지른 후, 울타리 위로 올라가면서 마을로 이어지는 도로를 애타게 응시했다. 잠시 동안 그는 양손을 비비면서, 또 길 아래위를 쳐다보며 서 있다가 두려움이 엄습해 오자 급히 발길을 돌려 자신의 집 현관을 향해 걸어갔다.

조지 윌라드와 함께 있을 때면, 20년 동안 마을의 미스터리였던 윙 비들바움은 소심함에서 벗어났고 의심의 바다에 가라앉아 있어 잘 보이지 않던 그의 개성이 세상을 보고자 밖으로 나왔다. 그 젊은 기자가 옆에 있으면 윙 비들바움은 대낮에도 대담히 중심가에 발을 들여놓거나 곧 무너질 듯한 자신의 집 현관 주변을 성큼성큼 왔다 갔다 하면서 흥분에 차 얘기하곤 했다. 낮고 떨리는 목소리는 날카롭고 큰 소리로 바뀌었다. 굽었던 몸은 곧추세워졌다. 어부에 의해 시냇물로 다시 돌아온 물고기처럼, 말이 없던 비들바움은 몸을 꿈틀거리면서 침묵했던 다년간 그의 마음속에 쌓아 왔던 생각들을 말로 나타내려 애쓰며 얘기하기 시작했다.

윙 비들바움은 손으로 말을 많이 했다. 언제나 활동적이며, 또 언제나 그의 주머니나 등 뒤에 숨기려 했던 그 가늘고 표현력 넘치는 손가락들이 앞으로 나와 얘기하는 그를 움직이는 장치가 되었다.

윙 비들바움의 이야기는 손에 관한 이야기다. 갇힌 새의 퍼덕거리는 날개처럼, 가만히 있지 못하는 손의 움직임이 그에게 그 이름을 선사했다. 잘 알려지지 않은 마을의 어떤 시인이 그 이름을 생각해 냈던 것이다. 그의 손은 주인을 놀라게 했다. 그는 손들을 계속 숨기길 원했고, 다른 사람들, 즉 밭에서 그의 옆에서 일하거나, 그를 지나치거나, 졸음에 겨운 말들을 시골길로 몰고 가는 사람들의 조용하고도 무표정한 손들을 놀라워하며 바라봤다.

조지 윌라드에게 말을 할 때, 윙 비들바움은 주먹을 쥐어 테이블이나 집의 벽들을 두드렸다. 그러한 행동이 그를 더욱 편안하게 했다. 둘이서 밭을 걷다가 말하고 싶은 욕구가 생기면 그는 그루터기나 울타리의 평평한 부분을 찾아 이를 손으로 두들기면서 편안해진 새로운 마음으로 분주히 얘기했다.

윙 비들바움의 손에 대한 이야기는 그 자체로 책을 쓸 만한 가치가 있다. 호의적으로 말하자면 그것은 잘 알려지지 않은 사람들에게 내재된, 이상하고 아름다운 많은 특질들을 드러내곤 했다. 이는 시인들이 해야 할 일이다. 와인즈버그에서 그 손은 단지 그것들의 움직임만으로도 주목을 끌었다. 그 손을 이용해 윙 비들바움은 하루에 140쿼트*에 달하는 딸기를 땄다. 그 손은 그의 두드러진 특징이자 명성의 원천이 되었다. 또한 그것은 이미 기이하고 알기 힘든 개성을 더욱 기이하게 만들었다. 와인즈버그는 은행가 화이트의 새로운 석조 주택을 자랑스러워하는 것처럼, 클리블랜드의 '2분 15초 트로트'** 가을 경주에서 우승했던 웨슬리 모이어의 적갈색 종마 토니 팁을 자랑스러워하는 것처럼 윙 비들바움의 손을 자랑스러워했다.

조지 윌라드로 말할 것 같으면, 그 손에 대해 여러 번 질문하고 싶었다. 때로는 주체하기 힘든 호기심이 그를 사로잡기도 했다. 조지는 그 손들의 이상한 행동이나 이를 한사코 숨기고 싶어 하는 경향에는 분명 어떤 이유가 있다고 느껴서,

* 약 133리터. 쿼트(quart)는 야드파운드법에 의한 부피의 단위로 1쿼트는 미국에서 약 0.95리터에 해당한다.

** 경주 종목 중 하나로 일정 거리를 2분 15초보다 얼마나 빨리 달리는지, 혹은 2분 15초 동안 얼마나 많은 거리를 달렸는지에 따라 순위를 결정한다.

그의 마음속에 자주 품고 있던 질문들을 불쑥 내뱉고 싶었으나 오직 윙 비들바움에 대한 커져 가는 존경심 때문에 이를 참았다.

한번은 거의 질문할 뻔한 적이 있었다. 둘은 어느 여름날 오후 밭을 걸어가다가 풀로 덮인 둑에 멈춰 앉았다. 오후 내내 윙 비들바움은 영감을 받은 사람처럼 이야기했다. 그는 한 울타리 옆에 멈춰 서더니 커다란 딱따구리처럼 평평한 울타리 윗부분을 쳐가며 조지 윌라드가 사람들의 얘기에 너무 많이 영향을 받는 경향이 있다고 비난하면서 그에게 소리 질렀다. "넌 네 자신을 파괴하고 있어." 그가 울부짖었다. "혼자 있으려 하고 꿈꾸려는 성향이 있으면서도 꿈을 두려워하지. 너는 이 마을의 다른 사람들처럼 되길 원해. 사람들의 얘기를 듣고 그들을 흉내 내려 애쓴다고."

풀로 덮인 둑에서 윙 비들바움은 그의 요점을 다시 알아듣게 하려고 노력했다. 그의 목소리는 부드러워지고 추억에 잠겼으며 만족스러운 한숨과 함께 꿈에서 길을 잃은 사람처럼 두서없이 길게 말하기 시작했다.

꿈에서 빠져나온 윙 비들바움은 조지 윌라드에게 한 장면을 보여 주었다. 그 장면에서 사람들은 어떤 목가적인 황금시대에 다시 살고 있었다. 초록색의 넓은 전원을 가로질러 날씬한 젊은이들이 나타났는데 어떤 이는 맨발이었고 어떤 이는 말 위에 올라타고 있었다. 젊은이들은 그렇게 떼를 지어 한 작은 정원의 나무 아래에 앉아 있던 어떤 노인의 발치로 모여들었고 노인은 그들에게 얘기했다.

웡 비들바움은 완전히 영감에 사로잡혔다. 이번에는 그의 손에 대해 잊어버렸다. 손들은 살며시 앞으로 나오더니 조지 윌라드의 어깨 위에 내려앉았다. 말하는 그의 목소리로 새롭고 대담한 뭔가가 들어왔다. "넌 네가 배웠던 모든 것들을 잊으려 노력해야만 해." 노인이 말했다. "넌 반드시 꿈꾸기 시작해야 해. 지금부터는 아우성치는 목소리들로부터 너의 귀를 닫아야만 해."

잠깐 말을 멈추고 웡 비들바움은 오랫동안 진지하게 조지 윌라드를 바라보았다. 그의 눈이 이글거렸다. 그는 다시 손을 들어 소년을 어루만졌고 이어 공포의 표정이 그의 얼굴을 휩쓸고 지나갔다.

웡 비들바움은 발작적으로 몸을 움직이더니 벌떡 일어나 손을 바지 주머니로 깊숙이 밀어 넣었다. 그의 눈에 눈물이 맺혔다. "집에 가야겠어. 너와 더 이상 얘기할 수가 없구나." 그가 초조하게 말했다.

당혹스러움과 두려움에 사로잡힌 조지 윌라드를 풀 덮인 경사지에 남겨 둔 채, 노인은 뒤도 돌아보지 않고 서둘러 비탈 아래로 내려가 목초지를 가로질러 갔다. 소년은 두려움에 몸을 떨면서 몸을 일으켜 마을로 향하는 길을 따라 걸었다. "그의 손에 관해 묻지 않을 거야." 노인의 눈에 나타났던 공포를 떠올리면서 조지는 생각했다. "뭔가 잘못된 일이 있었겠지만 그게 뭔지 알고 싶지 않아. 그의 손은 나와 모든 사람에 대한 그의 공포와 관련이 있어."

그리고 조지 윌라드의 생각이 맞았다. 손의 이야기를 잠시 살펴보기로 하자. 아마 그 손에 관한 우리의 이야기는 한 시인을 일깨워 그로 하여금 어떤 영향력(그 손은 이 영향력을 암시하는 펄럭이는 휘장에 불과했다)에 관한 숨겨진 놀라운 이야기를 들려주게 할 것이다.

젊은 시절에 윙 비들바움은 펜실베이니아의 한 마을에서 선생님으로 일했다. 당시엔 윙 비들바움이 아닌 어감이 좀더 좋지 않은 아돌프 마이어스란 이름으로 알려졌다. 아돌프 마이어스로서, 그는 학교의 소년들로부터 많은 사랑을 받았다.

아돌프 마이어스는 천성적으로 소년들의 선생님이 될 성향을 지니고 있었다. 그는 권력을 아주 부드럽게 사용해서 그것이 사랑스러운 약점으로 간주되는, 보기 드물고 잘 이해되지 않는 사람들 중 한 명이었다. 그런 사람들의 경우 자신들이 맡고 있는 소년들에 대한 그들의 감정은, 남자를 사랑함에 있어 보다 섬세한 여자들의 그것과 별반 다르지 않다.

그럼에도 이는 대충 서술된 것에 지나지 않는다. 여기에는 시인들이 필요하다. 학교의 소년들과 함께, 아돌프 마이어스는 저녁에 산책을 하거나 혹은 날이 어둑해질 때까지 어떤 한 종류의 꿈에 빠진 채 학교 건물 계단에 앉아 이야기하곤 했다. 그의 손은 소년들의 어깨를 어루만지거나 헝클어진 머리를 만지면서 여기저기를 누비고 다녔다. 얘기할 때 목소리는 부드러워지고 음악처럼 듣기 좋게 변했다. 그 말 안에도 역시 어떤 어루만짐이 있었다. 어떤 면에서 목소리와 손들, 어깨 치기, 그리고 머리카락을 건드리는 일은 소년들의 마음속으로 꿈을 끌어들이기 위한 교사의 노력 중 일부였다. 교사는 손가락에 내재돼 있던 그 어루만짐을 통해 자기 자신을 표현했다. 삶을 창조하는 힘이 집중되어 있지 않고 분산되어 있는 그런 사람들 중 한 명이 바로 그였다. 그의 손의 어루만짐을 통해 소년들의 마음에서는 의심과 불신이 사라졌으며 소년들 역시 꿈을 꾸기 시작했다.

이어 비극이 일어났다. 학교의 한 멍청한 소년이 그 젊은 선생님에게 매혹된 것이다. 소년은 밤이면 침대에서 입에 담기 힘든 것들을 상상했고 아침이면 밖으로 나가 이를 사실인 것처럼 말했다. 이상하고 끔찍한 혐의 제기가 되는대로 말하는 그 소년의 입술에서 터져 나왔다. 그 펜실베이니아 마을 전체에 한기가 돌았다. 아돌프 마이어스에 대해 사람들이 마음속에 품고 있던 숨겨지고 어슴푸레한 의심들이 확신으로 변해갔다.

비극은 오래가지 않았다. 떨면서 침대에서 뛰쳐나온 아이들은 이의를 제기했다. 어떤 소년이 말했다. "그가 팔로 나를 껴안았어." 또 다른 아이는 말했다. "선생님의 손가락은 항상 내 머리카락을 어루만졌어."

어느 날 오후, 술집을 운영하는 헨리 브래드포드라는 마을 남자가 학교 정문에 나타났다. 그는 아돌프 마이어스를 학교 운동장으로 불러내서는 주먹으로 때리기 시작했다. 남자의 단단한 손가락 관절이 겁에 질린 교사의 얼굴을 때리는 동안 남자의 분노는 더욱더 지독해졌다. 경악하여 비명을 지르며 아이들은 불안해하는 곤충들처럼 이리 뛰고 저리 뛰었다. "내 아이에게 손대는 방법을 가르쳐 주지, 이 짐승 같은 놈아." 그렇게 으르렁거리던 술집 주인은 교사를 때리는 데 지치자 운동장 부근에서 그를 발로 차기 시작했다.

그날 밤 아돌프 마이어스는 펜실베이니아의 그 마을에서 쫓겨났다. 손에 랜턴을 든 열몇 명의 남자들이 그가 혼자 살고 있던 집의 문으로 몰려와 옷을 입고 밖으로 나오라고 명령했다. 비가 오고 있었고 남자들 중 한 명은 손에 로프을 들고 있었다. 남자들은 교사를 목매달아 버릴 작정이었지만 그토록 작고, 창백하고, 측은한 교사의 모습에 깃든 뭔가가 그들의 마음을 건드려 탈출하도록 내버려 두었다. 교사가 어둠 속으로 도망치자 남자들은 자신들의 나약함을 후회하면서 욕을 하고 막대기를 던지고 부드러운 진흙으로 큰 공을 만들어, 비명을 지르며 어둠 속으로 더욱더 빠르게 도망치던 교사를 향해 던지며 뒤쫓았다.

아돌프 마이어스는 와인즈버그에서 혼자서 약 20년을 살았다. 40세에 불과했음에도 65세로 보였다. 비들바움이란 이름은 동쪽의 오하이오 마을을 서둘러 통과할 때 한 화물역에서 본 어떤 상품 상자에서 얻은 것이었다. 와인즈버그에는 닭을 키웠던 검은 이빨을 가진 늙은 숙모가 살았고, 그는 숙모가 죽을 때까지 함께 살았다. 펜실베이니아에서의 경험이 있은 후 약 1년 동안 앓아 누웠으며, 회복이 된 후에는 밭에서 일용 노동자로 일했는데 밖에서 다닐 때는 자신감이 없었고 손을 숨기고자 무척 애를 썼다. 비록 무슨 일이 벌어졌던 것인지 이해하진 못했지만 그는 자신의 손이 비난받아야 한다고 느꼈던 것이다. 그 소년의 아버지는 계속해서 그 손에 관해 얘기했었다. "아무것도 손대지 마." 운동장에서 분노에 차 춤을 추듯 움직여 대면서 이렇게 술집 주인은 으르렁댔었다.

협곡 부근에 있는 자신의 집 베란다에서 윙 비들바움은 해가 사라지고 들판 너머의 길들이 회색 그림자들 속으로 사라져 갈 때까지 계속해서 서성거렸다. 집 안으로 들어간 그는 빵을 얇게 썬 다음 위에다 꿀을 발랐다. 그날 수확한 산딸기로 가득 찬 급행 화물차량을 수송하는 저녁 기차 소리가 지나간 후 여름밤의 고요를 되찾자 윙 비들바움은 다시 베란다에서 서성댔다. 어둠 속에서 윙 비들바움은 손을 볼 수 없었고 그것들은 조용했다. 비록 그는 여전히 그 소년의 존재를 갈망했지만, 그리고 그 소년은 사람에 관한 그의 사랑을 표현하는 매개체였지만, 그 갈망은 다시 자신의 외로움과 기다림의 일부가 되었다. 윙 비들바움은 램프에 불을 밝힌 뒤 간단한 식사로 더러워진 몇 개 안 되는 접시들을 닦았고, 현관으로 이어지는 망이 쳐진 문 옆에서 접이식 침대를 정리하면서 잠자기 위해 옷 벗을 준비를 했다. 깨끗하게 청소한 식탁 옆 마룻바닥에는 하얀 빵 조각들이 흩어져 있었는데 그는 작은 의자에 램프를 올려놓은 후 빵 조각들을 주워서 믿을 수 없을 만큼 빠른 동작으로 한 개씩 한 개씩 입으로 가져갔다. 테이블 아래 짙은 빛의 얼룩들 속에서, 무릎 꿇은 그의 모습은 중요한 의식을 행하는 교회의 사제처럼 보였다. 초조한 듯 표정이 담긴 그 손가락들, 불빛 속에서 나타났다 사라지는 그 손가락들은 아마도 오랜 시간 동안 계속해서 묵주 위를 재빠르게 오가는 열성적인 신도의 그것으로 오인될 수도 있을 것이다.

종이 뭉치들

PAPER PILLS

그는 흰 턱수염을 기르고 커다란 코와 손을 가진 노인이었다. 우리가 그를 알기 오래전부터 그는 의사였고 와인즈버그 거리를 통과하여 이 집 저 집으로 지친 흰색 말을 타고 다녔다. 나중에 그는 부자인 여자와 결혼했다. 그녀의 아버지가 죽으면서 비옥한 커다란 농장을 남겼던 것이다. 여자는 조용했고 키가 컸으며 피부색은 검었는데 많은 이들에게 그녀는 매우 아름답게 보였다. 와인즈버그의 모든 사람들이 그녀가 왜 그 의사와 결혼했는지 궁금해했다. 결혼한 지 1년이 안 되어 그녀는 죽었다.

의사의 손가락 관절은 유별나게 컸다. 주먹을 쥐면 그것들은 철골로 한데 묶인 호두만큼이나 큰, 페인트칠하지 않은 나무 공들의 뭉치처럼 보였다. 그는 옥수수 속대로 만든 파이프로 담배를 피웠고 아내가 죽은 후에는 거미줄이 쳐진 창문을 닫은 채 자신의 사무실에서 온종일 앉아 있었다. 의사는 그 창문을 결코 열지 않았다. 8월의 어느 더운 여름날에 창문을 열려고 해보았지만 꼼짝달싹하지 않았고 이후에는 창문 여는 일을 완전히 잊어버렸다.

와인즈버그는 그 노인을 잊어버렸지만, 그 닥터 리피에게서는 매우 섬세한 뭔가가 묻어났다. 닥터 리피는 '파리스 직물 회사' 가게 위쪽의 헤프너 구역에 있는 퀴퀴한 그의 사무실에 홀로 앉아 끊임없이 어떤 일을 했는데, 그것은 자신이 파괴시키곤 했던 뭔가를 쌓아 올리는 것이었다. 그는 작은 진실의 피라미드를 세웠고, 피라미드를 세운 후 이를 다시 무너뜨림으로써 아마 다른 피라미드를 세울 진실을 갖게 되었을지도 모른다.

키가 컸던 닥터 리피는 옷 한 벌을 10년 동안 입고 다녔다. 소매 부분이 해어졌고 무릎과 팔꿈치 부위에는 작은 구멍들이 생겼다. 사무실에서도 역시 아마 섬유로 만든 작업복을 입었으며 그는 그 옷의 커다란 주머니 속을 종잇조각들로 계속해서 채웠다. 몇 주가 지나면 그 종잇조각들은 작고 단단한 둥근 공이 되었고 주머니가 가득 차면 이를 바닥에 쏟아 버렸다. 10년간 의사에게는 친구가 오직 한 명 있었는데, 바로 작은 묘목장을 소유하고 있던 존 스패니어드란 이름의 노인이었다. 가끔 늙은 닥터 리피는 장난을 치고 싶은 기분이 들어 주머니에서 종이 공을 한 움큼 꺼내 묘목장 주인에게 던졌다. "널 놀려 먹는 거야, 이 태평하기 짝이 없는 늙은 감상주

의자야." 그는 배를 잡고 웃어 대며 이렇게 소리쳤다.

닥터 리피, 그리고 그의 아내가 되고 그에게 돈을 유산으로 남겼던 키 크고 어두운 피부의 그 소녀와 닥터 리피의 연애는 매우 흥미로운 이야기다. 그것은 와인즈버그의 과수원에서 자라는 뒤틀린 작은 사과들처럼 맛이 있다. 가을이 되어 과수원을 거닐다 보면 바닥에 있는 서리로 땅이 딱딱해졌음을 알게 된다. 일꾼들은 나무에서 사과를 딴다. 그렇게 수확된 사과는 통에 담겨 책과 잡지, 가구, 그리고 사람들로 가득 찬 아파트가 있는 도시로 실려 가 소비된다. 나무에는 일꾼들이 외면한 뒤틀린 사과 몇 개만이 남아 있다. 그것들은 닥터 리피의 손가락 관절처럼 보인다. 야금야금 먹어 보면 사과는 아주 맛있다. 사과 한쪽 면의 작고 둥근 곳에 그 사과가 가진 달콤함이 모두 모여 있기 때문이다. 어떤 이는 얼어붙은 땅 위로 이 나무 저 나무 사이를 뛰어다니며 쭈글쭈글 뒤틀린 사과들을 주워 담아 주머니를 가득 채운다. 오직 소수의 사람들만이 뒤틀린 사과의 달콤함을 안다.

그 여자와 닥터 리피는 어느 여름날 오후에 교제를 시작했다. 그가 45세였을 때였고 이미 그때부터 주머니를 종잇조각들로 채우고 이어 그것들이 딱딱한 공으로 변하면 던져 버리는 습관이 시작됐었다. 그 습관은 그가 지친 흰색 말이 끄는 마차에 앉아 천천히 시골길을 지나갈 때 형성됐다. 종이에는 생각들, 생각들의 끝, 생각들의 시작이 적혀 있었다.

닥터 리피의 마음이 하나씩 하나씩 생각을 만들어 갔다.

그것들 중에서 닥터 리피는 자신의 마음속에 거대하게 일어나는 한 진실을 형성했다. 그 진실은 세상을 구름처럼 덮었다. 그것은 끔찍하게 변했다가 이어 사라졌고 작은 생각들이 다시금 시작되곤 했다.

키 크고 어두운 피부의 그녀가 닥터 리피를 찾아왔던 이유는 임신 중이어서 두려워졌기 때문이었다. 역시 일련의 별난 상황들 때문에 여자는 그런 상황에 처하게 됐다.

아버지와 어머니의 죽음, 그리고 유산으로 받게 된 기름진 땅으로 인해 구혼자들이 줄을 섰다. 2년 동안 그녀는 거의 매일 저녁마다 구혼자들을 만났다. 두 명을 제외하고 그들은 모두 똑같았다. 구혼자들은 그녀에게 열정에 관해 얘기했고 그녀를 바라볼 때 그들의 목소리와 눈에서 부자연스러운 진지함이 드러났다. 달랐던 그 둘은 서로 딴판이었다. 그들 중 한 명인, 흰 손을 가진 홀쭉한 젊은이는 와인즈버그 보석공의 아들로 줄기차게 처녀성에 대해 말했다. 그녀와 함께 있을 때면 이 주제를 빼놓는 법이 없었다. 큰 귀에 검은 머리카락을 지닌 다른 한 명은 아무 말도 하지 않고 어떻게 해서든 그녀를 어두운 곳으로 데려가고자 애썼으며 거기서 키스를 시작했다.

키 크고 어두운 피부의 여자는 한동안 보석공의 아들과 결혼하고자 마음먹었다. 그가 얘기하는 몇 시간 동안 아무 말 없이 듣고 앉아 있던 그녀는 뭔가가 겁나기 시작했다. 처녀성에 대해 얘기하는 남자의 말 배후에 다른 사람들보다 훨씬 큰 욕정이 있다고 생각하기 시작했다. 때로는 남자가 말을 할 때 그가 자신의 몸을 손으로 붙잡고 있는 것처럼 여겨졌다. 여자는 그가 자신의 몸을 흰 손 안에서 교대로 천천히 돌리다가 노려본다고 상상했다. 밤이면 그가 그녀의 몸을 물어뜯어 남자의 턱에서 피가 뚝뚝 떨어지는 꿈을 꾸었다. 여자는 이런 꿈을 세 번 꾸었고, 이어 어떤 말도 없이 정열의 순간에 실제로 그녀의 어깨를 깨물어 며칠 동안 이빨 자국을 남겼던 그 남자로 인해 임신하게 되었다.

키 크고 어두운 피부의 여자는 닥터 리피를 알게 된 후 의사의 곁을 다시는 떠나고 싶지 않다는 생각이 들었다. 어느 날 아침, 그녀가 의사 사무실에 들어왔는데 아무 말이 없었음에도 의사는 여자에게 무슨 일이 일어났는지 아는 것처럼 보였다.

그때 의사 사무실에는 와인즈버그에서 서점을 운영했던 남자의 아내가 와 있었다. 구식인 모든 시골 의사들처럼 닥터 리피는 이빨을 당겼고 기다리고 있던 여자는 손수건을 입에 문 채 신음을 냈다. 남편이 그녀와 함께 있었는데 이빨을 뽑았을 때 둘 다 비명을 질렀으며 여자의 흰색 옷 위로 피가 쏟아졌다. 키 큰 어두운 피부의 소녀는 이에 전혀 신경 쓰지 않았다. 그 여자와 남자가 가고 난 후 의사는 미소 지었다. "나와 함께 시골로 드라이브를 하러 갑시다." 의사가 말했다.

몇 주 동안 키 크고 어두운 피부의 여자와 의사는 거의 매일 함께 있었다. 그녀로 하여금 의사를 찾아가게 했던 그 상황은 병의 단계로 보자면 고쳐졌지만, 그녀는 비틀린 사과의 단맛을 알게 된 사람과 같았고 이에 도시의 아파트에서 소비되는 완벽히 둥근 과일에는 더 이상 마음이 가지 않았다. 의사를 알게 되고 맞이한 가을에 여자는 닥터 리피와 결혼했고 이어 찾아온 봄에 죽었다. 그 겨울 동안 의사는 그가 종잇조각에 휘갈겨 썼던 온갖 자질구레한 생각들을 그녀에게 들려주었다. 그것들을 읽은 후 의사는 웃고는 이를 그의 주머니 속에 버려 둥글고 딱딱한 공이 되게 했다.

어머니

MOTHER

조지 윌라드의 어머니인 엘리자베스 윌라드는 키가 크고 수척했으며 얼굴에는 천연두로 인한 흉터가 남아 있었다. 비록 45세에 불과했지만 어떤 불분명한 질병이 그녀의 몸에서 열정을 앗아 갔다. 그녀는 빛바랜 벽지와 해어진 카펫을 쳐다보며 어수선하고 낡은 호텔을 무기력하게 거닐거나, 가능할 때는, 뚱뚱한 여행객들의 숙박으로 더러워진 침대를 객실 청소부처럼 정리하기도 했다. 호리호리하고 떡 벌어진 어깨에 품위가 있으며, 군인처럼 빠르게 걷고 검은 콧수염의 끝부분을 뾰족하게 높이고 다니는 그녀의 남편 톰 윌라드는 아내를 마음속에서 잊고자 애썼다. 복도를 천천히 통과하며 움직이는 키 크고 수척한 그 형상의 존재를 그는 자기 자신에 대한 책망으로 받아들였다. 아내가 생각날 때면 화가 나서 욕을 하기도 했다. 그 호텔은 채산이 맞지 않았고 언제나 파산 위기에 있어서 톰 윌라드는 그것에서 벗어나기를 원했다. 그리고 낡은 호텔과 거기에서 함께 사는 그녀를 패배하고 결딴난 것으로 간주했다. 톰 윌라드가 그토록 희망차게 인생을 시작했던 그 호텔은 이제 그렇게 대접받아 마땅한 유령에 불과할 뿐이었다. 멋지게 차려입고 사업가처럼 와인즈버그의 거리를 통과해 지날 때면 그는 가끔 호텔과 여자의 영혼이 거리에까지 따라오는 것을 두려워하기라도 하듯 걸음을 멈추고는 재빨리 뒤돌아보곤 했다. "빌어먹을 인생, 빌어먹을!" 그는 이렇게 부질없이 식식거렸다.

톰 윌라드는 마을 정치에 대한 열정을 갖고 있었으며 수년 동안 공화당 색채가 강한 지역 사회에서 선두적인 민주당원이었다. 그는 혼잣말로 언젠가는 정치의 흐름이 자신에게 호의적으로 바뀔 것이며 수년에 걸친 비효율적인 봉사 활동이 보상이 수여될 때에는 크게 인정받을 수 있을 거라고 생각했다. 그는 국회에 나가는 것을 꿈꾸었고 심지어 주지사도 꿈꿨다. 한번은 같은 당의 한 젊은이가 정치적인 회합에서 자리에서 일어나 자기의 충실한 봉사를 자랑하자 톰 윌라드는 분노로 인해 창백해졌다. "너, 입 닥쳐." 젊은이를 노려보며 그가 으르렁댔다. "봉사에 대해 네가 뭘 알지? 애송이가 아니면 넌 뭐야? 내가 여기서 한 일을 봐! 민주당원이 되는 게 곧 범죄였을 당시에 여기 와인즈버그에서 난 민주당원이었어. 옛날에는 정말 사람들이 총으로 우릴 사냥했단 말이야."

엘리자베스와 그녀의 외아들인 조지 사이에는 오래전에 없어진 그녀의 소녀 시절의 꿈에 기인하는, 깊고 표현되지 않은 연민이라는 유대관계가 존재했다. 아들이 있을 때면 그녀는 소심했고 속마음을 드러내지 않았지만 기자로서의 의무를 다하기 위해 아들이 마을로 서둘러 가고 난 동안에는 아들의 방으로 들어가 문을 닫고는 식탁으로 만든 창문 근처의 작은 책상 옆에 무릎을 꿇고 앉았다. 방의 책상 옆에서 그녀는 하늘을 향해 반은 기도이며, 반은 요구이기도 한 일종의 의식을 행했다. 그녀는 그 소년 같은 모습에서 한때 자신의 일부였으나 지금은 거의 잊힌 뭔가가 다시 창조되는 것을 볼 수 있기를 갈망했다. 기도는 그것에 관련된 것이었다. "내가 죽게 되더라도, 나는 어떻게 해서든 네가 패배하지 않게 할 거야." 그녀는 울부짖었고 그녀의 투지는 너무나 확고해서 몸 전체를 바르르 떨었다. 그녀는 눈을 이글거리며 주먹을 꽉 쥐었다. "만약 제가 죽은 후 아들이 나처럼 무의미하고 생기 없게 된다면, 다시 돌아올 겁니다." 그녀는 선언했다. "저는 신에게 지금 그런 특권을 내게 주기를 간청합니다. 그것을 요구합니다. 저는 대가를 치르겠어요. 신이 주먹으로 저를 칠 수도 있겠죠. 만약 제 아들이 우리 둘 모두를 위해 뭔가를 표현하는 게 허락되기만 한다면 저는 어떤 타격을 받는다 해도 받아들이겠어요." 자신 없이 잠깐 말을 멈춘 후 여자는 아들의 방을 둘러봤다. "그리고 아들이 영리해지거나 성공적이 되지 않도록 해 주세요." 애매하게 그녀가 덧붙였다.

조지 윌라드와 어머니 사이의 유대는 겉으로 볼 때 의미 없는 형식적인 것이었다. 그녀가 아파서 방 안의 창문 옆에 앉아 있으면 아들은 가끔 저녁에 방문하곤 했다. 둘은 작은 목조 건물 지붕 너머로 중심가가 내다보이는 창문 옆에 앉았다. 고개를 돌리면 다른 창문을 통해 중심가에 위치한 가게들 뒤편의 골목길을 따라 아브넬 그로프 빵집의 뒷문이 보였다. 가끔 그들이 앉아 있을 때면 이렇게 마을 일상의 그림이 나타났었다. 아브넬 그로프는 막대기나 빈 우유병을 손에 들고 가게 뒷문에 나타나곤 했다. 오랫동안 빵집 주인과 약국 주인인 실베스터 웨스트가 키우는 회색 고양이 사이에 불화가 있었다. 아들과 어머니는 그 고양이가 몰래 빵집 문으로 들어갔다가 욕을 해대며 팔을 휘두르는 빵집 주인을 뒤로한 채 다시 나타나는 모습을 보았다. 주인의 작은 눈은 충혈됐으며 검은 머리카락과 턱수염은 밀가루로 덮여 있었다. 가끔 그는 너무 화가 나서 고양이가 사라지고 난 후에도 막대기, 부서진 유리그릇, 심지어는 장사할 때 쓰는 도구들까지 던져 댔다. 어떨 땐 시닝이 운영하는 철물점의 뒤쪽 유리창을 깨기도 했다. 골목길에서 그 회색 고양이는 찢어진 종이와 깨진 우유병으로 가득 차서 검은 파리 떼가 날아다니는 통 뒤에 쭈그리고 앉았다. 한번은 혼자 있을 때, 빵집 주인의 계속되는 헛된 분노를 보고 난 후, 엘리자베스 윌라드는 그녀의 길고 흰 손에 머리를 묻은 채 울었다. 이후에는 골목길을 더 이상 쳐다보지 않고 수염 난 남자와 고양이 사이의 대결을 잊으려 애썼다. 그것은 소름 끼치도록 생생해서 마치 그녀 자신 인생의 반복 같아

보였다.

저녁에 아들이 어머니와 방에 함께 앉아 있을 때면 침묵 때문에 둘은 어색함을 느꼈다. 어둠이 다가왔고 역에는 저녁 기차가 들어왔다. 거리에서는 판자로 만든 인도 위를 많은 사람들이 위아래로 터벅거리며 걸어 다녔다. 저녁 기차가 떠나면 역 구내는 무거운 침묵에 휩싸였다. 통운 회사 직원인 스키너 리슨이 아마도 역의 플랫폼 거리만큼 트럭을 이동시킨 듯했다. 중심가에서는 웃으며 말하는 한 남자의 목소리가 들려왔다. 운송 회사 사무실의 문이 쾅 하고 닫혔다. 조지 윌라드는 일어나서 방을 가로질러 문고리를 더듬었다. 가끔 그는 의자를 덜커덕거려 바닥을 따라 긁기도 했다. 창문 옆에는 아무 움직임 없이 무기력한 아픈 여인이 앉아 있었다. 의자의 팔걸이 끝에 축 처져 있는 하얗고 창백한 긴 손이 보였다. "네가 밖에 나가서 아이들과 어울리는 편이 좋다고 생각해. 넌 너무 실내에만 있어." 아들이 떠나려는 기색에 당황하면서도 이를 누그러뜨리려 애쓰며 그녀가 말했다. "산책이나 할까 해요." 어색함과 당혹함을 느끼며 조지 윌라드가 대답했다.

7월의 어느 저녁, 뉴 윌라드 하우스 호텔에 일시적으로 묵었던 손님들이 뜸해지고, 오직 낮은 조도의 등유 램프로 밝혀진 복도가 어둠에 잠기자 엘리자베스 윌라드는 모험을 감행했다. 며칠간 아파서 침대에 누워 있었지만 아들은 그녀를 방문하지 않았다. 그녀는 걱정이 되었다. 그녀 몸속에 남아 있던 희미한 생명의 불은 근심으로 인해 불길로 커져 갔고 이에 침대 밖으로 나와 옷을 입고는 지나친 공포로 몸을 떨면서 복도를 따라 아들 방으로 서둘러 향했다. 가는 동안 그녀는 손으로 스스로를 진정시키고, 복도의 도배된 벽을 따라 빠져나가면서 힘겨워하며 숨을 내쉬었다. 공기가 그녀의 이빨 사이를 통과하며 쌕쌕하는 소리를 냈다. 서둘러 앞으로 나아가다가 그녀는 자신이 아주 바보 같다고 생각했다. "그 애는 또래 일들에 관심이 있는 거야." 여자가 혼자 중얼거렸다. "저녁에 여자아이들과 산책을 시작했는지도 모르지."

한때 아버지의 소유였고 마을 법원에서는 소유권이 아직 그녀의 이름 아래 속해 있는 그 호텔에서, 엘리자베스 윌라드는 호텔 손님들의 눈에 띄는 것을 두려워했다. 낡은 호텔이어서 이용객이 지속적으로 감소했으며 그녀는 자신 역시 낡았다고 생각했다. 그녀의 방은 한 후미진 구석에 있었고 일을 할 수 있다는 느낌이 들면 자발적으로 침대를 정리했는데, 손님들이 와인즈버그의 상인들과 장사를 하러 나가 있는 동안 할 수 있는 일이었기 때문에 이를 선호했다.

아들 방의 문 앞에서 바닥에 무릎을 꿇은 다음 안에서 들려오는 소리에 귀를 기울였다. 아들이 움직이는 소리와 낮은 톤으로 얘기하는 소리를 들었을 때 그녀의 입술에 미소가 떠올랐다. 조지 윌라드는 크게 혼잣말을 하는 버릇이 있었고 그런 아들의 목소리를 듣는 것은 어머니에게 항상 특별한 기쁨을 선사했다. 아들이 지닌 버릇은, 어머니가 느끼기에, 둘 사이에 존재하는 비밀스러운 유대감을 강화시켰다. 천 번이나 그녀는 이 문제에 대해 혼잣말로 속삭였다. "그 아이는 더듬어 가면서, 자기 자신을 찾고자 노력하고 있는 거야." 어머니는 생각했다. "그 아이는 둔한 돌대가리가 아니야, 말도 잘하고 똑똑해. 그 애 안에는 성장하려고 매진하는 비밀스러운 뭔가가 있어. 나 자신 안에서 죽게 내버려 뒀던 바로 그것이지."

어둠에 잠긴 복도의 문 앞에서 병든 여자는 몸을 일으켜 자신의 방을 향해 다시 나아갔다. 그녀는 문이 열리고 아들이 다가올까 봐 두려웠다. 안심할 만큼 거리가 멀어지고 두 번째 복도로 몸을 돌리려는 순간, 그녀는 자신을 덮친 나약함으로 인한 발작을 떨쳐야겠다고 생각하며 걸음을 멈추고 손으로 몸을 지탱하며 기다렸다. 아들이 방에 있으면 행복했었다. 오랜 시간 방 침대에 혼자 있을 때는 그녀를 찾아왔던 작은 두려움이 거인으로 변해 갔었다. 이제 그것들은 사라지고 없었다. "내 방으로 가서 자야겠군." 그녀는 감사하는 마음으로 중얼거렸다.

하지만 엘리자베스 윌라드는 침대로 돌아가 잠을 잘 운명이 아니었다. 어둠 속에서 몸을 떨며 서 있을 때 아들 방의 문이 열리더니 아버지인 톰 윌라드가 밖으로 걸어 나왔다. 문에서 쏟아져 나오는 불빛 속에서 그는 문고리를 잡은 채 서서 말했다. 그의 말은 여자를 격노케 했다.

톰 윌라드는 아들에 대해 야망을 갖고 있었다. 그는 항상 자기 자신을 성공적인 사람이라고 생각했다, 비록 자신이 했던 어떤 일도 성공적이지 못했지만 말이다. 그러나 뉴 윌라드 하우스에서 벗어나 아내 생각으로 인한 두려움이 없어질 때면 그는 으스대며 걸으며 자기 자신을 마을의 유지들 중 한 명으로 과장하기 시작했다. 그는 아들이 성공하길 원했다. 《와인즈버그 이글》에서 한 자리를 차지하도록 해준 사람이 바로 자신이었다. 진지함이 가득 담긴 말투로, 그는 중요한 행동 방침에 대해 조언하는 중이었다. "조지, 내 말을 들어 봐. 넌 좀더 정신 차려야 돼." 그가 날카롭게 말했다. "윌 핸더슨이 이 문제로 내게 세 번이나 말했어. 남들이 말을 할 때 넌 계속해서 듣지 않고 서투른 여자아이처럼 행동했다고 하더구나. 뭐가 널 괴롭히는 거냐?" 톰 윌라드가 온화하게 웃었다. "뭐, 네가 극복할 거라고 생각해." 톰이 말했다. "윌에게도 그렇게 말했다. 넌 바보가 아니고 여자도 아니라고. 넌 톰 윌라드의 아들이고 정신을 차릴 거라고. 난 걱정하지 않아. 네가 하는 말이 문제들을 해결하는 법이다. 신문기자가 된 것이 네 마음속에 작가가 되려는 생각을 불어넣었다 해도 괜찮아. 난 그저 네가 그걸 하기 위해서라도 정신을 차려야만 할 거라고 생각할 뿐이다. 알겠지?"

톰 윌라드는 복도를 따라 활기차게 걸어가서는 사무실로 향하는 계단으로 내려갔다. 톰이 지루한 저녁 시간을 사무실 문 옆 의자에서 졸며 이겨내려 애쓰는 손님과 웃으며 얘기하는 소리를 여자는 어둠 속에서 들을 수 있었다. 그녀는 아들 방의 문으로 돌아왔다. 신기하게도 나약함은 몸에서 사라졌고 이에 대담하게 걸음을 내디뎠다. 그녀의 머릿속에서는 천여 가지의 생각들이 질주했다. 의자로 바닥을 긁는 소리가 들리고 종이 위로 펜을 놀리는 소리가 들리자 여자는 다시 돌아서서 복도를 따라 자신의 방으로 돌아왔다.

와인즈버그 호텔 경영자의 패배한 아내의 마음속에 분명한 투지가 생겨났다. 그 투지는 수년간의 조용하면서도 다소 헛된 생각의 결과였다. "이제," 여자가 혼잣말을 했다. "난 행동하겠어. 내 아이를 위협하는 뭔가가 있고 난 그걸 물리칠 거야." 톰 윌라드와 아들 사이의 대화가 마치 둘 사이에 이해심이 존재하는 것처럼 꽤 침착하고 자연스러웠다는 점이 여자를 미치게 만들었다. 비록 수년 동안 남편을 증오해 왔지만 그 증오는 항상 전적으로 특정한 개인과는 상관 없는 것이었다. 그는 단지 그녀가 싫어했던 다른 어떤 것들 중 일부였을 뿐이다. 이제 문 앞에서의 몇 가지 단어들로 인해 그는 특정한 개인이 되었다. 어두운 자신의 방에서 여자는 주먹을 쥐며 노려보았다. 벽에 박힌 못에 걸린 포대에서 기다란 바느질용 가위를 꺼낸 후 마치 단도처럼 손에 쥐었다. "그를 찌르겠어." 여자가 큰 소리로 외쳤다. "그가 악마의 목소리가 되기를 선택했으니 내가 죽일 거야. 내가 그를 죽이면 내 안에 있던 뭔가가 툭 끊어져서 나 역시 죽고 말겠지. 그건 우리 모두에게 해방이 될 거야."

톰 윌라드와 결혼하기 전 처녀 시절에, 와인즈버그에서 엘리자베스의 평판은 다소 위태로웠다. 수년간 그녀는 이른바 '연극에 미쳐' 있었고 이에 요란한 옷을 입고는 아버지 호텔에

묵었던 여행객들에게 그들이 머물렀던 도시에서의 일을 얘기 해달라고 조르면서 그들과 함께 거리를 행진했었다. 한번은 남자 옷을 입고는 자전거를 타고 중심가를 질주해 마을 사람들을 깜짝 놀라게 한 적도 있었다.

당시 그 키 크고 어두운 피부의 소녀는 마음속으로 무척 당황스러웠다. 그녀는 가만있지 못하고 매우 불안해했는데 이는 두 가지 방식으로 모습을 드러냈다. 첫 번째는 변화에 대한, 그녀의 인생에 있어 크고 분명한 변동에 대한 불안한 욕망이었다. 그녀의 마음을 무대로 향하게 만들었던 것이 바로 이러한 감정이었다. 그녀는 어떤 극단에 소속되어 세계를 방랑하거나, 항상 새로운 얼굴들을 만나거나, 그리고 모든 사람들에게 자신이 지닌 뭔가를 줄 수 있기를 꿈꿨다. 가끔 어떤 밤이면 이런 생각에 이성을 잃을 정도였지만, 와인즈버그로 와서 아버지의 호텔에 머물렀던 극단 멤버들에게 이 문제를 말하고자 애썼을 때 아무 성과도 얻지 못했다. 그들은 그녀가 의미했던 바를, 또 드러난 열정에서 그녀가 뭔가를 정말 얻어냈는지를 모르는 듯했고 그저 웃기만 할 뿐이었다. "이건 그런 게 아니에요." 그들은 말했다. "여기만큼이나 지루하고 재미없죠. 아무 소용 없어요."

그녀가 여행하는 남자들과, 그리고 나중에 톰 윌라드와 산책을 할 때 상황은 완전히 달랐다. 그들은 항상 이해하고 공감하는 것처럼 보였다. 마을 골목이나 나무 아래 으슥한 곳에서 그녀의 손을 잡았고 이에 그녀는 자신 안에 있는 표현되지 않은 뭔가가 드러나 그들 안에 있는 표현되지 않은 뭔가의 일부가 되었다고 생각했다.

이어 가만있지 못하고 불안해하는 그녀의 상황은 두 번째 방식으로 모습을 드러냈다. 그럴 때 그녀는 한동안은 해방되고 행복한 느낌이 들었다. 자기와 걸었던 남자들을 탓하지 않았고 나중에 톰 윌라드도 탓하지 않았다. 그것은 항상 똑같아서 키스로 시작했고 이상하고 격렬한 감정이 있은 후 평온하게 끝났으며 이어 흐느낄 정도의 후회가 찾아왔다. 흐느낄 때 그녀는 손으로 남자의 얼굴을 어루만지며 항상 똑같은 생각을 했다. 상대가 키가 크건 수염이 있건 남자가 갑자기 작은 소년으로 변했다고 생각했다. 그리고 왜 그 남자 역시 흐느끼지 않는지 궁금해했다.

낡은 윌라드 하우스 한쪽 구석에 감춰져 있는 그녀의 방안에서 엘리자베스 윌라드는 램프를 밝혀 문 옆에 위치한 화장대 위에 올려놓았다. 문득 한 가지 생각이 떠올라 벽장으로 가서 작은 사각형 상자를 가져온 다음 화장대 위에 놓았다. 상자 안에는 한때 와인즈버그에 머물렀던 극단이 남기고 간 다른 물건들과 함께 화장용 재료가 들어 있었다. 엘리자베스 윌라드는 아름다워져야겠다고 결심했다. 그녀의 머리는 여전히 검었고 머리에는 많은 머리카락들이 땋아져 있거나 감겨 있었다. 아래쪽 사무실에서 일어날 장면들이 마음속에 떠오르기 시작했다. 톰 윌라드를 맞닥뜨릴 것은 결코 유령처럼 낡은 형체가 아니라 전혀 예기치 않았던, 깜짝 놀랄 만한 무엇이 될 것이다. 호텔 사무실의 깜짝 놀란 놈팡이들 앞으로 큰 키에 어슴푸레한 빛깔의 볼, 그리고 어깨에서부터 풍성히 늘어뜨려져 있는 머리카락의 형체가 성큼 계단을 내려올 것이다. 그 형체는 소리를 내지 않을 것이다. 그것은 재빠르고 소름 끼칠 것이다. 마치 위기에 처한 새끼의 암호랑이처럼 그녀는 그림자 속에서 튀어나오고, 소리 없이 슬그머니 움직이며, 한 손에 길고 위험한 가위를 쥔 채로 나타날 것이다.

간헐적이고 작게 흐느끼며, 엘리자베스 윌라드는 테이블 위의 불을 끄고는 어둠 속에서 힘없이, 또 떨면서 서 있었다. 기적처럼 몸 안에 남아 있던 힘은 사라지고 그녀는 거의 비틀거리듯 마루를 걸어가 양철 지붕 위로 와인즈버그의 중심가를 응시하며 그렇게 많은 날들을 보냈던 의자의 뒷부분을 붙잡았다. 복도에서 발자국 소리가 들리더니 조지 윌라드가 문 쪽에 모습을 드러냈다. 어머니 옆의 의자에 앉으면서 그가 입을 열었다. "여기를 떠나겠어요." 아들이 말했다. "어디로 가야 하고 무엇을 해야 할지 모르지만 떠나겠어요."

의자에 앉은 여자는 다음 말을 기다리며 몸을 떨었다. 한 충동이 그녀를 덮쳐 왔다. "넌 정신을 차려야 해." 그녀가 말했다. "그렇게 생각하니? 도시로 가서 돈을 벌 거야? 응? 사업가가 되고 바쁘고 똑똑하고 활기차게 되는 게 너한테 더 좋을 것 같다고 생각해?" 그녀는 기다리며 몸을 떨었다.

아들은 고개를 저었다. "어머니를 이해시킬 수 없을 거예요, 그럴 수 있기를 바라지만." 아들이 진지하게 말했다. "심지어 아버지에게도 이에 관해 말할 수 없어요. 시도도 안 했어요. 그래 봤자 소용없죠. 뭘 해야 할지 모르겠어요. 그냥 밖으로 나가서 사람들을 보고 또 생각하고 싶어요."

소년과 여자가 함께 앉아 있는 방에 침묵이 깔렸다. 다른 저녁들과 마찬가지로 또다시 두 사람은 어색해졌다. 잠시 후 소년이 다시 얘기를 시작했다. "1, 2년 정도까지는 아니지만 이에 대해 생각은 해왔어요." 일어나 문 쪽으로 가면서 그가 말했다. "아버지가 하셨던 말들 중 뭔가가 제가 떠나야 한다는 걸 확실히 해줬어요." 아들이 문고리를 더듬었다. 방 안에서의 침묵이 여인을 견딜 수 없게 했다. 아들의 입술에서 나온 단어들 때문에 여인은 기쁨의 울음을 터뜨리고 싶었지만 기쁨의 표현은 그녀에게 불가능해졌다. "네가 밖으로 나가 아이들과 어울리는 게 좋다고 생각해. 넌 너무 실내에만 있어." 그녀가 말했다. "산책 다녀올게요." 어색한 걸음으로 방을 빠져나가 문을 닫으며 아들이 대답했다.

철학자

THE PHILOSOPHER

닥터 파시벌은 덩치가 큰 남자로 늘어진 입술 위로는 노란 콧수염이 덮여 있었다. 그는 항상 더러워진 흰색 조끼를 입었는데 그 조끼 주머니에서는 싸구려 여송연으로 알려진 몇 종의 검은색 시가들이 튀어나와 있었다. 치아는 시커먼 데다 고르지 않았으며 그의 눈에는 기묘한 뭔가가 있었다. 왼쪽 눈의 눈꺼풀이 씰룩댔던 것이다. 그것은 아래로 떨어졌다가 다시 획 하고 올라갔다. 흡사 의사의 머릿속에 누군가가 서 있다가 눈꺼풀을 마치 차양처럼 끈으로 조종하고 있기라도 한 것처럼 말이다.

닥터 파시벌은 소년인 조지 윌라드를 좋아했다. 이는 조지가 《와인즈버그 이글》에서 일한 지 1년 정도 됐을 때 시작됐으며 둘이 지인이 된 것은 순전히 의사 자신에 의한 것이었다.

어느 늦은 오후, 《이글》의 주인이자 편집자인 윌 핸더슨은 톰 윌리가 운영하는 살롱으로 갔다. 그는 골목길을 따라 걷다가 살롱의 뒷문으로 조용히 들어가서 슬로진과 소다수를 섞어 만든 음료를 마셨다. 윌 핸더슨은 호색가로 이제 나이 마흔다섯에 이르렀다. 그는 진이 자신 안에 있는 젊음을 새롭게 해준다고 상상했다. 대부분의 호색가들처럼 여자들과 얘기하기를 즐겼으며 한 시간여 머물며 톰 윌리와 수다를 떨었다. 술집 주인은 키가 작고 어깨가 넓었는데 손에는 특이한 흔적이 있었다. 가끔 사람들의 얼굴을 붉게 만들어 버리고 마는, 태어날 때부터 있던 그 불타는 듯한 색깔의 점 때문에 톰 윌리의 손가락과 손등은 붉은색을 띠었다. 윌 핸더슨과 얘기하며 바 옆에 서 있을 때 그는 양손을 문질러 댔다. 그가 흥분하면 할수록, 손가락의 붉은색은 점점 짙어졌다. 마치 말라 버리고 희미해진 손이 피에 적셔지기라도 한 것처럼.

윌 핸더슨이 바에 서서 붉은 손을 쳐다보며 여자 얘기를 하고 있을 때, 그의 조수인 조지 윌라드는《와인즈버그 이글》사무실에 앉아 닥터 파시벌의 얘기에 귀를 기울이고 있었다.

닥터 파시벌은 윌 핸더슨이 사라진 직후 나타났다. 그 의사가 자신의 사무실 창문으로 바라보고 있다가 그 편집자가 골목길을 따라 가 버리는 것을 보았기 때문이라고 추측할 수도 있다. 앞문으로 들어와 의자에 앉은 그는 여송연 중 하나에 불을 붙인 후 다리를 꼰 자세로 얘기를 시작했다. 그는 스스로는 분명히 규정할 수 없는 일련의 행위를 선택하는 것이 득이 된다는 점을 소년에게 확신시키는 데 열중하는 것처럼 보였다.

"네가 잘 살펴보면 비록 난 나 자신을 의사라 부르지만 환자가 거의 없다는 걸 알게 될 거야." 그가 말을 시작했다. "거기에는 이유가 있어. 그건 우연이 아니고 여기의 그 누구보다 의학에 대해 내가 많이 모르기 때문도 아냐. 난 환자를 원치 않아. 너도 알다시피 그 이유는 표면에 드러나지 않지. 그건 사실 내 성격 때문이야, 생각해 봤는지 모르지만, 많은 경우 이상한 방향으로 일을 틀어가 버리는 내 성격 말이야. 이 문제에 대해 내가 왜 너한테 얘기하고 싶은지 모르겠어. 그냥 가만히 있으면 너의 신뢰를 더 얻을 수도 있는데 말이지. 난 네가 나를 존경하게 만들고 싶은 욕망이 있고 그건 사실이야, 이유는 모르겠지만. 내가 얘기하는 이유가 그거야. 아주 재미있지? 응?"

가끔 의사는 자신과 관련된 긴 이야기를 시작하곤 했다. 소년에게 그 이야기는 거의 진짜처럼 들렸고 의미로 가득 차 있었다. 조지는 그 뚱뚱하고 불결해 보이는 남자를 존경하기 시작했고 윌 핸더슨이 가고 없는 오후에는 깊은 관심을 갖고 의사가 오기를 고대했다.

닥터 파시벌이 와인즈버그에 온 지는 약 5년 정도 되었다. 그는 시카고에서 왔는데 도착했을 때 술에 취해 있어서 수화물 담당자인 앨버트 롱워스와 싸움을 벌였다. 싸움의 원인은 트렁크였고 결국 의사는 마을의 구치소에 들어가야 했다. 풀려난 뒤에는 중심가 끝 아래쪽에 있는 한 구두 수선점 위층의 방을 빌려 자신이 의사임을 알리는 간판을 내걸었다. 환자는 거의 없었고 이마저도 돈을 낼 수 없는 몹시 가난한 사람들이었지만 그는 자신의 필요를 충당할 수 있는 많은 돈을 갖고 있는 듯 보였다. 말할 수 없이 더러운 사무실에서 잠을 잤으며 기차역 맞은편 작은 목조 건물에 있는 비프 카터의 간이식당에서 식사를 했다. 여름이면 간이식당은 파리로 가득 찼는데 비프 카터의 하얀 앞치마는 바닥보다 더 더러웠다. 닥터 파시벌은 개의치 않았다. 그는 간이식당으로 가만히 들어가서는 카운터에 20센트를 선금으로 냈다. "그 돈으로 당신이 원하는 것을 내오시오." 웃으며 그가 말했다. "그렇지 않았다면 팔지 않았을 식품을 다 써 버리시오. 나한텐 아무 상관 없으니까. 보면 알겠지만, 난 특별한 사람이죠. 내가 왜 먹는 것에 대해 신경 써야 한단 말이오."

조지에게 했던 닥터 파시벌의 이야기는 뜬금없이 시작됐다가 뜬금없이 끝났다. 가끔 소년은 그것들 모두가 일부러 지어낸 일련의 거짓말임에 틀림없다고 생각했다. 이어 다시 그는 그것들이 진실의 진정한 정수를 담고 있다고 확신했다.

"여기의 너처럼 나도 기자였어." 닥터 파시벌이 이야기를 시작했다. "아이오와의 마을이었지, 아니면 일리노이였던가? 기억은 안 나지만 어쨌든 상관없어. 아마 나는 내 정체를 숨기려고 노력하는 중이거나 아주 분명해지는 걸 원치 않을지도 모르지. 내가 아무것도 하지 않는데 필요한 만큼의 돈을 갖고 있다는 게 이상하다고 생각해 본 적 없어? 아마 나는 여기로 오기 전에 아주 큰돈을 훔쳤거나 살인에 연루돼 있을지도 모르지. 거기엔 생각할 거리가 많아, 그렇지? 만약 네가 영리한 신문기자라면 넌 나를 조사할 거야. 시카고에 크로닌이라는 의사가 있었는데 살해당했지. 그 얘기 들어 본 적 있나? 어떤 자들이 그를 살해해서 트렁크에 넣었어. 어느 이른 아침 그들이 도시를 가로질러 트렁크를 끌고 갔지. 트렁크는 급행 마차 뒤편에 놓았고 그들은 어떤 것도 신경 쓰지 않는 척하며 자리에 앉았어. 모두가 잠들어 있는 조용한 거리를 계속 통과했지. 태양이 막 호수 위로 떠오를 때였어. 재미있지? 응? 지금의 나처럼 아무렇지 않은 척하며 마차를 몰면서 파이프 담배를 피우고 수다를 떠는 그들을 생각해 봐. 아마 난 그들 중 한 명이었을지도 몰라. 일이 이상하게 틀어진 거라 할 수 있지, 지금은 그렇지 않지만. 안 그래?" 닥터 파시벌이 다시 이야기를 이어갔다. "음, 어쨌든 여기의 너처럼 이리저리 쏘다니고 작은 기삿거리를 얻으려는 신문사 기자였어. 엄마는 가난했지. 빨래 일로 돈을 벌었어. 엄마의 꿈은 나를 장로교 목사로 만드는 거였고 난 마음속으로 그 목표를 갖고 공부를 하고 있었지."

"아버지는 수년간 미쳐 있었어. 아버지는 오하이오 데이턴에 있는 정신병원에 있었고. 이런, 무심코 말해 버리고 말았네! 이 모든 일들은 오하이오, 바로 여기 오하이오에서 일어났어. 네가 알아보려고 마음만 먹으면 단서가 될걸."

"내 형에 관해 얘기해줄게. 이 모든 것의 목적이 바로 형이

거든. 내가 얘기하려는 게 바로 그거라고. 형은 철도 관련 물건들에다 칠을 하는 칠장이였는데 빅 포*라는 회사에서 일자리를 얻었지. 여기 오하이오를 지나가는 철도 말이야. 형은 다른 사람들과 함께 유개 화차에서 살면서 동료들과 이 마을 저 마을을 다니며 철도 관련 부동산에다, 그러니까 선로 변환기나 건널목 차단기, 다리, 역 같은 것들에다 칠을 했어."

"빅 포에서는 형편없는 오렌지색으로 역을 칠하더군. 내가 그 색을 얼마나 싫어했는지! 형은 항상 그 색으로 칠했지. 급여 날이 되면 술에 취해 페인트가 묻은 옷을 입은 채로 돈을 갖고 집으로 오곤 했어. 형은 그 돈을 엄마에게 주지 않고 식탁 위에 무더기로 쌓아 올려놨지."

"형은 그 끔찍한 오렌지색이 묻은 옷을 입은 채 집 안을 돌아다녔어. 지금도 선명히 기억나. 작은 체구에 붉고 슬퍼 보이는 눈을 가진 엄마는 뒤편 작은 헛간에서 나와 집으로 들어오곤 했어. 헛간은 사람들의 더러운 옷을 북북 문지르며 엄마가 빨래통 위에서 시간을 보냈던 곳이야. 엄마는 집에 들어와 비누 거품이 묻은 앞치마로 눈을 문지르며 탁자 옆에 서 있곤 했지."

"'손대지 마! 감히 저 돈에 손대지 마.' 형은 큰소리를 지르고는 5달러나 10달러를 집어 들고 술집으로 터벅터벅 걸어갔어. 가져간 돈을 다 쓰고 나면 좀더 가져가려고 집으로 돌아

* Big Four. 1889년부터 1930년까지 존재했던 미국 중서부 지역의 철도 회사로 일리노이, 인디아나, 미시간, 오하이오주에 걸쳐 노선이 있었다.

왔고. 어떤 돈도 엄마에게 주지 않고 그 돈을 여러 번에 걸쳐 조금씩 다 쓸 때까지 집에 머물렀어. 그러고 나서 철도 일을 하는 동료 칠장이들과 함께 직장으로 돌아갔지. 형이 가고 나면 물건들이 우리 집에 도착하기 시작해, 식료품 같은 그런 것들 말이야. 그것 중에는 가끔 엄마가 입을 옷도 있고 내가 신을 구두도 있었고."

"이상하지, 응? 엄마는 나보다 형을 훨씬 더 사랑했어. 비록 형은 우리 둘한테 그 어떤 친절한 말도 하지 않았고 가끔 3일 동안 탁자 위에 놓여 있던 돈을 우리가 감히 손대려 할 때마다 이리저리 미친 듯 소릴 질러 대며 위협을 해댔는데도 말이야."

"우린 아주 잘해 나갔어. 난 목사가 되려고 공부했고 또 기도했지. 기도에 대해선 난 그저 신통할 것이 없었어. 내 기도를 네가 들어 봤어야 했는데. 아버지께서 돌아가셨을 때 난 밤새워 기도했지, 형이 마을에서 술을 마실 때나 우릴 위해 물건을 사려고 쏘다닐 때 이따금 그랬던 것처럼 말이야. 저녁 식사 후에 난 돈이 놓인 탁자 옆에 무릎을 꿇고 몇 시간 동안 기도했어. 아무도 보고 있지 않을 때면 1달러, 혹은 2달러를 훔쳐 내 주머니에 넣었지. 지금 생각하면 웃긴 일이지만 그때는 끔찍했어. 그 일이 항상 내 마음에 남아 있었으니까. 신문사 일로 난 매주 6달러를 벌었고 항상 그 돈을 집으로 가져와 엄마에게 바로 드렸지. 내가 형한테서 훔친 그 변변찮은 돈은 나를 위해 썼는데, 사소한 것들, 그러니까 사탕이나 담배, 그런 것들에 말이야."

"데이턴의 정신병원에 계셨던 아버지께서 돌아가시자 난 거기로 갔어. 사장에게 얼마를 빌려 밤기차를 타고 갔지. 비가 내리는 날이었어. 병원 사람들은 나를 마치 왕처럼 대하더군."

"병원에서 일하던 사람이 내가 신문사 기자란 걸 알아냈던 거야. 그것이 그들을 두렵게 했지. 알겠지만 아버지가 아팠을 때 상당한 태만과 부주의가 있었거든. 그들은 내가 이를 신문에 내고 소동을 벌일지도 모른다고 생각했어. 난 결코 그런 일들을 할 생각이 없었는데 말이지."

"어쨌든 난 아버지가 죽은 채 누워 있는 방으로 가서 시신에 축복을 했지. 내가 왜 그럴 생각을 했는지 모르겠어. 그래도 칠장이였던 형은 웃지 않았을걸. 거기서 난 시신 위로 몸을 숙인 자세로 내 손을 폈어. 정신병원 관리자와 몇 명의 봉사자들이 들어와 멋쩍어하며 서 있었고. 아주 재미있었어. 난 손을 펴면서 말했어. '이 시신에 평화가 깃들기를.' 그게 내가 한 말이었지."

닥터 파시벌은 이야기를 중단하고 갑자기 일어나서는 조지 윌라드가 앉아서 듣고 있던 《와인즈버그 이글》 사무실을 서성대며 걷기 시작했다. 그의 동작이 어색한 데다 사무실이 작았기 때문에 그는 계속해서 물건들에 부딪혔다. "이 얘기를 하다니 참 바보 같군." 그가 말했다. "여기로 와서 너한테 나와의 교제를 강요하는 건 내 목적이 아니야. 난 다른 걸 염두에 두고 있어. 내가 한때 그랬던 것처럼 너도 기자이고 그런 네가 내 주의를 끌었지. 넌 아마 그저 그런 또 다른 바보가 되는 거로 끝나 버릴지도 몰라. 난 너에게 경고를, 계속 경고를 하고 싶어. 그게 내가 너를 찾아온 이유야."

닥터 파시벌은 사람들에 대한 조지 윌라드의 태도에 관해 얘기하기 시작했다. 소년이 볼 때 그 남자는 마음속에 오직 한 가지 목적, 즉 모든 사람을 경멸스럽게 만드는 것에만 목적이 있는 듯했다. "난 너를 증오와 경멸로 가득 차게 하고 싶어, 그래서 우월한 존재가 될 수 있게 말이지." 그가 선언했다. "내 형을 봐. 그런 놈이 있었어, 응? 알다시피 형은 모두를 경멸했지. 형이 어떤 경멸감을 지니고 엄마와 나를 쳐다봤는지 넌 몰라. 그리고 그는 우리의 상급자가 아니었나? 그랬다는 걸 넌 알아. 넌 형을 본 적이 없지만 난 네게 그걸 느끼게 해줬어. 형이 어떤 사람이었는지 알게 해줬다고. 형은 죽었어. 한번은 술에 취해 선로에 누워 있었는데 형과 다른 사람들이 살았던 그 유개 화차가 형을 치어 버렸지."

...

8월의 어느 날, 닥터 파시벌은 와인즈버그에서 모험을 감행했다. 몇 개월 동안 조지 윌라드는 매일 아침 의사의 사무실로 가서 한 시간 정도를 보냈다. 그 방문은 의사가 자신이 쓰고 있던 책의 페이지에 있는 내용을 소년에게 읽어 주고 싶어

해서 이루어졌다. 닥터 파시벌은 선언하기를 자신이 와인즈버그에 와서 살기로 한 것은 그 책을 쓰기 위해서라고 했다.

소년이 사무실에 도착하기 전 8월의 어느 아침, 의사 사무실에서 한 사건이 일어났다. 중심가에서 사고가 있었던 것이다. 마차를 몰고 가던 말 몇 마리가 기차에 놀라 달아나 버렸다. 한 농부의 딸인 작은 소녀가 마차 밖으로 내팽개쳐져 죽고 말았다.

중심가에서는 모든 이들이 흥분했고 의사를 찾는 외침이 높아져 갔다. 적극적인 세 명의 마을 의사 모두가 신속히 나왔으나 아이는 죽어 버렸다. 무리 중 누군가가 닥터 파시벌의 사무실을 향해 달려갔었고 그는 사무실에서 나와 죽은 아이에게로 가길 노골적으로 거부했다. 쓸모없는 잔인함인 그의 거부는 간과된 채로 지나갔다. 사실은 의사를 부르려고 계단을 올라왔던 그 남자가 거절의 말을 듣지 못한 채 서둘러 돌아갔던 것이다.

이 모든 일들을 닥터 파시벌은 알지 못했고 그래서 조지 윌라드가 그의 사무실로 갔을 때 의사는 공포로 떨고 있었다. "내가 한 행위는 이 마을 사람들을 자극하게 될 거야." 그가 흥분해서 말했다. "내가 인간 본성을 모를까? 무슨 일이 일어날지 모를까? 내가 거부했던 말들을 사람들이 수군댈 거야. 곧 사람들이 다같이 몰려와서 이 얘기를 하겠지. 여기로 올 거야. 우린 언쟁을 벌일 거고 목매달아야 한다는 말이 나오겠지. 다음엔 그들이 손에 로프를 쥔 채 다시 올 거야."

닥터 파시벌은 공포에 몸을 떨었다. "예감이 와." 그가 단호하게 말했다. "내가 말한 일이 오늘 아침에는 안 벌어질 수도 있어. 밤까지 연기될 수도 있겠지만 난 목매달리게 될 거야. 모두가 흥분하게 될걸. 난 중심가의 가로등에 목매달리게 될 거라고."

더러운 사무실의 문으로 향하면서 닥터 파시벌은 거리로 이어지는 계단을 소심하게 내려다보았다. 다시 돌아왔을 때 그의 눈에서 보이던 두려움은 의심으로 바뀌어 가고 있었다. 그는 발끝으로 사무실을 살금살금 걸어와 조지 윌라드의 어깨를 툭 쳤다. "지금이 아니면, 다른 때에 말이지." 머리를 흔들며 그가 속삭였다. "결국 난 십자가에 못 박히게 될 거야, 쓸데없이."

닥터 파시벌은 조지 윌라드에게 항변하기 시작했다. "넌 나한테 주의를 기울여야 해." 그가 다그쳤다. "무슨 일이 일어나면, 내가 결코 쓰지 못할 책을 넌 아마 쓸 수 있을 거야. 그 아이디어는 아주 간단해, 너무 간단해서 주의하지 않으면 잊어버릴 거야. 그건 이거야, 즉 세상의 모든 이들이 그리스도이고 그래서 모두가 십자가에 못 박히게 된다는 거지. 내가 말하고 싶은 게 그거야. 그걸 잊지 마. 무슨 일이 있더라도 감히 너 자신이 잊어버리지 못하게 해."

아무도 모른다

NOBODY KNOWS

조지 윌라드는 주위를 조심스레 둘러보며 《와인즈버그 이글》 사무실에 있는 자신의 책상에서 일어나 뒷문으로 서둘러 나갔다. 밤은 따뜻했고 구름이 많이 끼었으며 비록 아직 8시는 되지 않았지만 《이글》 사무실 뒤편 골목길은 칠흑같이 어두웠다. 어둠 어딘가의 기둥에 묶여 있는 몇 마리의 말들이 뜨겁게 달궈진 바닥에 발을 밟아 대는 소리가 들려왔다. 고양이 한 마리가 조지 윌라드의 발치에서 튀어나오더니 밤 속으로 달아났다. 젊은이는 신경이 곤두섰다. 온종일 그는 마치 한 대 세게 맞아 멍해진 사람처럼 일을 해댔었다. 골목길에서 그는 두렵기라도 한 듯 몸을 떨었다.

어둠 속에서 조지 윌라드는 주의 깊고 조심스럽게 골목길을 따라 걸었다. 와인즈버그 상점의 뒷문이 열려 있어서 그는 가게의 램프 아래 앉아 있는 사람들을 볼 수 있었다. 술집 주인의 아내인 윌리 부인이 장바구니를 팔에 걸친 채 마이어바움 잡화점의 계산대 옆에 서 있었다. 점원인 시드 그린이 그녀를 응대하는 중이었다. 그는 계산대에 몸을 기울인 채 열심히 수다를 떨었다.

조지 윌라드는 쭈그리고 앉아 있다가 벌떡 일어나 문에서 나오는 빛들 사이를 지나갔다. 그는 어둠 속에서 앞을 향해 뛰기 시작했다. 에드 그리피스의 술집 뒤편에서는 마을의 주정뱅이인 늙은 제리 버드가 땅 위에 누운 채 잠들어 있었다. 달리던 조지는 제리 버드의 제멋대로 뻗은 다리에 걸려 넘어지고 말았다. 그는 씁쓸하게 웃었다.

조지 윌라드는 모험을 시작했다. 온종일 마음속으로 모험을 할 것인지 결심하느라 애를 썼고 이제 움직이는 중이었다. 저녁 6시부터 계속 《와인즈버그 이글》 사무실에 앉아서 생각하려고 애썼다.

결심이 선 것은 아무것도 없었다. 그는 그저 자리에서 벌떡 일어나 인쇄소에서 교정쇄를 읽고 있던 윌 핸더슨을 지나쳐 골목길을 따라 뛰어가기 시작했다.

지나가는 사람들을 피하면서 조지 윌라드는 계속 거리를 통과했다. 길을 건너고 또 계속해서 건넜다. 한 가로등을 통과할 때 그는 얼굴 위로 모자를 당겨 내렸다. 그는 감히 생각조차 하지 못했다. 마음속에는 공포가 자리하고 있었지만 그것은 새로운 종류의 공포였다. 그가 시작했던 모험이 망쳐지면 어떡하나, 그래서 용기를 잃고 되돌아가게 되면 어떡하나 두려워했다.

조지 윌라드는 루이즈 트루니온이 그녀 아버지 집의 부엌에 있음을 발견했다. 그녀는 경유 램프의 빛을 받아 가며 설거지를 하는 중이었다. 집 뒤편 오두막처럼 생긴 부엌에 있는 망을 친 문 뒤에 그녀는 서 있었다. 조지 윌라드는 말뚝 울타리에 이르러 걸음을 멈춘 다음 몸의 떨림을 통제하려 애썼다. 그와 그의 모험을 갈라놓고 있는 것은 감자를 일구는 좁다란 땅뿐이었다. 그녀를 불러야겠다고 스스로 확신하기까지 약 5분이 걸렸다. "루이즈! 오, 루이즈!" 그가 불렀다. 그 외침이 목에 걸려 버렸다. 그의 목소리는 목이 쉰 속삭임이 돼 버렸다.

루이즈는 손에 행주를 쥔 채로 감자밭을 지나 다가왔다. "내가 너와 데이트하길 원한다는 걸 어떻게 알지?" 그녀가 샐쭉하게 말했다. "뭐 때문에 그렇게 자신하는 거야?"

조지 윌라드는 대답하지 않았다. 어둠 속에서 침묵에 잠긴 채 둘은 울타리를 사이에 놓고 서 있었다. "먼저 가고 있어." 그녀가 말했다. "아빠가 안에 있어. 내가 따라갈게. 윌리엄네 헛간에서 기다려."

젊은 신문사 기자는 루이즈 트루니온으로부터 편지 한 통을 받았었다. 그 편지는 그날 아침 《와인즈버그 이글》 사무실로 배달됐다. 편지 내용은 간단했다. "네가 나를 원한다면 난 네 거야." 편지에는 그렇게 쓰여 있었다. 어둠 속 울타리 옆에 있을 때 마치 그들 사이에 아무 일도 없었던 것처럼 그녀가

구는 바람에 조지는 짜증이 났다. "뻔뻔하군! 정말이지, 참 뻔뻔해." 길을 따라 옥수수가 심겨 있는 빈 공터를 지나가면서 그가 중얼거렸다. 옥수수는 어깨높이까지 자랐고 인도 방향 아래까지 심겨 있었다.

자신의 집 앞문으로 나온 루이즈 트루니온은 여전히 설거지할 때 입었던 체크무늬 원피스 차림이었다. 모자는 쓰지 않았다. 문고리를 잡고 선 채로 안에 있는 누군가에게 얘기하는 그녀의 모습이 보였는데 분명 아버지인 늙은 제이크 트루니온일 것이다. 제이크 트루니온은 거의 귀를 먹어서 루이즈는 소리를 쳐야 했다. 문이 닫히자 작은 골목길의 모든 것이 어두워지고 조용해졌다. 조지 윌라드는 전보다 더 격렬하게 몸을 떨었다.

윌리엄네 헛간의 그림자 속에서 조지와 루이즈는 감히 말도 못 하고 서 있었다. 루이즈는 그리 예쁜 편이 아니었고 코의 한쪽 편에는 검은 얼룩이 있었다. 요리용 냄비를 만진 후에 손가락으로 코를 문질렀음이 틀림없다고 조지는 생각했다.

젊은이가 초조한 웃음을 짓기 시작했다. "날이 따뜻하네." 그가 말했다. 그는 손으로 그녀를 만지고 싶었다. '난 그리 대담하지 못해.' 그는 생각했다. 더러워진 체크무늬 원피스의 접힌 부분을 건드리기만 해도 강렬한 쾌감이 될 거라고 확신했다. 루이즈가 투덜댔다. "넌 네가 나보다 더 낫다고 생각해. 말하지 마, 나도 알고 있으니까." 조지에게로 가까이 다가가며 그녀가 말했다.

조지 윌라드의 입에서 말들이 줄줄 터져 나왔다. 그는 그들이 거리에서 만났을 때 루이즈의 눈에 어른거리던 표정을, 또 그녀가 썼던 글을 기억했다. 의심은 사라졌다. 마을에서 그녀에 관해 떠돌던 얘기들이 그에게 확신을 안겨 줬다. 조지는 온전히 남자가 되었고, 대담해졌고, 또 적극적으로 변했다. 그의 마음속에서 그녀에 대한 연민은 없었다. "아, 이리 와. 아무 문제 없을 거야. 뭘 아는 사람은 아무도 없을걸. 사람들이 어떻게 알겠어?" 그가 재촉했다.

둘은 틈 사이로 잡초들이 자라 있는 벽돌 깔린 좁다란 인도를 따라서 걷기 시작했다. 벽돌이 군데군데 빠져 있어 인도는 거칠고 고르지 않았다. 조지는 역시 거친 루이즈의 손을 잡았는데 그녀의 손이 기분 좋게 작다는 사실을 알게 됐다. "멀리는 못 가." 그렇게 말하는 루이즈의 목소리는 조용하고 침착했다.

둘은 작은 시내 위로 걸쳐져 있는 다리를 건너 옥수수가 자라는 또 다른 공터를 지나갔다. 거리는 거기에서 끝이 났다. 도로 옆의 작은 길에서 그들은 어쩔 수 없이 한 줄로 걸어가야 했다. 도로 옆으로 나 있는 윌 오버턴의 딸기밭에는 한 무더기의 판자들이 있었다. "윌은 딸기 상자를 보관할 헛간을 지을 계획이래." 조지가 말했고 둘은 그 판자들 위에 앉았다.

...

조지가 중심가로 돌아왔을 때는 10시가 넘었고 비가 내리기 시작했다. 그는 중심가를 세 번 왕복하며 서성댔다. 실베스터 웨스트의 약국은 여전히 열려 있어서 그곳에 들어가 시가를 샀다. 점원인 숄티 크랜들이 그와 함께 문으로 왔을 때 조지는 유쾌한 상태였다. 둘은 약 5분 동안 가게 차양의 그림자 속에 서서 얘기를 나눴다. 조지 윌라드는 만족스러웠다. 다른 무엇보다 그는 어떤 남자와 이야기하길 원했다. 뉴 윌라드로 이어지는 모퉁이를 돌아 조지는 부드럽게 휘파람을 불며 걸어갔다. 위니 포목점 옆쪽 인도에는 서커스 그림들이 그려진 높은 울타리가 있었는데, 조지는 그곳에서 휘파람을 멈춘 후 자신의 이름을 부르는 목소리를 듣기라도 하는 듯 주의를 기울이며 어둠 속에 꼼짝도 하지 않고 서 있었다. 이어 조지는 다시 초조하게 웃었다. "그녀는 나한테서 아무것도 가져가지 못했어. 아무도 몰라." 그는 단호한 어조로 중얼거린 다음 가던 길을 계속 갔다.

독실함

GODLINESS

네 개로 구성된 이야기

A Tale in Four Parts

I

벤틀리 농장에선 앞쪽 현관에 앉아 있거나 정원에서 한가하게 빈둥거리는 나이 든 사람들 서너 명이 항상 있었다. 그들 중 세 명은 제시와 관련 있는 여자들과 누이들이었다. 그들의 목소리는 단조롭고 부드러웠다. 거기에 가늘고 흰 머리카락의 조용한 노인이 있었는데 그는 제시의 삼촌이었다.

농장 안 본채는 나무, 그러니까 통나무로 된 뼈대를 덮고 있는 판자로 지어졌다. 본채는 사실 하나로 된 집이 아니라 다소 무계획적으로 합쳐진 집들의 무리였다. 그곳 내부로 들어가 보면 놀라움으로 가득 차 있었다. 거실에서 나와 식당으로 올라가는 사람들이 있었고 또 한 방에서 다른 방으로 지나가려고 올라가거나 내려가는 발걸음이 끊이지 않았다. 식사 시간이 되면 벌통 같았다. 잠깐 동안 모든 것이 조용하다가도, 이어 문들이 열리기 시작하고 계단에서 덜커덕거리는 발자국 소리, 중얼대는 부드러운 목소리가 일어나면서 열몇 군데의 후미진 구석에서 사람들이 나타나곤 했다.

이미 언급한 노인들 외에도 많은 사람들이 벤틀리 집에서 살았다. 벤틀리 집에는 네 명의 고용된 사람들이 있었는데 집안 살림을 담당하고 있는 캘리 비브 아주머니, 침구 정리와 우유 짜는 일을 돕는 일라이자 스타우튼이라는 이름의 둔한 소녀, 마구간에서 일하는 한 소년, 그리고 소유주이자 이 모든 것의 지배자인 제시 벤틀리 자신이었다.

남북전쟁이 끝나고 20년이 지났을 무렵, 벤틀리 농장이 위치해 있던 북부 오하이오 지역은 개척 시대를 벗어나기 시작했다. 당시 제시는 곡물을 추수할 수 있는 기계를 소유하고 있었다. 그는 현대적인 곳간을 지었고 그의 땅 대부분이 정성스럽게 깐 토관 배수로 배수시설이 돼 있었지만 이 남자를 이해하려면 우리는 보다 초기 시절을 되돌아보아야 한다.

제시의 시대가 오기 전에 벤틀리 가문은 북부 오하이오에서 몇 세대를 살아왔다. 그들은 뉴욕주에서 왔으며 국가가 새롭게 세워지고 땅의 가격이 낮을 때 이 땅을 차지했다. 다른 모든 중서부 사람들이 공통적으로 그랬듯이 오랜 시간 동안 이들은 매우 가난했다. 그들이 정착했던 땅은 나무들로 빼곡했고 쓰러진 통나무와 덤불들로 덮여 있었다. 많은 노동을 통해 이런 것들을 걷어내고 목재를 자르고 난 후에도 처리해야 할 그루터기들이 여전히 남아 있었다. 들판을 일구는 쟁기들은 숨겨진 뿌리들에 걸렸고 돌들은 사방에 널려 있었으며 저지대에는 물이 고이는 바람에 갓 자란 곡식들은 샛노래지고 병들어 죽어 버렸다.

제시 벤틀리의 아버지와 형제들이 그 지역의 소유권을 갖게 됐을 때 제거 작업의 고된 부분은 완료된 상태였지만 그들은 오랜 전통을 고수하며 의욕 넘치는 동물들처럼 일했다. 그들은 당시에 살았던 농부들처럼 실용적인 삶을 살았다. 봄과 겨울의 대부분 기간 동안 와인즈버그 시내市內로 통하는 공용 도로는 진흙투성이였다. 가족의 젊은이들 네 명은 들판에서 온종일 열심히 일했으며 거칠고 기름진 음식을 아주 많이 먹었고 밤이면 피곤한 야수들처럼 짚으로 만든 침대에서 잠들었다. 그들의 삶에 거칠지 않거나 야만스럽지 않은 것이 들어올 때는 거의 없었고 겉으로만 보더라도 그들 자신이 거칠고 야만스러웠다. 토요일 오후가 되면 몇 마리의 말들로 3인승 마차를 몰아 시내로 나갔다. 시내에 가서는 가게의 스토브 주위에 서서 다른 농부들이나 가게 주인과 얘기를 나눴다. 그들은 작업복을 입었고 겨울에는 진흙으로 얼룩진 무거운 코트를 걸쳤다. 스토브 열기 위로 뻗는 그들의 손은 갈라져 있고 또 붉었다. 말하는 것은 그들에게 어려운 일이었기에 대부분 그들은 잠자코 있었다. 고기와 밀가루, 설탕, 소금을 사고 난 후에는 와인즈버그 술집들 중 한 곳으로 가서 맥주를 마셨다. 술의 영향을 받아 그들의 본성인 천부적으로 강한 욕망들이, 새로운 땅을 용감히 개척하느라 억압되어 있던 그 욕망들이 분출돼 나왔다. 일종의 투박하고 동물과 같은 시적인 열정이 그들을 사로잡았다. 집으로 돌아오는 길에는 마차 안에서 선 채로 별들을 향해 소리쳤다. 가끔은 오랫동안 격렬히 싸우기도 하고 때로는 갑자기 노래를 부르기도 했다. 한번은 젊은이들 중 나이가 많았던 이넉 벤틀리가 아버지인 톰 벤틀리를 마부 채찍 밑동으로 후려쳐서 톰이 거의 죽은 것처럼 보였다. 며칠 동안 이넉은 마구간 위층 짚들 사이에 누워 숨어 있으면서 혹시라도 그의 순간적인 열정의 결과가 살인으로 판명 날 경우 바로 도망치려고 했다. 그는 어머니가 가져다준 음식으로 연명했었는데 어머니는 부상당한 아버지의 상태도 같이 알려줬다. 모든 것이 잘 마무리되자 그는 은신처에서 나와 마치 아무 일도 없었던 것처럼 땅을 개간하는 일로 다시 돌아갔다.

···

남북전쟁은 벤틀리 가문의 운명에 급격한 변화를 초래했고 이는 막내아들 제시가 부흥하는 원인이 되었다. 이넉, 에드워드, 해리, 그리고 윌 벤틀리가 징병되어, 오랜 전쟁이 막을 내리기 전에 모두 전사하고 말았던 것이다. 아들들이 남부로 가고 난 후, 늙은 톰은 한동안 땅을 운영하려 애썼지만 그리 신통치 못했다. 넷 중 마지막 한 명까지 죽고 나자 그는 집으로 돌아와야만 한다는 전갈을 제시에게 보냈다.

이어 1년 동안 시름시름하던 아내가 갑자기 죽었고 이에 톰은 완전히 의욕을 상실하고 말았다. 그는 농장을 팔고 마을로 이주하는 것에 대해 얘기했다. 온종일 머리를 흔들거나 중얼거리곤 했다. 들판 일에 소홀해져서 곡물이 있는 곳에 잡초가 높이 자라났다. 늙은 톰은 일꾼들을 고용했지만 효과적으로 부리지는 못했다. 일꾼들이 들로 일하러 가고 나면 숲을 방랑하다가 통나무 위에 앉아 있곤 했다. 가끔 밤에 집으로 돌아오기를 잊어버려 딸들 중 하나가 그를 찾으러 가야만 하기도 했다.

제시 벤틀리가 농장으로 돌아와 책임을 떠맡기 시작했을 당시 그는 가냘프고 예민해 보이는 스물두 살의 젊은이였다. 제시는 열여덟 살 때 학자가 되고자, 궁극적으로는 장로교 목사가 되고자 학교에 가려고 집을 떠났었다. 그는 어린 시절 내내 우리나라에서 소위 말하는 '이상한 양'이었고 형제들과 잘 지내지 못하는 편이었다. 가족 중에서 오직 어머니만이 그를 이해해 줬지만 이제 어머니는 죽고 없었다. 600에이커 이상으로 커진 농장 일을 맡기 위해 그가 집으로 돌아왔을 때, 농장과 근처 와인즈버그 마을의 모든 사람들은 강인한 네 명의 형제들이 수행했던 일들을 처리하려 애쓰는 그의 모습에 미소 지었다.

그들이 미소를 지었던 데는 실제로 그럴 만한 이유가 있었다. 당시 기준으로 볼 때 제시는 전혀 남자처럼 보이지 않았던 것이다. 키가 작고 매우 홀쭉한 데다 여자 같은 체형이었으며, 젊은 목사의 전통에 충실하게도 기다란 검정 코트와 검은색의 좁다란 끈 넥타이를 매고 있었다. 이웃 사람들은 그를 볼 때면 재미있어 했고 수년이 지난 후 제시가 도시에서 결혼했던 여자를 보고는 더 재미있어 했다.

실제로 제시의 아내는 곧 쓰러지고 말았다. 이는 아마도 제시의 탓이었을 것이다. 남북전쟁이 끝난 후 고된 시기의 북부 오하이오 농장은 섬세한 여자에게는 맞지 않는 곳이었지만 캐서린 벤틀리는 섬세했다. 당시 주변의 모든 사람들에게 그랬던 것처럼 제시는 아내를 엄히 대했다. 그녀는 주위의 다른 모든 여자들이 했던 일을 하려고 애썼는데 그는 그런 아내를 간섭하지 않고 내버려 두었다. 아내는 우유 짜는 일을 도왔고 집안일도 일부 담당했다. 즉 남자들의 침구를 정돈하고 음식을 준비했다. 1년 동안 해가 뜰 때부터 늦은 밤까지 매일 일했으며 이에 아이를 낳고 난 후에는 죽고 말았다.

제시 벤틀리로 말할 것 같으면, 비록 몸이 약한 편이었지만 내면에는 쉽사리 없어지지 않는 그 뭔가가 있었다. 때론 엄격하고 딱 부러져 보이는, 하지만 때론 동요하고 확신 없어 보이는 갈색 곱슬머리와 회색 눈을 그는 갖고 있었다. 가냘플 뿐만 아니라 키도 작았다. 입은 예민하면서도 매우 단호한 아이의 그것을 연상시켰다. 제시에게는 광적인 면이 있었다. 그는 시대와 장소를 잘못 타고 태어났기에 고통받았고 다른 사람들도 고통스럽게 만들었다. 인생에서 원했던 것을 얻는 데 결코 성공하지 못했으며 자신이 무엇을 원했는지도 몰랐다. 벤틀리 농장의 집으로 돌아오고 나서 아주 짧은 시간에 제시는 모든 이들이 그를 조금 두려워하게 만들어서, 어머니처럼 그의 곁에 가까이 머물렀어야 할 아내 역시 제시를 두려워했다. 제시가 돌아오고 2주가 되어 갈 무렵, 늙은 톰 벤틀리는 농장의 모든 소유권을 그에게 양도하고는 뒤편으로 물러났다. 모든 사람들이 뒤편으로 물러났다. 젊고 미숙함에도 불구하고 제시에게는 그에게 속한 사람들의 마음을 제어하는 요령이 있었다. 행하고 말하는 모든 것에 그토록 진지했기에 아무도 그를 이해하지 못했다.

제시는 농장의 모든 이들로 하여금 그들이 전엔 결코 해본 적 없는 방식으로 일하도록 했지만 그 노동에는 아무런 기쁨도 없었다. 일이 잘된다면 제시에게 잘되는 것이었지 그에게 의존했던 사람들에게는 결코 그렇지 않았다. 근래 여기 아메리카에서 태어났던 다른 수천 명의 강한 남자들과 마찬가지로, 제시는 절반만 강한 사람이었다. 다른 이들은 제어할 수 있었지만 자기 자신은 제어할 수 없었다. 이전엔 결코 없었던 방식으로 농장을 경영하기란 그로선 쉬운 일이었다. 제시가 다닌 학교가 있었던 클리블랜드에서 고향으로 돌아왔을 때, 그는 알던 사람들 모두와 인연을 끊고 계획을 세우기 시작했다. 밤낮으로 농장에 대해 생각했고 이로써 성공적인 결과를 얻었다. 농장의 다른 사람들은 너무 열심히 일하고 또 피곤했기에 생각할 여유가 없었지만, 제시에게 있어 농장에 대해 생각하고 농장의 성공을 위해 끊임없이 계획을 세우는 것은 구원이었다. 그것은 그의 열정적인 본성에 내재된 뭔가를 부분적으로 만족시켰다. 집으로 돌아왔을 때 제시는 즉시 낡은 집에 한 부속 건물을 지었고, 서쪽으로 면한 큰 방에는 농가 마당이 보이는 창문들과 저 멀리 들판이 가로질러 보이는 다른 창문들도 달았다. 제시는 창가에 앉아서 생각에 잠겼다. 몇 시간이고 또 며칠이고 그는 앉아서 땅을 바라보며 삶에 있어 자신의 새로운 장소에 대해 숙고했다. 그의 본성 안에 있는 열정적이고 이글거리는 것이 불타올랐고 눈은 매서워졌다. 그는 자신의 농장이 그 주의 어떤 농장도 생산하지 못했던 것을 생산하길 원했으며 이어 다른 뭔가를 원했다. 그의 눈을 떨리게 하고 다른 사람들 앞에서 항상 더욱더 침묵하게 만드는 그것은 바로 내면의 설명하기 힘든 갈망이었다. 제시는 평화를 얻기 위해 많은 것을 바쳤을 것이나 내면에는 그가 성취할 수 없는 것이 바로 평화가 아닐까 하는 공포가 자리했다.

제시 벤틀리의 몸 도처에 생기가 넘쳤다. 작은 체구에는 일련의 강한 사람들에게서 볼 수 있는 힘이 모여 있었다. 농장에서의 꼬마 시절과 이후 학교에서의 젊은 시절에 그는 항상 특이할 정도로 생기가 있었다. 학교에서 제시는 진심을 다해 신과 성경을 공부하고 생각했다. 시간이 지나 사람들을 더 잘 알게 됐을 때 그는 자신이 예외적인 사람이라고, 동료들과는 다른 사람이라고 생각하기 시작했다. 자신의 인생이 대단한 중요성을 지닐 수 있기를 몹시 원했고 동료들이 돌대가리처럼 어떻게 살아가는지를 보면서 자기 자신도 그런 돌대가리들처럼 되는 것은 참을 수 없는 것으로 여겨졌다. 자신에 대한, 그리고 자신의 운명에 관한 제시의 몰두에도 불구하고 제시는 젊은 아내가 심지어 아이 때문에 배가 불러 온 후에도 강한 여자들처럼 노동했다는 사실을, 또 그의 시중을 들면서 그녀 자신을 죽여 가고 있었다는 사실을 알지 못했다. 아내를 박정하게 대하고자 의도하진 않았던 것이다. 고된 노동으로 인해 늙고 병들었으며 그에게 농장의 소유권을 양도했던 아버지가 한구석으로 사라져 죽음을 기다리는 것에 만족할 때, 제시는 어깨를 으쓱하고는 마음속에서 늙은이에 관한 생각을 떨쳐 냈다.

제시는 방 안에 앉아 물려받은 땅을 창문으로 바라보며 자기 일에 관해 생각했다. 마구간에서는 말들이 쿵쾅대는 소리, 가만있지 못하고 움직여 대는 가축들의 소리가 들려왔다. 밭에서 떨어진 곳에서는 푸른 언덕을 돌아다니는 다른 가축들이 보였다. 그를 위해 일하는 사람들의 목소리가 창문을 통해 귀에 들려왔다. 우유를 짜는 곳에서는 약간은 멍청한 일라이자 스타우튼이 조작하는 교유기의 쿵 하는 소리가 규칙적으로 들려왔다. 제시의 생각은 역시 땅과 가축들을 소유했던 구약성서 시대의 사람들에게 미쳤다. 그는 신이 어떻게 하늘에서 내려와 그 사람들에게 말을 했는지 기억했고 신이 역시 그를 알아보고 말해 주기를 원했다. 그런 사람들에게서 항상 풍겨 나왔던 중요한 향기를 자신의 인생에서 어떻게든 성취하고자 하는 일종의 열정적이고 소년 같은 열망이 제시를 사로잡았다. 신앙심 깊은 사람으로서, 제시는 이 문제를 신에게 큰 소리로 말했고 자신이 내뱉는 말들의 소리가 그의 열망을 강화하고 또 충족시켰다.

"나는 이 들판을 소유하게 된 새로운 종류의 사람이야." 그가 선언했다. "오, 신이여, 저를 보소서. 여기에서 저보다 이전에 있었던 내 이웃과 모든 사람들을 보소서! 오, 신이여, 제 안에서 옛날 사람들 중 그 한 명처럼 사람들을 지배하고 또 지배자가 될 아들들의 아버지가 되는 또 다른 제시*를 창조하소서!" 크게 말할 때 제시는 더욱 흥분되어 자리에서 벌떡 일어나 방 안을 이리저리 서성거렸다. 환상 속에서 제시는 옛날 시대에 옛날 사람들 속에서 살고 있는 자기 자신을 보았다. 그 앞에 펼쳐져 있는 땅들은 그 자신으로부터 기원하는 새로운 인류들과 함께 그의 환상이 살고 있는 거대한 의미를 지닌 장소가 되었다. 오래된 또 다른 그때와 마찬가지로, 그가 볼 때 그의 날들에 왕국이 창조되고 선택된 종을 통해 말씀하시는 신의 힘에 의해 사람들의 삶에 새로운 충동이 부여될 것 같았다. 그는 그러한 종이 되기를 갈망했다. "그렇게 하고자 내가 이 땅에 온 것은 신의 일이다." 제시는 큰 목소리로 선언했고 그의 작은 체구가 쫙 펴졌으며, 신의 승인을 뜻하는 후광과 같은 뭔가가 그에게 걸려 있다고 생각했다.

* 제시(Jesse)는 성경에 나오는 다윗 왕의 아버지 '이새'의 영어식 이름이다.

...

근래의 남자와 여자들이 제시 벤틀리를 이해하기란 다소 어려울지도 모른다. 지난 50년간 우리 사람들의 삶에는 광대한 변화가 일어났다. 사실상 혁명이 일어난 것이다. 으르렁거리고 덜거덕거리는 모든 사건들, 해외에서 건너와 우리 안에서 날카롭게 외치는 수백만 개의 새로운 목소리들, 오가는 기차들, 도시들의 성장, 마을 안팎을 누비고 농가를 지나가는 도시간 선로들의 건설, 그리고 근래 들어 출현한 자동차와 함께 도래한 산업주의는 중서부 아메리카에 사는 우리들의 삶과 사고 습관에 막대한 변화를 가져왔다. 비록 분망한 우리 시대 탓이라 할지라도 좋지 못한 상상으로 쓰인 책들이 모든 가정마다 비치되어 있고 잡지는 수백만 부가 유통되고 있으며, 신문은 어디에라도 있다. 오늘날 마을 가게 안의 스토브 옆에 서 있는 농부는 다른 사람들의 말들로 자신의 머리를 넘치게 하고 있다. 신문과 잡지들이 그를 가득 채우고 있다. 일종의 어린이 같은 아름다운 순수를 그 안에 갖고 있던 이전의 야만적인 무지 대부분은 사라지고 없다. 스토브 옆의 농부는 도시인들의 형제로, 그의 말을 들어 보면 그가 우리 모두 중 최고의 도시인들처럼 입심 좋고 무분별하게 말하고 있음을 알게 될 것이다.

제시 벤틀리의 시대, 그리고 남북전쟁 이후 전체 중서부 지역의 시골 지역에서는 그렇지 않았다. 사람들은 글을 읽기에는 일을 너무 많이 했고 또 너무 피곤했다. 그들에게는 종이에 인쇄된 글을 읽으려는 욕구가 전혀 없었다. 들판에서 일할 때면 모호하고 생기다 만 생각들이 그들을 사로잡았다. 그들은 신을, 그리고 삶을 통제하는 신의 힘을 믿었다. 일요일이면 작은 장로교 교회에 모여 신과 신이 이룬 업적에 대해 들었다. 교회들은 당시 사회적, 지적 삶의 중심지였다. 신의 형체는 그들의 마음속에 큰 자리를 차지했다.

바로 그렇게, 상상력이 풍부한 아이로 태어나고 내면에 거대한 지적 열망을 갖고 있던 제시 벤틀리는 신을 향해 진심으로 돌아섰다. 전쟁이 형제들을 앗아 갔을 때 그는 그 안에 담긴 신의 손을 보았다. 아버지가 병들고 더 이상 농장 경영에 관여할 수 없게 되자 그는 이것 역시 신으로부터 온 신호로 간주했다. 도시에서 신의 말이 그에게 올 때면 제시는 그 문제에 대해 생각하면서 밤에 시내를 가로질러 산책했고 집에 돌아왔을 때는 잘 진행되고 있는 농장 일에 매달렸으며, 밤이면 다시 집을 나가 숲 사이와 낮은 언덕 위를 거닐면서 신을 생각했다.

걸을 때 어떤 신성한 계획에서 그 자신이 차지하는 중요성이 마음속에서 자라났다. 탐욕스러워진 그는 농장이 오직 600에이커에 불과하다는 점에 초조해했다. 어느 목초지 경계에 있는 울타리의 한구석에 무릎을 꿇고 제시는 침묵 속으로 자신의 목소리를 내보냈고 고개를 들어 그를 향해 내리비치는 별들을 바라봤다.

아버지가 죽고 몇 달이 지나고 나서 아내 캐서린이 언제라도 아이가 나오기를 기다리며 침대에 누워 있던 어느 저녁, 제시는 집을 떠나 긴 산책에 나섰다. 벤틀리 농장은 와인 시내에서 물이 들어오는 작은 계곡에 위치하고 있었는데, 제시는 자신의 땅 끝까지 시냇물의 둑을 따라 걷다가 이웃 소유의 들판을 통과해 계속 걸어갔다. 그가 걸어갈 때 계곡은 넓어졌다가 좁아지기를 반복했다. 광활하게 펼쳐진 들판과 숲이 그 앞에 놓여 있었다. 구름 뒤에서 달이 나왔고 낮은 언덕을 올라가던 그는 자리에 앉아 생각에 잠겼다.

신의 충실한 종으로서, 그가 통과해 걸어 왔던 시골의 전체 땅이 마땅히 자신의 소유가 되어야 한다고 생각했다. 그리고 죽은 형제들을 떠올리면서 그들이 더 열심히 일하지 않아서 더 많은 것을 성취하지 못했다고 탓했다. 앞에서는 달빛 속에서 작은 시냇물이 돌들 위로 흐르고 있었고 그는 자신처럼 가축 떼와 땅을 소유했던 옛날 시대의 사람들에 대해 생각하기 시작했다.

제시 벤틀리는 반은 공포, 반은 탐욕인 기이한 충동에 사로잡혔다. 그는 구약시대에 주님이 어떻게 당시의 또 다른 제시에게 나타나 그의 아들 다윗을 사울과 이스라엘인들이 블레셋인들과 싸우고 있던 엘라 계곡으로 보내라고 말했는지 기억했다. 제시의 마음속에 와인 시내의 계곡 땅을 소유하고 있는 오하이오의 모든 농부들은 블레셋인이며 신의 원수라는 확신이 생겨났다. "가정해 보자." 제시가 혼자 중얼거렸다. "거기에서 블레셋 가드*의 골리앗처럼 나를 패배시키고 내 재산을 앗아 갈 한 명이 나올 것이다." 환상 속에서 제시는 그가 생각하기에 다윗이 오기 전에 사울의 영혼을 괴롭히고 있음에 틀림없는 소름 끼치는 두려움을 느꼈다. 자리에서 벌떡 일어난 제시는 밤 속에서 달리기 시작했다. 달리면서 신을 불렀다. 그의 목소리는 낮은 언덕 위로 저 멀리까지 퍼져 나갔다. "만군의 주여," 그가 외쳤다. "오늘 밤 캐서린의 자궁에서 저에게 아들을 보내 주소서. 당신의 은총이 저에게 내리게 하소서. 마침내 이 모든 땅들을 블레셋인들의 손아귀에서 붙잡아 빼내 그것으로 당신을 섬길 수 있도록, 지상에 당신의 왕국을 건설하는 데 돌릴 수 있도록, 저를 도와줄 다윗이라 불리는 아들을 보내 주소서."

II

오하이오주 와인즈버그의 데이비드 하디는 벤틀리 농장의 소유주 제시 벤틀리의 손자였다. 그는 열두 살이 되던 때에 나이 든 벤틀리가 있는 곳으로 가서 살았다. 어머니인 루이즈 벤틀리는 제시가 아들을 달라고 신에게 울부짖으며 들판을

* 골리앗의 출생지.

뛰어다니던 밤에 태어났는데 벤틀리 농장에서 성숙한 여자로 성장한 뒤, 은행가가 됐던 와인즈버그의 젊은이 존 하디와 결혼했다. 루이즈와 그녀의 남편은 행복하게 살지 못했으며 모든 사람들이 이는 그녀 탓이라는 데 동의했다. 그녀는 체구가 작았고 날카로운 회색 눈에 검은 머리카락을 지니고 있었다. 어린 시절부터 자주 화를 내곤 했고 그렇지 않을 때는 시무룩해하거나 아무 말도 하지 않았다. 와인즈버그에서는 그녀가 술을 마셨기 때문이라는 말이 돌았다. 은행가이자 신중하고 기민한 남편은 아내를 행복하게 해주려고 노력했다. 그가 돈을 벌기 시작했을 때 아내에게 와인즈버그 엘름가에 있는 커다란 벽돌집을 사주었으며 또한 그 마을에서는 첫 번째로 아내의 마차를 끄는 하인을 고용하기도 했다.

하지만 루이즈를 행복하게 해주지는 못했다. 그녀는 반쯤 미친 사람처럼 화를 냈고 그럴 때면 때론 침묵하거나, 때론 시끄럽게 소리 지르거나 아니면 싸우려 들었다. 분노에 차서 욕을 하고 울부짖었다. 부엌에서 칼을 가져와 남편의 목숨을 위협한 적도 있었다. 한번은 집에 의도적으로 불을 내기도 했고 자주 며칠간 자기 방에 숨어 아무도 만나지 않으려 했다. 반쯤은 은둔자의 삶을 살았기에 그녀에 관한 온갖 종류의 이야기들이 생겨났다. 마약을 복용한다는 얘기도 있었고 자주 상태를 숨길 수 없을 만큼의 음주로 인한 영향이 있기 때문이라는 얘기도 있었다. 그녀는 이따금 여름날 오후에 집을 나와 자신의 마차에 올라탔다. 마부를 물러나게 한 다음 직접 고삐를 잡고 최고 속도로 거리를 달렸다. 가는 길에 보행자가 있어도 직진했기 때문에 공포에 질린 주민은 최선을 다해 피해야 했다. 마을 사람들에게는 마치 그녀가 사람들을 치고 싶어 하는 것처럼 보였다. 모퉁이를 분주히 돌고 채찍으로 말을 때려가며 몇 개의 거리를 달린 다음에는 시골로 들어섰다. 집들이 보이지 않는 시골길로 들어선 후에야 말의 속도를 늦춰 걷게 했으며 격렬하고 무모한 그녀의 기분도 잦아들었다. 그리고 생각에 잠기며 뭐라고 중얼거렸다. 가끔은 눈물을 보이기도 했다. 그리고 다시 시내로 들어서면 조용한 거리를 맹렬히 질주했다. 남편의 영향력과 사람들이 남편에게 가졌던 존경심이 아니었다면 마을 보안관에게 한 번 이상은 체포되었을 것이다.

어린 데이비드 하디는 이 여자와 함께 그 집에서 성장했으며 충분히 상상할 수 있듯 어린 시절에 큰 즐거움이란 없었다. 당시 데이비드가 주변 사람들에 관해 자신만의 의견을 갖기에는 너무 어렸지만, 때론 어머니였던 그 여자에 대해 매우 분명한 의견을 갖지 않기도 그로선 힘든 일이었다. 데이비드는 항상 조용하고 차분한 소년이어서 오랫동안 와인즈버그 사람들은 그가 멍청이와 비슷하다고 생각했다. 눈은 갈색이었는데 어렸을 때 마치 보지 않는 척하면서 사물과 사람들을 오랫동안 바라보는 버릇이 있었다. 엄마에 대한 가혹한 말을 듣게 되거나 혹은 남편을 질책하는 엄마의 말을 엿듣게라도 될 때면 그는 무서워서 도망쳐 숨었다. 가끔은 숨을 곳을 찾지 못해 당황하기도 했다. 나무를 향해 얼굴을 돌리거나 혹은 실내라면 벽을 향해 돌아서서는 눈을 감고 그 어떤 것도 생각하지 않으려 애썼다. 데이비드는 큰 소리로 혼잣말을 하는 습관이 있었고 유년 시절에는 조용한 슬픔에 자주 사로잡히기도 했다.

벤틀리 농장에 있는 할아버지를 방문하러 갈 경우, 데이비드는 완전히 만족해하고 행복해했다. 자주 그는 시내로 결코 돌아가지 않기를 바랐는데 한번은 그곳에서 오래 머물고 난 뒤 집으로 돌아왔을 때 데이비드의 마음에 지속적으로 영향을 끼쳤던 어떤 일이 벌어졌다.

데이비드는 고용된 사람들 중 한 명과 함께 마을로 돌아왔다. 그 남자는 자기 일로 급했기 때문에 데이비드의 집이 위치한 거리 입구에 소년을 남겨 두고 떠났다. 어둑해지는 가을 초저녁이었으며 하늘은 구름으로 흐려 있었다. 데이비드에게 무슨 일이 일어났다. 데이비드는 아빠와 엄마가 살고 있는 집으로 들어가는 것을 참을 수 없어 집에서 도망치기로 충동적으로 결심했다. 그는 농장과 할아버지가 있는 곳으로 돌아가고자 했으나 길을 잃어버려서 몇 시간 동안 울거나 두려움에 사로잡혀 시골길을 헤맸다. 비가 오기 시작했고 하늘에서는 번개가 쳤다. 상상력에 사로잡힌 소년은 어둠 속에서 이상한 것을 보고 들을 수 있다고 생각했다. 그리하여 누구도 있어본 적 없는 끔찍할 정도의 그 어떤 빈 공간을 걷거나 달리고 있었다는 확신이 들었다. 그의 주변을 둘러싼 어둠은 무한대인 것처럼 여겨졌다. 나무에서 부는 바람 소리는 너무 무서웠다. 걷고 있던 길을 따라서 몇 마리의 말들이 다가오자 데이비드는 공포에 사로잡혀 울타리를 올라가기 시작했다. 들판을 가로질러 달리던 그는 또 다른 길로 들어섰고 그곳에서 손가락으로 부드러운 흙을 느끼며 무릎을 꿇고 앉았다. 어둠 속에서 다시는 찾을 수 없을 것 같아 두려워했던 할아버지와 비슷한 형체가 아니었다면 그는 세계는 완전히 빈 공간이라고 생각했을 것이다. 마을에서 집으로 걸어가던 한 농부가 소년의 울음소리를 듣고 아버지의 집으로 데려다줬을 때, 데이비드는 너무 피곤하고 흥분된 상태여서 자신에게 무슨 일이 일어났는지 알지 못했다.

데이비드의 아버지는 아들이 사라졌음을 우연히 알게 됐다. 벤틀리 농장에서 일하는 일꾼을 거리에서 만난 뒤 아들이 시내로 돌아왔음을 알게 됐던 것이다. 소년이 집에 돌아오지 않자 경보가 발령됐고 존 하디는 몇몇 마을 사람들과 함께 아이를 찾고자 시골로 갔다. 데이비드가 유괴됐다는 소문이 와인즈버그 거리에 돌았다. 소년이 집에 왔을 때 집의 불은 꺼져 있었지만 어머니가 나타나 진심을 담아 팔로 아들을 꽉 움켜쥐었다. 데이비드는 그녀가 갑자기 다른 사람이 됐다고 생각했다. 그처럼 기쁜 일이 일어났다는 사실을 그는 믿을 수 없었다. 루이즈 하디는 손수 피곤한 아들을 목욕시키고 음식을 만들어 주었다. 아들을 침대로 보내고 싶어 하지 않았지만 아들이 잠옷을 입자 불을 끄고는 팔로 아들을 안고자 의자에 앉았다. 약 한 시간 동안 여자는 어둠 속에 앉아 팔로 아들을 꽉 안았다. 줄곧 그녀는 낮은 목소리로 말을 했다. 무엇이 어머니를 그토록 바꿔 놨는지 데이비드는 이해할 수 없었다. 습관적으로 짓곤 하던 불만족스러운 표정은, 그가 생각하기에, 여태 그가 본 것들 중 가장 평화스럽고 사랑스러운 것으로 변했다. 그가 울기 시작하자 엄마는 더욱더 꽉 아들을 안았다. 그녀의 목소리는 계속해서 이어졌다. 그 소리는 남편에게 해대던 매정하고 날카로운 소리가 아니라 나무 위로 떨어지는 빗소리 같았다. 곧 사람들이 문으로 와서 아들이 발견되지 않았다고 소식을 전했지만 그녀는 아들을 숨기고 사람들을 물러가게 할 때까지 아무 말도 하지 않았다. 그는 이것이 엄마와 마을 사람들이 자신을 두고 벌이는 게임이 틀림없다고 생각해서 기쁘게 웃었다. 어둠 속에서 길을 잃고 두려움에 사로잡힌 것은 전혀 중요하지 않은 문제라는 생각이 소년에게 들기 시작했다. 엄마가 갑자기 변한 것처럼, 만약 길고 검은 길의 끝에서 그런 멋진 일을 틀림없이 발견하게 된다면 공포스러운 경험을 수천 번이라도 기꺼이 겪을 수 있다고 그는 생각했다.

…

어린 시절의 마지막 몇 년 동안 엄마를 보긴 했지만 극히 드문 일이었으며 엄마는 데이비드에게 그저 한때 함께 살았던 어떤 여자 정도로만 여겨졌다. 여전히 데이비드는 엄마의 모습을 마음속에서 떠올리기 힘들었으며 나이가 들어 감에 따라 이는 더욱 분명해졌다. 열두 살이 되던 때에 그는 벤틀리 농장에서 살려고 그곳으로 갔다. 늙은 제시는 마을로 와서는 자신이 소년을 책임져야 한다고 강하게 요구했다. 노인은 흥분했고 자기 뜻대로 하기로 단호히 결심한 상태였다. 그는 와인즈버그 저축은행 사무실에서 존 하디에게 얘기했으며 두 사람은 루이즈에게 말하고자 엘름가에 있는 집으로 갔다. 둘은 루이즈가 말썽을 부릴 거라고 예상했지만 그것은 오산이었다. 루이즈는 매우 조용했고, 제시가 자신의 사명과, 소년이 야외와 낡은 농가의 조용한 분위기에서 지내게 될 때의 장점에 대해 상세히 설명하자 승인의 뜻으로 고개를 끄덕였다. "내 존재로 오염되지 않은 곳이죠." 루이즈가 날카롭게 말했다. 그녀의 어깨가 흔들렸고 곧 화를 낼 것처럼 보였다. "아이에게 적당한 장소예요, 비록 제게는 결코 그렇지 않았지만." 루이즈가 계속 말했다. "아버지는 제가 그곳에 있는 걸 원하지 않았고 당연히 아버지가 있는 집 분위기는 저에게 전혀 좋지 않았어요. 그 집은 내 피에 독과 같았지만 아들에게는 다를 거예요."

루이즈는 당황하여 침묵한 채 앉아 있는 두 사람을 남겨두고 몸을 돌려 방에서 나갔다. 매우 자주 그랬듯 그녀는 이후 며칠간 자신의 방 안에 머물렀다. 누군가 소년의 옷을 챙겨 데리고 나갈 때도 나타나지 않았다. 아들을 잃은 상실감이 루이즈의 인생에 급격한 변화를 가져와 그녀는 남편과 예전보다는 덜 싸우려는 경향을 보이는 듯했다. 존 하디는 모든 일이 진정 잘되었다고 생각했다.

그렇게 어린 데이비드는 제시와 함께 살고자 벤틀리 농장으로 갔다. 늙은 농부의 두 누이는 생존해 있어서 여전히 그 집에서 살고 있었다. 그들은 제시를 두려워했기 때문에 제시가 주변에 있으면 거의 말하는 법이 없었다. 보다 젊었을 때 불타는 듯한 붉은 머리로 유명했던 둘 중 한 명은 타고난 엄마 체질이어서 아이의 보모가 되었다. 밤마다 소년이 침대로 가면 그의 방으로 들어가서 소년이 잠들 때까지 바닥에 앉아 있었다. 소년이 졸음에 빠지면 그녀는 대담해져서 뭔가를 속삭였는데 소년은 나중에 자신이 꿈을 꾸었음이 틀림없다고 생각했다.

그녀의 부드럽고 낮은 목소리가 사랑스러운 이름으로 데이비드를 부를 때면, 그는 엄마가 그에게로 왔다는, 너무 변해서 엄마는 언제나 그가 도망쳤던 이후의 모습과 같았다는 꿈을 꿨다. 데이비드는 점차 대담해져 손을 뻗어서 바닥에 있는 여자의 얼굴을 쓰다듬었으며 이에 여자는 황홀할 정도로 행복했다. 소년이 온 뒤 낡은 집의 모든 사람들은 행복해졌다. 집안 사람들을 침묵하고 소심하게 만들었고 루이즈라는 소녀의 존재로도 결코 떨쳐 낼 수 없었던 제시 벤틀리의 엄격하고 고집스러운 성향은 소년이 오면서 분명 사라졌다. 그것은 마치 신이 노여움을 풀고 제시에게 아들을 보낸 것처럼 보였다.

와인 시내의 모든 계곡에서 자기 자신만이 오직 신의 진정한 종이라고 선언했던 그 남자는, 또 캐서린의 자궁을 통해 아들을 얻는 것으로 승인의 표지를 보내 달라고 신에게 청했던 그 남자는 마침내 자신의 기도가 응답받았다고 생각하기 시작했다. 비록 당시 쉰다섯 살에 불과했지만 일흔 살처럼 보였고 많은 생각과 계획으로 고단한 상태였다. 토지를 넓히려는 제시의 노력은 그때까지 성공적이어서 그 계곡에서 제시에게 속하지 않은 농장은 거의 없었지만 데이비드가 올 때까지 그는 비통할 만큼 낙담에 빠진 사람이었다.

제시 벤틀리에게는 그에게 작용하는 두 가지의 영향이 있었으며 일생 동안 그의 마음은 이 두 가지 영향력의 전장이었다. 첫 번째로 제시에게는 오래된 것이 있었다. 그는 신의 사람이 되기를, 신의 사람들 중 우두머리가 되기를 원했다. 밤에 들판과 숲을 통과해 걸을 때면 자연에 더 다가갈 수 있었고 열정적으로 종교적인 그 남자에게는 자연에 있는 기운을 향해 달려나가는 힘이 있었다. 캐서린이 아들이 아니라 딸을 낳았을 때 제시를 엄습했던 실망감은 어떤 보이지 않는 손이 때리는 타격처럼 그에게 떨어졌고 그 타격은 그의 자만심을 다소 완화시켰다. 제시는 여전히 신은 언제든 바람이나 구름을 통해 자신의 존재를 명백히 드러낼 수 있다고 믿었지만 더 이상 그런 승인은 요구하지 않았다. 대신 그렇게 해달라고 기도했다. 가끔은 완전히 의심에 차서 신이 세상을 버린 것은 아닌가 생각했다. 하늘의 이상한 구름이 보여 주는 신호에 따라 땅과 집을 버리고 새로운 인류를 창조하기 위해 황야로 나아갔던 더 단순하고 달콤했던 시절에 태어나지 못한 운명을 제시는 후회했다. 그의 농장을 더욱 생산적으로 만들기 위해, 그리고 땅을 넓히기 위해 밤낮으로 일하는 와중에도, 사원을 세우거나 불신자들을 죽이거나 전반적으로는 신의 이름을 지상에서 영광스럽게 하는 일에 자신의 분주한 에너지를 쓰지 못함을 그는 유감스럽게 여겼다.

그것이 제시가 갈망하는 바였고 이어 역시 다른 뭔가를 갈망했다. 그는 남북전쟁 이후 시기에 미국에서 성인으로 성장했고, 당시의 다른 모든 사람들처럼, 현대적인 산업주의가 태어나던 그 시기 동안 이 나라에 작용했던 깊은 영향력에 감화되었다. 그는 보다 적은 일꾼들을 고용하면서도 농장 일을 할 수 있게 해주는 기계를 구입하기 시작했으며 이따금 만약 자신이 더 젊었더라면 농장을 완전히 포기하고 기계 장비들을 만드는 공장을 와인즈버그에 세웠을 거라고 생각하곤 했다. 제시는 신문과 잡지를 읽는 버릇이 생겼다. 그는 철사로 울타리를 만드는 기계를 발명했다. 희미하나마 그는 항상 자신의 마음속에서 일궈 왔던 옛 시대와 장소의 분위기가, 다른 이들의 마음속에서 자라나고 있던 것들에게 낯설고 이질적임을 실감했다. 세계 역사에 있어 가장 물질적인 시대, 즉 애국심 없는 전쟁이 벌어지고, 사람이 신을 잊은 채 오직 도덕적 규범에만 주의를 기울이고, 힘에 대한 의지가 봉사에의 의지를 대신하며, 재산 획득을 향해 지독하게 저돌적으로 돌진해 가는 인류 속에서 아름다움이 거의 잊히는 시대의 시작은, 주변 사람들에게 제시가 그랬던 것처럼 자신의 이야기를 신의 사람인 제시에게 들려주고 있었다. 제시 안에 있던 탐욕은 땅을 경작하여 벌어들이는 것보다 더 빨리 돈을 벌 수 있기를 원했다. 수차례 그는 와인즈버그로 가서 사위인 존 하디에게 이에 대해 말했다. "자네는 은행가니까 내가 결코 가질 수 없었던 기회를 얻게 될 거야." 그렇게 말하는 그의 눈이 빛났다. "난 항상 그것에 대해 생각한다네. 곧 우리나라에서 큰 일이 벌어질 거고 내가 꿈꿨던 것보다 더 많은 돈이 들어올 거야. 자네도 관여하게 될 테지. 내가 더 젊어서 자네의 기회를 얻게 된다면 좋으련만." 제시는 은행 사무실 안을 서성거렸고 말을 하는 동안 더욱더 흥분에 사로잡혔다. 한때 그는 신체가 마비되는 위협을 겪은 적이 있어서 몸의 왼쪽 부분이 다소 약해진 상태였다. 그가 말을 할 때 왼쪽 눈꺼풀이 경련을 일으켰다. 나중에 마차를 몰고 집으로 돌아와서 밤이 되어 별들이 나올 때면, 하늘 높은 곳에 살면서 언제든 손을 뻗어 그의 어깨를 만지고, 어떤 영웅적인 임무를 완료하고자 그를 임명하는 친밀하고 개인적인 신이라는 이전의 감정으로 되돌아가기가 더욱더 힘들었다. 제시의 관심은 신문과 잡지에서 읽을 수 있는 것들에, 사고파는 기민한 사람들이 거의 노력 없이 벌어들이는 돈에 있었다. 제시에게 있어 데이비드의 출현은 새로운 기운과 함께 옛 믿음으로 돌아가는 데 크게 기여하여, 신이 마침내 그를 호의적으로 바라보고 있는 것으로 여겨졌다.

농장의 소년에게로 눈을 돌려보면, 인생은 수천만 개의 새롭고 기쁜 방식으로 소년에게 모습을 드러냈다. 주변 모든 사람들의 친절한 태도로 인해 조용했던 소년의 성향이 확장되어서, 그는 주변 사람들에게 항상 내보였던 어느 정도는 소심하고 주저하던 모습에서 벗어났다. 마구간과 들판에서의 모험을 마친 후, 또 할아버지와 함께 이 농장에서 저 농장으로 돌아다닌 후 밤에 잠자리에 들 때면 그는 집안의 모든 이들을 껴안고 싶어 했다. 밤마다 그의 침대 옆 바닥에 앉아 있던 셜리 벤틀리가 당장 보이지 않으면 소년은 계단 입구로 와 소리쳐서 그토록 오랫동안 침묵의 전통을 지켜 왔던 좁다란 복도 전체에 그의 어린 목소리가 울려 퍼졌다. 아침에 잠에서 깬 후 여전히 침대에 누워 있을 때 창문을 통해 들려오는 소리가 그를 기쁨으로 가득 채웠다. 소년은 몸서리치면서 와인즈버그 집에서의 생활과 항상 그를 떨게 만들었던 엄마의 화난 목소리를 생각했다. 시골에서는 모든 소리가 유쾌한 소리였다. 소년이 새벽에 깰 때면 농가의 뒤쪽 마당 역시 깨어났다. 집에서는 사람들이 분주히 돌아다녔다. 바보인 일라이자 스타우튼은 일꾼에게 옆구리를 찔리면 시끄럽게 킥킥거렸고 저 멀리 들판에서 소 한 마리가 시끄럽게 울어 대면 마구간에 있던 가축이 이에 화답해 역시 울어 댔으며, 마구간 문에서는 일꾼 중 한 명이 솔질하고 있던 말에게 날카롭게 말하는 소리가 들려왔다. 데이비드는 침대에서 뛰쳐나와 창문으로 달려갔다. 분주히 돌아다니는 사람들이 그를 흥분시켜서 그는 마을에 있는 집에서 엄마는 무엇을 하고 있을지 궁금해했다.

소년의 방 창문에서는 아침에 해야 할 허드렛일을 위해 일꾼들이 모두 모여 있는 마당이 직접 내다보이지 않았지만 사람들과 그 옆에 있는 말들의 소리를 들을 수 있었다. 사람들 중 한 명이 웃자 그 역시 웃었다. 열린 창문 밖으로 몸을 기대자 살찐 암퇘지가 한배에서 난 작은 새끼들을 발꿈치에 거느리고 과수원 여기저기를 돌아다니는 모습이 보였다. 매일 아침 그는 돼지 숫자를 세었다. "넷, 다섯, 여섯, 일곱." 이렇게 천천히 말하면서 물을 묻힌 손가락으로 창문의 선반 위에다 정확하게 표시를 했다. 데이비드는 바지와 셔츠를 입으려고 뛰어갔다. 밖으로 나가고자 하는 과열된 욕망이 그를 사로잡았다. 매일 아침 그가 그토록 떠들썩하게 계단을 내려왔기에 집안 살림을 맡고 있던 캘리 아주머니는 그가 집을 부수려드는 거라고 공언하곤 했다. 뒤로 쾅 하고 문을 닫으며 기다란 낡은 집을 통과해 달려가 마당에 들어서서는 기대에 찬 놀란 얼굴로 주변을 둘러봤다. 그가 생각할 때 이런 곳에서는 밤사이에 대단한 일이 벌어질 수 있는 것처럼 여겨졌다. 일꾼들이 그를 보고는 웃었다. 제시가 농장 주인이 될 때부터 농장에 있었고 데이비드가 오기 전까지는 결코 농담해 본 적이 없던 헨리 스트레이더는 매일 아침 같은 농담을 해댔다. 데이비드는 이 농담이 너무 재미있어서 웃고 손뼉을 쳐댔다. "얘야, 여기로 와서 보거라." 노인이 외쳤다. "제시 할아버지의 하얀 암말이 자기 발에 신고 있던 검은 스타킹을 찢어 놨지 뭐냐."

긴 여름 매일매일을 제시 벤틀리는 마차를 타고 와인 시내 계곡의 위아래로 이 농장 저 농장을 돌아다녔고 손자가 항상 그와 같이 갔다. 둘은 하얀 말이 이끄는 편안한 낡은 사륜마차를 타고 다녔다. 노인은 가느다란 하얀 턱수염을 긁으면서 그들이 들렀던 밭의 생산성을 높이기 위한 그의 계획에 대해서, 또 모든 인간이 세운 계획에서의 신의 영역에 대해서 혼잣말을 했다. 가끔 데이비드를 보고는 행복하게 웃다가 이어 오랫동안 소년의 존재를 잊은 것처럼 보이기도 했다. 매일 더 욱더, 그는 그 땅에서 살기 위해 도시에서 처음으로 이곳에 왔을 때 그의 마음을 가득 채웠던 꿈으로 다시 돌아가기 시작했다.

어느 오후, 노인은 자신의 꿈에 온통 사로잡혀 버려 데이비드를 깜짝 놀라게 했다. 소년을 증인 삼아 어떤 의식을 진행시켜 그들 사이에 자라나고 있던 우정을 거의 파괴시켰던 사고를 초래했던 것이다.

제시와 손자는 집에서 몇 마일 거리에 있는 계곡으로부터 멀리 떨어진 곳을 지나는 중이었다. 숲이 길까지 내려와 있었고 와인 시내는 숲을 통과해 멀리 있는 강을 향해 바위들 위로 꿈틀거리며 지나갔다. 오후 내내 제시는 명상에 잠겨 있다가 이제 말을 하기 시작했다. 그의 마음은 언제라도 그의 재산을 빼앗고 약탈할 수 있는 거인 때문에 두려움에 사로잡혔던 밤으로, 아들을 달라고 외치며 들판을 달리던 그날 밤으로 다시 돌아갔고 이에 흥분하여 거의 미쳐 보이는 지경에 이르렀다. 제시는 말을 멈추고 마차에서 나와서는 데이비드에게도 역시 내리라고 했다. 둘은 울타리 위로 올라가 시냇가의 둑을 따라서 걸어갔다. 소년은 할아버지의 중얼거림에 전혀 관심이 없었지만 할아버지 옆을 따라 달리며 무슨 일이 일어날지 궁금해했다. 토끼 한 마리가 뛰어올라 가더니 나무들 사이로 사라졌고 소년은 손뼉을 치면서 기쁨에 겨워 춤을 추었다. 그는 키 큰 나무들을 바라보면서, 자신이 무서워하지 않고 공중의 높은 곳으로 올라갈 수 있는 작은 동물이 아닌 것에 유감스러워했다. 소년은 몸을 굽혀 작은 돌 하나를 주워 할아버지 머리 넘어 덤불이 모여 있는 곳으로 던졌다. "일어나, 작은 동물아. 가서 나무 제일 높은 곳까지 올라가란 말이야." 소년이 날카로운 목소리로 외쳤다.

마음이 요동치는 가운데 제시 벤틀리는 고개를 숙이고 나무 밑을 걸어갔다. 그의 진지함은 소년에게도 영향을 끼쳐 소년은 곧 조용해지고 약간 놀라워했다. 노인의 마음속에 이제 신으로부터 말씀을 듣거나 하늘에서 표지를 볼 수 있다는 생각이, 그리고 숲의 한적한 곳에 소년과 남자가 무릎을 꿇고 있으면 그가 기다려 왔던 기적이 거의 필연적으로 일어날 것이라는 생각이 들었다. "다른 다윗의 아버지가 와서 그에게 사울에게로 내려가라고 말했을 때, 그 다윗이 양을 돌보고 있던 곳이 바로 이런 장소였지." 그가 중얼거렸다.

다소 거칠게 소년의 어깨를 잡고 그는 쓰러진 나무들 위를 건너 걸어갔고 나무들로 둘러싸인 트인 장소가 나오자 무릎을 꿇고 큰 소리로 기도하기 시작했다.

일찍이 겪어 보지 못했던 종류의 공포가 소년을 덮쳐 왔다. 나무 밑에 쭈그리고 앉아서 앞에 펼쳐져 있는 땅 위의 사람을 지켜보던 소년의 무릎이 떨려오기 시작했다. 할아버지뿐만 아니라 다른 누군가, 즉 그를 해칠지도 모르고 친절하지 않고 위험하고 잔인한 그 누군가가 같이 있는 듯이 여겨졌다. 소년은 울기 시작하면서 아래로 내려가 손가락으로 작은 나뭇조각을 꽉 움켜쥐었다. 혼자만의 생각에 잠겨 있던 제시가 갑자기 일어나 그를 향해 다가오자 몸 전체가 비틀거릴 정도로 공포가 커져 갔다. 숲의 모든 것들 위에 강한 침묵이 깔려 있는 듯하더니 갑자기 노인의 거칠고 고집스러운 목소리가 그 침묵을 깨고 들려왔다. 제시는 소년의 어깨를 꽉 잡고는 얼굴을 하늘로 향하며 소리쳤다. 얼굴의 왼쪽 부분 전체가 경련을 일으켰으며 소년의 어깨를 잡고 있는 그의 손 역시 그러했다. "표징을 보여 주소서, 신이시여." 제시가 외쳤다. "여기 내가 데이비드 소년*과 함께 서 있습니다. 하늘로부터 제게 내려와 당신의 존재를 알게 해주소서."

공포에 찬 울음과 함께 데이비드는 방향을 돌려 그를 잡고 있던 손으로부터 몸을 비틀어 빼낸 다음 숲을 통과해 도망쳤다. 데이비드는 하늘을 향해 얼굴을 돌리고 거친 목소리로 외치던 사람이 그의 할아버지라고는 전혀 믿지 않았다. 할아버

* 데이비드(Daivid)는 다윗의 영어식 이름이다.

지처럼 보이지 않았다. 수상하고 끔찍한 어떤 일이 일어났다는 확신이, 어떤 기적에 의해 새롭고 위험한 사람이 친절한 노인의 몸속으로 들어갔다는 확신이 들었다. 데이비드는 울면서 산비탈 아래로 계속 달리고 달렸다. 나무뿌리에 발이 걸려 넘어져 떨어지면서 머리를 다쳤지만 그는 일어나 계속해서 달렸다. 머리의 상처 때문에 곧 쓰러져 가만히 누워 있었지만, 제시에 의해 마차로 옮겨진 후 깨어나 자신의 머리를 부드럽게 어루만지는 노인의 손을 발견한 이후에야 비로소 공포는 사라졌다. "저를 여기서 나가게 해줘요. 숲 뒤쪽에 끔찍한 사람이 있어요." 소년이 단호하게 말하는 동안 제시는 시선을 돌려 나무 위쪽을 바라보면서 다시 신에게 외쳤다. "당신께서는 내가 했던 일을 인정하지 않으시는군요." 노인은 소년의 상처와 피가 흐르는 머리를 자신의 어깨로 다정히 감싼 채 길을 따라 신속히 마차를 몰면서 계속 그 말을 반복하며 부드럽게 중얼거렸다.

III 항복 Surrender

존 하디의 아내가 되어 와인즈버그 엘름가의 벽돌집에서 남편과 살았던 루이즈 벤틀리의 이야기는 오해에 관한 이야기다.

루이즈와 같은 여자들이 이해될 수 있고 그들의 삶이 살

만한 것이 될 수 있으려면, 그에 앞서 많은 것들이 선행되어야만 한다. 사려 깊은 책이 쓰여야만 할 것이고, 그녀들 주변 사람이 살았던 사려 깊은 삶에 대해서도 그러하다.

연약했음에도 혹사를 당했던 어머니에게서 태어났기에, 또 그녀가 세상에 태어난 것을 좋게 여기지 않았던 충동적이고 엄격하며 상상력이 풍부한 아버지 때문에 루이즈는 후일 산업주의가 이 세상에 그토록 많이 배출하게 될 과민한 여자들처럼 어릴 때부터 신경증적이었다.

어린 시절 그녀는 벤틀리 농장에서 살았는데 조용하고 기분 변화가 심한 아이로서, 다른 그 무엇보다 세상으로부터 사랑을 원했으나 이를 얻지는 못했다. 열다섯 살이 되던 때에 그녀는 짐수레와 마차들을 파는 가게를 운영하고 마을의 교육위원회 회원이기도 한 앨버트 하디 가족과 같이 살고자 와인즈버그로 갔다.

루이즈는 와인즈버그고등학교에 다니려고 마을로 간 것이었는데, 앨버트 하디와 그녀의 아버지가 친구 사이였으므로 하디의 집에서 살게 된 것이다.

당시의 다른 많은 사람들처럼, 와인즈버그의 차량 판매상이었던 하디는 교육이란 주제에 관해 열정적인 사람이었다. 그는 책을 통해 배우지 않고도 출세한 사람이었으나 만약 책을 알았다면 상황이 더 좋았을 거라고 확신했다. 그의 상점에 들른 모든 사람들에게 이 문제에 관해 얘기했으며 집에서도 끊임없이 같은 주제를 되풀이하여 가족들을 짜증 나게 했다.

그에게는 두 딸과 존 하디라는 아들 하나가 있었는데 딸들은 학교를 완전히 떠나겠다고 여러 차례 아버지를 위협했다. 원칙적으로 두 딸은 징계를 면하기 위해 충분히 학급에서 할 만큼은 했다. "난 책이 싫어, 책을 좋아하는 그 누구도 싫어." 두 딸 중 어린 해리엇은 이렇게 격렬히 말하곤 했다.

농장에 있을 때처럼 와인즈버그에서도 루이즈는 행복하지 않았다. 수년간 그녀는 세상으로 나갈 수 있기를 꿈꿨으며 하디네 집으로 이사간 것을 자유를 향한 중요한 단계로 간주했다. 이 문제에 대해 생각할 때마다, 마을의 모든 사람은 틀림없이 유쾌하고 활기차며, 볼에서 바람을 느끼듯 우정과 애정을 주고받으면서 모든 남자와 여자들이 행복하고 자유롭게 살고 있다고 여겨졌다. 벤틀리 집에서의 조용하고 쓸쓸한 생활을 보내고 난 후, 그녀는 따뜻하고 활기와 현실감이 고동치는 분위기로 나아갈 수 있기를 꿈꿨다. 만약 마을로 간 직후 그녀가 실수를 저지르지만 않았더라면 그녀가 그토록 갈구하던 뭔가를 하디의 집에서 얻을 수 있었을 것이다.

학교 공부에 전심전력을 다했기에 루이즈는 하디의 딸들인 메리와 해리엇으로부터 냉대를 받았다. 그녀는 학교가 시작하는 날 하디의 집으로 왔으므로 이 문제에 관한 두 딸의 감정이 어떤지 전혀 알지 못했다. 그녀는 소심해서 첫 달에 누구와도 안면을 트지 못했다. 루이즈가 주말을 집에서 보낼 수 있도록 금요일 오후가 되면 농장에 고용된 사람이 와인즈버그로 왔기 때문에 그녀는 마을 사람들과 토요일 휴일을 같이 보내지 않았다. 어색하고 또 외로워서 그녀는 늘 공부에 몰두했다. 메리와 해리엇에게 그것은 마치 루이즈가 자신의 우수함을 통해 둘에게 문제를 일으키려 애쓰는 것처럼 보였다. 잘 보이고 싶은 열망에 루이즈는 수업 시간에 선생님이 내는 모든 문제에 답할 수 있기를 원했다. 그녀는 펄쩍펄쩍 뛰었고 눈에서는 빛이 났다. 반 친구들이 대답하지 못하는 어떤 질문에 대답하고 나면 행복하게 미소 지었다. '내가 너희를 위해 한 일을 봐.' 루이즈의 눈은 그렇게 말하는 듯했다. '이 문제에 대해 귀찮아할 필요가 없어. 내가 모든 문제에 대답할 거야. 내가 여기 있는 동안 반 전체가 편안할 거야.'

하디의 집에서 저녁식사가 끝나면 앨버트 하디는 루이즈를 칭찬하기 시작했다. 선생님들 중 한 명이 그녀에 대해 좋게 말했기 때문에 그는 기뻤다. "음, 또 그 얘기를 들었다." 딸들에게 엄격한 시선을 보인 후 돌아서서 루이즈에게는 미소를 보이며 하디가 말을 시작했다. "또 다른 선생님이 루이즈가 잘 해내고 있다고 말하더구나. 와인즈버그의 모든 사람들이 루이즈가 얼마나 똑똑한지 나한테 말해. 내 딸들에게는 그렇게 말해 주지 않으니 부끄러웠다." 자리에서 일어난 그는 걸음을 옮겨 저녁에 피울 담배에 불을 붙였다.

두 딸은 서로 바라보며 진력이 난 듯 고개를 흔들었다. 무관심한 딸들의 모습을 보고 아빠는 화가 났다. "너희들이 생각해 볼 만한 문제이기 때문에 아빠가 이런 말을 하는 거야." 두 딸을 노려보며 그가 외쳤다. "여기 미국에서는 조만간 큰 변화가 닥칠 것이고 다가올 세대의 유일한 희망은 공부에 있어. 루이즈는 부잣집 딸인데도 공부하는 걸 부끄럽게 생각하지 않아. 그 애가 하는 걸 보고 너희들은 부끄러워해야 해."

상인은 문 근처 선반에서 모자를 집어 들고 저녁 일을 위해 출발할 준비를 했다. 문가에서 그는 발걸음을 멈추고 두 딸을 노려봤다. 하디의 태도가 너무 사나웠기에 루이즈는 두려워져서 자신의 방이 있는 위층으로 뛰어 올라갔다. 딸들은 자기들 일에 관해 얘기하기 시작했다. "나한테 주목해." 상인이 고함을 쳤다. "너희들은 정신이 나태해. 교육에 관한 너희들의 무관심이 너희들 품성에 영향을 미치고 있어. 너흰 아무것도 이루지 못할 거야. 내 말 잘 들어라, 루이즈는 너희를 너무 앞서가서 너흰 결코 따라잡지 못할 거다."

짜증이 난 남자는 집 밖으로 나온 후 분노에 몸을 떨며 거리로 나섰다. 그는 중얼거리거나 욕을 하면서 길을 걸어갔지만 중심가로 들어서자 분노는 사라졌다. 다른 상인이나 시내에 온 농부와 함께 날씨 혹은 농작물 얘기를 하고자 걸음을 멈췄으며 딸들은 완전히 잊어버렸고, 생각이 났다고 해도 어깨를 으쓱할 뿐이었다. "뭐, 계집애들이란 게 다 그렇지." 달관한 듯 그는 이렇게 중얼거렸다.

두 딸이 앉아 있는 곳으로 루이즈가 내려왔을 때 둘은 그녀를 전혀 아랑곳하지 않았다. 그곳에 간 지 여섯 주가 지난 어느 날 저녁, 항상 받았던 계속되는 냉대로 마음이 상한 루이즈는 눈물을 터뜨렸다. "울음 그치고 네 방과 네 책이 있는 곳으로 돌아가." 메리 하디가 날카롭게 말했다.

…

루이즈의 방이 있는 곳은 하디 집의 2층으로, 방 창문으로 과수원이 내다보였다. 방에는 스토브가 있어서 매일 저녁 젊은 존 하디가 팔 한가득 땔감을 갖고 와 벽 옆에 있는 상자 안에 내려놓았다. 하디의 집으로 온 두 달째부터 루이즈는 하디의 딸들과 우정을 쌓으며 잘 지내 보려는 모든 희망을 포기하고 저녁식사가 끝나는 즉시 자신의 방으로 갔다.

그녀의 마음은 존 하디와 친구가 되려는 생각으로 분주해지기 시작했다. 하디가 땔감을 들고 방에 들어오면 공부에 바쁜 척했지만 실은 그를 간절히 바라봤다. 그가 상자에 땔감을 내려놓고 나가면 머리를 숙인 채 얼굴을 붉히곤 했다. 말을 건네보려 했지만 아무 말도 하지 못했고 그래서 그가 가고 나면 루이즈는 어리석은 자신에게 화를 냈다.

시골 소녀의 마음은 그 젊은이를 가까이하고 싶다는 생각으로 가득 찼다. 일생 동안 자신이 사람들에게서 찾고 있던 특질을 어쩌면 그에게서 발견할 수 있을지도 모른다고 생각했다. 그녀가 볼 때 그녀와 이 세상의 다른 모든 사람들 사이에는 벽이 가로 놓여 있고, 서로에게 매우 솔직하고 이해 가능한 따뜻한 어떤 교제의 범위 바로 그 가장자리에 자신이 살고 있는 것처럼 여겨졌다. 사람들과의 그 모든 관계를 완전히 다르게 하려면 오직 그녀 쪽에서 용기 있게 행동하는 것이 필요할 뿐이며 그러한 행동에 의해 마치 문을 열고 방으로 들어가듯 새로운 인생으로 들어가는 것이 가능하다는 강박관념에 사로잡혔다. 루이즈는 밤낮으로 이 문제에 대해 생각했으나, 비록 매우 따뜻하고 친밀한 뭔가를 갈망하긴 했어도 그것은 여전히 섹스에 대한 의식과는 전혀 관련이 없었다. 그렇게까지 확고한 의식이 있는 것은 아니었으며 루이즈의 마음은 오직 존 하디라는 사람만을 향했는데, 이는 그가 가까이에 있었고 누이들과 다르게 그녀에게 불친절하지 않았기 때문이다.

하디의 누이인 메리와 해리엇은 둘 다 루이즈보다 나이가 많았다. 세상에 관한 어떤 특정한 종류의 지식에 관해서는 수년을 더 앞섰다. 그들은 중서부 지역 마을에 살았던 젊은 여자들과 마찬가지의 삶을 살았다. 당시 젊은 여자들은 동부의 대학으로 가고자 마을 밖으로 나가지 않았으며 사회계급에 관한 생각은 거의 존재하기 전이었다. 노동자의 딸은 농부나 상인의 딸과 거의 똑같은 사회적 지위에 있었고 유한계급은 없었다. 소녀는 '괜찮다.' 아니면 '괜찮지 않다.'로 나뉘었다. 만약 괜찮은 소녀라면, 토요일과 수요일 저녁에 집으로 찾아오는 젊은이가 있었다. 가끔은 그녀의 젊은이와 함께 댄스 모임이나 교회 모임에 가기도 했다. 어떤 때에는 집에서 그를 맞이해 객실을 그런 목적으로 이용하도록 허락받았다. 아무도 그녀를 방해하지 않았다. 수 시간 동안 둘은 닫힌 문 뒤에 같이 앉아 있었다. 가끔 조명이 어두워지면 젊은이와 여자는 서로 포옹했다. 뺨은 뜨거워지고 머리는 헝클어졌다. 만약 1년, 혹은 2년 뒤에도 둘 사이의 충동이 강해지거나 충분할 만큼 지속된다면 결혼을 했다.

와인즈버그에서의 첫 번째 겨울을 맞던 어느 날 저녁, 루이즈는 그녀의 욕망에 새로운 자극을 부여했던 모험을 했는데, 그 욕망이란 자신과 존 하디 사이에 놓여 있다고 생각했던 벽을 허물려는 것이었다. 그날은 수요일 저녁이었고 저녁식사를 마치자마자 앨버트 하디는 모자를 쓰고 밖으로 나갔다. 젊은 존이 땔감을 들고 와 루이즈 방에 있는 상자에 넣었다. "정말 열심히 공부하고 있네요, 그렇죠?" 그가 어색하게 말했고 이어 루이즈가 대답하기도 전에 그 또한 밖으로 나가 버렸다.

존 하디가 밖으로 나가는 소리를 듣고 루이즈는 뒤쫓아 가고픈 미칠 듯한 욕망에 사로잡혔다. 루이즈는 창문을 연 다음 밖을 향해 몸을 기댄 채 부드럽게 불렀다. "존, 소중한 존, 돌아와요, 가지 말아요." 구름 낀 밤이어서 어두운 곳까지 멀리 보이지 않았으나 응답을 기다리는 동안 누군가 과수원 나무들을 통과해 발끝으로 걸을 때 나는 부드럽고 나지막한 소리가 들렸다고 루이즈는 믿었다. 두려워진 그녀는 재빨리 창문을 닫았다. 한 시간 동안 흥분에 휩싸여 몸을 떨며 방 안을 돌아다니다가 기다림을 더 이상 참을 수 없게 되자 복도로 몰래 나와서는 계단을 내려가 객실로 바로 이어지는 벽장 비슷한 방으로 들어갔다.

루이즈는 수 주간 마음속에 갖고 있던 용감한 행위를 실행하기로 결심했다. 그녀는 자기 방의 창문 아래쪽 과수원에 존 하디가 몸을 숨기고 있다고 확신하여, 그런 그를 찾아 그가 그녀에게 다가오기를 원한다고, 그의 팔로 안아 주기를 원한다고, 그의 생각과 꿈을 말해 주기를 원한다고, 그녀 자신의 생각과 꿈을 말하는 동안 그 얘기를 들어주길 원한다고 말하기로 결심했다. "어둠 속이라면 말하기가 더 쉬울 거야." 문을 찾아 더듬으며 그 작은 방에 서서 루이즈는 혼잣말로 중얼거렸다.

이어 갑자기 그녀는 집 안에 자신만 있는 것이 아님을 깨달았다. 객실 반대편에 있는 문에서 한 남자의 부드러운 목소리가 들려왔고 문이 열렸다. 메리 하디가 젊은 남자와 함께 작고 어두운 그 방으로 들어왔을 때 루이즈는 계단 아래 작은 공간에 간신히 숨을 수 있었다.

한 시간 동안 루이즈는 어둠 속에서 귀를 기울이며 바닥에 앉아 있었다. 메리는 한마디의 말도 없이, 그녀와 함께 저녁을 보내기 위해 집에 온 남자의 도움을 받아 시골 소녀에게 남자와 여자에 관한 지식을 전달해 줬다. 작은 공처럼 웅크려질 때까지 루이즈는 머리를 숙이고 누워 꼼짝도 하지 않았다. 루이즈가 볼 때 신의 어떤 이상한 충동에 의해 메리 하디에게 커다란 선물이 내려진 것 같았으므로 자기보다 나이 많은 여자의 완강한 거부를 이해할 수 없었다.

그 젊은 남자는 메리 하디를 팔로 안고 키스했다. 메리가 몸부림치고 웃을 때 남자는 오직 그녀를 더욱 꽉 껴안을 뿐이었다. 한 시간 동안 둘 사이의 시합은 계속됐고 이어 둘은 객실로 돌아갔으며 루이즈는 계단 위로 빠져나갔다. "거기 좀 조용히 해주면 좋겠어. 그 작은 쥐가 공부하는 걸 방해해선 안 돼." 루이즈가 위층 복도 자신의 방문 근처에 서 있을 때 해리엇이 메리에게 말하는 소리가 들려왔다.

루이즈는 존 하디에게 쪽지를 하나 써서, 집안 사람들 모두가 잠든 늦은 밤 시간에 계단 아래로 몰래 내려가 그의 방문 밑으로 슬며시 밀어 넣었다. 이를 즉각 시행하지 않는다면 용기가 꺾일 거라는 두려움이 들었던 것이다. 루이즈는 자신이 원하는 것에 대해 가능한 한 아주 분명하게 쪽지에 쓰려고 애를 썼다. "난 나를 사랑해 줄 누군가를 원하고 누군가를 사랑하고 싶어요." 그녀는 그렇게 썼다. "만약 당신이 그런 나를 위한 사람이라면 밤에 과수원으로 와서 내 창문 밑에서 소리를 내세요. 헛간 위로 기어 내려가 당신에게 가는 건 내게 쉬운 일일 거예요. 난 이걸 항상 생각해 왔어요, 그러니 올 생각이 조금이라도 있다면 빨리 와야만 해요."

오랫동안 루이즈는 연인을 확보하려는 그녀의 대담한 시도가 어떤 결과를 가져올지 알지 못했다. 어떤 면에서는 그가 오기를 바라는 것인지조차 여전히 알지 못했다. 가끔은 꽉 안겨 키스를 받는 것이 인생의 모든 비밀이라고 여겨지다가도 이어 새로운 충동이 닥쳐와 몹시 두려워졌다. 남자에게 홀리고 싶은 예로부터 오래된 여자의 욕망이 루이즈를 사로잡았지만, 인생에 대한 그녀의 관념은 너무나 모호해서 존 하디의 손이 그녀의 손을 그저 건드리기만 해도 만족할 수 있을 것 같았다. 루이즈는 존이 그것을 이해할 것인지 궁금했다. 다음 날 식탁에서, 앨버트 하디가 말을 하고 두 소녀가 속삭이며 웃고 있는 동안 루이즈는 존을 외면한 채 식탁만 바라봤으며 가능한 한 빨리 자리를 떠났다. 저녁에는 존이 땔감을 방에 가져다 놓고 나갔을 거라는 확신이 들 때까지 집에서 나가 있었다. 루이즈는 몇 날 저녁을 열심히 귀를 기울였지만 과수원의 어둠 속에서 아무 소리도 듣지 못했으며 이에 슬픔으로 거의 이성을 잃을 지경이 되어, 인생의 즐거움으로부터 자신을 차단시키고 있는 벽을 허물 방법이 전혀 없다고 결론 내리기에 이르렀다.

쪽지를 쓰고 나서 2, 3주가 지난 어느 월요일 저녁, 존이 그녀에게로 왔다. 루이즈는 그가 올 것이라는 생각을 완전히 포기했던 터여서 한동안 과수원에서 들려오는 소리를 듣지 못했다. 그전 금요일 저녁, 고용된 일꾼들 중 한 명이 모는 마차를 타고 주말을 보내고자 농장으로 돌아가고 있을 때 루이즈는 자신도 깜짝 놀랄 만큼 충동적인 일을 벌였고, 존 하디가 아래쪽 어두운 곳에서 그녀의 이름을 부드럽게 계속 부르는 동안 루이즈는 방 안에서 서성거리며 어떤 새로운 충동이 자신으로 하여금 그토록 우스꽝스러운 행동을 하도록 유도했는지 궁금해했다.

농장에서 일하는 검은색 곱슬머리의 한 젊은이가 그 금요일 저녁 다소 늦은 시간에 왔기에 둘은 어둠 속에서 마차를 타고 가는 중이었다. 존 하디에 관한 생각으로 가득 차 있던 루이즈는 말을 걸어 보려 했지만 시골 소년은 어색해서 아무 말도 하지 않으려 했다. 외로웠던 어린 시절을 더듬기 시작하자 그녀에게 막 닥쳐온 날카로운 새로운 외로움이 극심한 고통과 함께 떠올랐다. "난 모두가 싫어." 루이즈가 갑자기 외치고는 이어 장황하게 비난을 늘어놓기 시작해서 동행자를 두렵게 했다. "아빠도 싫고 노인장 하디도 싫어." 그녀가 격렬히 말했다. "마을에 있는 학교에서 공부하는 것도 싫어."

루이즈가 자신의 뺨을 농장 일꾼의 어깨 위로 돌려서 기댔기 때문에 일꾼은 더욱 놀랐다. 그녀는 일꾼이 메리와 함께 어둠 속에 서 있던 젊은이처럼 팔로 감싸 주고 키스해 주기를 막연히 희망했지만 시골 소년은 그저 깜짝 놀랄 뿐이었다. 그는 말을 채찍으로 때리며 휘파람을 불기 시작했다. "길이 거칠어요. 그렇죠?" 그가 큰 소리로 말했다. 루이즈는 너무 화가 나서 시골 소년이 쓰고 있던 모자를 손을 뻗어 낚아챈 후 길에 던져 버렸다. 소년이 모자를 주우려고 마차 밖으로 나가자 루이즈는 그를 남겨 두고 마차를 몰았기 때문에 그는 남은 길을 걸어서 농장으로 돌아가야 했다.

루이즈 벤틀리는 존 하디를 자신의 연인으로 받아들였다. 그것은 그녀가 원한 것이 아니라 그 젊은이가 자신에 관한 루이즈의 접근을 그렇게 받아들였기 때문이었고, 루이즈는 다른 어떤 것을 성취하고자 그토록 갈망했으므로 아무 저항도

하지 않았다. 몇 달이 지나 둘은 루이즈가 곧 엄마가 될 거라는 두려움에 어느 날 저녁 군청 소재지로 가서 결혼했다. 몇 달은 하디의 집에서 살다가 이어 그들만의 집을 마련했다. 첫 1년 동안 루이즈는 자신으로 하여금 그 쪽지를 쓰게 했던 그 모호하고 뭐라고 말할 수 없는 갈망을, 그리고 그것이 여전히 충족되지 않고 있음을 남편에게 이해시키고자 노력했다. 계속해서 루이즈는 남편의 팔에 안기며 이에 대해 말하려 애썼지만 항상 성공적이지 못했다. 남자와 여자 간의 사랑에 대한 자신만의 견해가 확고했던 존은 들으려 하지 않고 그녀 입술에 키스하기 시작했다. 이는 루이즈를 혼란스럽게 해서 결국 그녀는 키스를 원하지 않게 되었다. 루이즈는 자신이 무엇을 원했는지 알지 못했다.

그들을 혼란스럽게 하여 결혼하게 만들었던 그 경고가 근거 없는 것으로 밝혀지자 루이즈는 화가 나서 쓰라리고 상처가 되는 말을 내뱉었다. 나중에 아들인 데이비드가 태어났을 때 그녀는 아들을 양육할 수 없었고 아들을 원했는지 아닌지조차 알지 못했다. 때로는 방 안을 걸어 다니거나 아들에게 조심스레 다가가 손으로 부드럽게 어루만지기도 하면서 함께 온종일 방 안에 머물기도 했지만, 어떤 날은 자신의 집으로 온 그 인류의 자그마한 조각을 보거나 가까이 하지 않으려 했다. 존 하디가 루이즈의 잔인함을 책망하자 그녀가 웃었다. "얘는 남자아이라서 원하는 건 어쨌든 얻을 수 있어요." 이어 루이즈가 날카롭게 말했다. "만약 여자아이였다면 그 애를 위해서 이 세상에 내가 하지 않을 일은 아무것도 없었을 거예요."

Ⅳ 공포 Terror

키가 훌쩍 자란 열다섯 살이 되던 해에 데이비드 하디는, 자신의 어머니와 마찬가지로, 그의 전체적인 삶의 방향을 바꿔 놓고 그를 조용한 구석에서 세상으로 내보냈던 모험을 겪었다. 그의 인생을 둘러싸고 있던 상황의 외피가 깨어져서 어쩔 수 없이 멀리 떠나가야 했다. 데이비드는 와인즈버그를 떠났고 아무도 다시는 그를 보지 못했다. 그가 사라진 후 어머니와 할아버지 둘 다 사망했으며 아버지는 큰 부자가 되었다. 아버지는 아들이 있는 곳을 알아내고자 많은 돈을 썼지만 그것은 이 이야기에서 다루고자 할 바가 아니다.

그 일은 벤틀리 농장으로서는 특이했던 해의 늦가을에 일어났다. 어느 곳이든 농작물이 풍성했다. 그해 봄에 제시는 와인 시내 계곡에 위치한 기다란 띠 형태의 검은 늪지대 일부분을 사들였다. 낮은 가격에 땅을 사기는 했으나 이를 개량하는 데 큰돈을 썼다. 거대한 배수로를 파야만 했고 수천 개의 타일이 깔렸다. 인근 농부들은 비용에 고개를 흔들었다. 그들 중 일부는 비웃으면서 제시가 그 투자로 큰 손해를 보길 희망하기도 했지만 노인은 묵묵히 그 일을 계속했고 아무 말도 하지 않았다.

땅의 물이 다 빠지자 양배추와 양파를 심었는데 이번에도 이웃들은 이를 비웃었다. 하지만 농작물은 풍년이었고 높은 가격에 팔렸다. 1년 만에 제시는 땅을 개량하는 데 들였던 모든 비용을 지불할 수 있을 만큼의 충분한 돈을 벌었고 두 개 이상의 농장을 더 살 수 있을 정도로 흑자를 냈다. 의기양양하며 제시는 기쁨을 숨기지 않았다. 농장을 물려받고 나서 처음으로, 그는 일꾼들 앞에서 미소 짓는 표정을 보였다.

제시는 인건비를 절감하기 위해 많은 새로운 기계들을, 그리고 좁고 기다란 형태의 검고 기름진 나머지 늪지대 땅들을 사들였다. 와인즈버그로 가서 데이비드에게 줄 자전거와 새 옷을 사기도 했고 두 누이들에게는 오하이오주 클리블랜드에서 열리는 종교 집회에 참석할 수 있도록 돈을 주기도 했다.

서리가 내리고 와인 시내를 따라 늘어선 숲의 나무들이 황금빛 갈색으로 변해 가던 그해 가을, 학교에 가지 않아도 될 때면 데이비드는 모든 시간을 야외에서 보냈다. 혼자서, 혹은 다른 소년들과 함께 매일 오후 견과류를 모으려고 숲으로 갔다. 대부분 벤틀리 농장에서 일하는 일꾼들의 아들이었던 다른 시골 소년들은 토끼와 다람쥐를 사냥하기 위해 총을 들고 다녔지만 데이비드는 그렇지 않았다. 그는 고무 밴드와 두 갈래 형태의 나뭇가지로 새총을 만들어 홀로 견과를 모으러 돌아다녔다. 밖에서 돌아다닐 때 여러 생각들이 소년의 머리를 스쳤다. 데이비드는 자신이 거의 어른이 되었음을 실감하며 인생에서 무엇을 하게 될지 궁금해졌지만 그 생각들은 구체화되기도 전에 스쳐 지나가 버려 다시 소년으로 돌아오곤 했다. 어느 날 데이비드는 낮은 나뭇가지에 앉아 그를 향해 깩깩거리던 다람쥐를 사냥해 죽였다. 그는 손에 다람쥐를 들고 집으로 달렸다. 벤틀리 자매 중 하나가 그 작은 동물로 요리를 해줘서 입맛을 다시며 아주 맛있게 먹었다. 동물의 껍질은 널빤지에 고정한 다음 실로 매어 침실 창문에 매달았다.

이 경험으로 데이비드에게 새로운 변화가 생겼다. 이후 숲으로 갈 때마다 반드시 주머니에 새총을 휴대하고 다녔고 나무의 갈색 잎들 사이에 숨어 있는 가상의 동물들을 쏘며 몇 시간을 보냈다. 성인이 된다는 생각은 스쳐 지나갔고 데이비드는 소년다운 충동을 지닌 소년인 것에 만족해했다.

어느 토요일 오전, 주머니에 새총을 챙기고 견과를 담을 가방을 어깨에 둘러멘 채 숲으로 막 떠나려 할 때 할아버지가 그를 막아섰다. 항상 데이비드를 다소 두렵게 만드는 긴장되고 진지한 표정이 노인의 눈에서 엿보였다. 그럴 때 제시의 눈은 앞을 똑바로 쳐다보는 것이 아니라 눈빛이 흔들리면서 아무것도 보고 있지 않은 것처럼 보였다. 마치 제시와 세상 다른 모든 것들 사이에 보이지 않는 커튼 같은 뭔가가 생겨나기라도 한 듯이. "나와 같이 가자." 제시는 짧게 말하고는 소년의 머리 너머 하늘로 시선을 옮겼다. "오늘 우리가 해야 할 중요한 일이 있단다. 원한다면 견과를 담을 가방을 가져가도 좋다. 그건 문제될 게 없으니까. 어쨌든 우린 숲으로 갈 거야."

제시와 데이비드는 하얀 말이 끄는 낡은 사륜마차를 타고 벤틀리 농장을 출발했다. 아무 말 없이 먼 길을 달리던 둘은 한 무리의 양들이 풀을 뜯고 있는 들판의 가장자리에 멈췄다. 양들 중에는 제철이 아닐 때에 태어난 새끼 양 한 마리가 있었고 데이비드와 제시는 그 양을 붙잡아 작은 하얀색 공처럼 보일 정도로 단단히 묶었다. 다시 마차를 몰고 가면서 제시는 데이비드에게 그 양을 팔에 안고 있게 했다. "어제 그 양을 보고 오랫동안 하고 싶었던 일이 떠오르더구나." 그렇게 말한 후 제시는 다시 불안정하고 애매한 시선을 담아 소년의 머리 너머로 눈길을 돌렸다.

성공적인 해를 보낸 농부에게 찾아오기 마련인 행복감 이후에 제시는 또 다른 기분에 사로잡혔다. 오랫동안 그는 매우 겸손하고 신앙심 깊은 감정에 싸여 있었다. 다시 신을 생각하며 밤에 홀로 거닐었고 걸을 때 자신이라는 인물을 고대의 인물들과 다시 연관시켰다. 별들 아래서 제시는 젖은 풀들 위로 무릎을 꿇고 소리 높여 기도했다. 이제 그는 성경을 꽉 채우고 있는 이야기들에 나오는 사람들처럼, 신에게 제물을 바치기로 결심했다. "이토록 풍성한 수확을 거둘 수 있었고 신은 내게 데이비드라는 소년도 보내셨다." 그는 혼잣말로 중얼거렸다. "이미 오래전에 이렇게 해야 했어." 제시는 딸인 루이즈가 태어나기 전에 이런 생각을 하지 못했던 것을 유감스러워했고 이어 숲의 어떤 한적한 곳에서 한 무더기의 나무에 불을 붙이고 번제 제물로 어린 양의 몸을 바치면 신이 나타나

교훈을 줄 거라고 확신했다.

이 문제에 대해 생각하면 할수록, 제시는 데이비드 역시 생각했으며 열정적인 그의 자기애는 부분적으로 잊혔다. "이제 세계로 나아갈 것에 대해 저 애가 생각해야 할 때가 왔고 신의 교훈은 저 아이에 관한 것일 거야." 그는 결심했다. "신이 데이비드를 위해 길을 열어 줄 것이다. 인생에서 어디로 가야 할지, 언제 그의 여정을 시작해야 할지 신이 내게 말해 줄 것이다. 저 애가 그곳에 있어야 하는 것은 옳은 일이다. 만약 내게 행운이 따른다면, 그리고 신의 천사가 나타난다면, 데이비드는 신이 인간에게 드러내 보이신 아름다움과 영광을 보게 될 것이다."

예전에 제시가 신에게 항의하여 손자를 두렵게 했던 장소로 갈 때까지 둘은 침묵 속에 마차를 몰았다. 오전엔 날씨가 화창하고 밝았지만 이제 찬바람이 불어오기 시작하면서 구름이 해를 가렸다. 예전에 그들이 왔던 곳을 보게 되자 데이비드는 두려움에 몸을 떨기 시작했고, 나무들 사이로 흘러내려오는 시냇가 근처의 다리에 멈췄을 때는 마차에서 뛰어내려 도망가고 싶어졌다.

여러 가지 탈출 계획이 데이비드의 머릿속에 떠올랐지만 제시가 말을 멈추고 울타리 너머 숲으로 올라갈 때 그 뒤를 따라갔다. "겁먹는 건 어리석은 짓이야. 아무 일도 없을 거야." 팔로 양을 안고 가며 데이비드는 혼잣말로 중얼거렸다. 단단히 묶여 팔에 안긴 작은 동물의 무기력함 속에 그에게 용기를 주는 뭔가가 있었다. 데이비드는 동물의 심장이 빠르게 고동침을 느낄 수 있었고 그것이 역시 고동치고 있는 자신의 심장을 조금은 누그러지게 했다. 할아버지의 뒤를 재빨리 따라가면서 데이비드는 한데 묶여 있던 양의 네 발을 풀었다. '혹시 무슨 일이 벌어지면 우린 함께 도망치는 거야.' 소년은 생각했다.

길에서 떨어져 오랫동안 걸은 후 숲으로 들어간 제시는 작은 덤불들이 제멋대로 자라 있고 시냇물로부터 이어져 있는, 나무들 사이의 트인 땅에 멈춰 섰다. 그는 여전히 아무 말이 없었지만 즉시 마른 나뭇가지들을 한 무더기 쌓아 올린 다음 곧 불을 붙였다. 소년은 양을 팔에 안고 땅에 앉았다. 그의 상상력이 노인의 모든 동작에 의미를 부여하기 시작해서 매 순간 두려움이 커져 갔다. "양의 피를 데이비드의 머리에 발라줘야 해." 나뭇가지의 불이 활활 타오르기 시작하자 제시는 이렇게 중얼거리고는 주머니에서 긴 칼을 꺼내며 데이비드를 향해 몸을 돌려서는 빈터를 가로질러 빠르게 걸어갔다.

공포가 소년의 영혼을 사로잡았다. 소년은 그것에 진력이 나 있었다. 잠시 그는 꼼짝도 하지 않고 가만있더니 이어 몸이 경직되었고 자리에서 벌떡 일어났다. 얼굴은 새끼 양의 털처럼 하얗게 변했으며 이제 갑자기 풀려났음을 알게 된 양은 언덕 아래로 도망치기 시작했다. 데이비드 역시 도망쳤다. 두려움에 데이비드는 나는 듯 달려갔다. 밑에 깔린 덤불과 통나무들 위를 미친 듯이 건너뛰었다. 도망치면서 데이비드는 주머니에 손을 넣어 다람쥐를 쐈던 고무 밴드가 달린 나뭇가지를 꺼냈다. 수심이 얕아서 돌들 위로 첨벙거리며 흐르는 시냇가에 이르자 그는 물속으로 뛰어든 후 뒤돌아보려 몸을 돌렸고, 손에 긴 칼을 꽉 쥐고 여전히 자신을 향해 달려오는 할아버지를 보자 망설이지 않고 손을 아래로 뻗어 돌 하나를 고른 다음 새총에 장전했다. 있는 힘을 다해 육중한 고무 밴드를 뒤로 당겼고 돌은 핑 소리를 내며 날아갔다. 그 돌이 소년의 존재는 완전히 잊어버린 채 양을 쫓고 있던 제시의 머리를 정면으로 맞혔다. 신음소리와 함께 몸이 앞으로 기울어 제시는 거의 소년의 발치에 쓰러졌다. 꼼짝 않고 누운 채 분명 죽은 것처럼 보이는 제시를 보자 데이비드의 공포는 어마어마할 정도로 커져 갔다. 그리고 미쳐 버릴 정도의 공황 상태로 변했다.

데이비드는 비명을 지르며 몸을 돌린 후 발작적으로 울어대면서 숲을 관통해 달렸다. "난 몰라. 내가 할아버지를 죽였어, 하지만 난 몰라." 그는 흐느꼈다. 계속해서 달리던 데이비드는 갑자기 벤틀리 농장이나 와인즈버그 마을로 다시는 돌아가지 않기로 결심했다. "나는 신의 사람을 죽였고 이제 스스로 남자가 되어 세상으로 갈 거야." 달리기를 멈추고 서쪽 들판과 숲을 가로질러 구불구불한 와인 시내의 계곡을 따라 나 있는 길 아래로 빠르게 걸어가며 데이비드가 결연히 말했다.

시냇가 근처 땅에서 제시 벤틀리가 힘겹게 몸을 꿈틀댔다.

그는 신음 소리를 내며 눈을 떴다. 그리고 한동안 꼼짝 않고 누워 하늘을 바라봤다. 마침내 일어섰을 때 그의 마음은 혼란스러웠고 소년이 사라졌음에도 놀라지 않았다. 길가의 한 통나무에 앉아 제시는 신에게 말을 걸기 시작했다. 이것이 그들이 소년을 보지 못하게 된 이야기의 전말이다. 데이비드의 이름이 언급될 때마다 제시는 애매한 시선으로 하늘을 봤고 신의 전령이 그 소년을 데려갔다고 말했다. "영광을 보려고 내가 너무 욕심을 부려 생긴 일이야." 제시는 이렇게 선언하며 그 문제에 대해 더 이상 말하지 않으려 했다.

아이디어가 많은 남자

A MAN OF IDEAS

회색빛 머리카락에 조용하고 특이할 정도로 안색이 창백했던 어머니와 함께 그는 살았다. 그들이 살았던 집은 와인즈버그 중심가와 와인 시내가 교차하는 지점 너머의 작은 숲에 있었다. 그의 이름은 조 웰링이었으며 부친은 변호사이자 콜럼버스주 의회 회원으로서 지역사회에서 상당히 위엄 있는 사람이었다. 조에 대해 말할 것 같으면 체구가 작았고 마을의 누구와도 성향이 같지 않았다. 그는 며칠간 잠잠하다가 갑자기 불을 뿜는 작은 화산과 같았다. 아니, 그는 그와 같지 않았다. 그는 걸핏하면 발작을 일으키는 사람, 즉 갑자기 덮쳐 온 발작에 눈알이 돌아가거나 팔다리가 갑자기 홱 움직이는 등 이상하고 기묘한 신체적 상태에 처하게 됨으로써 함께 걷던 동료들에게 두려움을 안겨 주는 그런 사람 같았다. 그런 식이었지만 다만 조 웰링을 덮쳤던 발작은 신체적인 것이 아니라 정신적인 것이었다. 그는 아이디어에 포위된 사람으로, 그런 생각들 중 하나에 빠져 있으면 통제가 불가능했다. 입에서는 말들이 돌아다니고 굴러떨어졌다. 입술에는 특유의 미소가 어렸다. 금으로 일부가 덮인 치아 가장자리는 빛을 받아 반짝였다. 조는 구경꾼을 덮치는 것으로 말을 시작했다. 구경꾼으로서는 빠져나갈 방법이 전혀 없었다. 흥분한 그는 구경꾼의 얼굴을 향해 숨을 쉬어 대고, 구경꾼의 눈을 자세히 들여다보고, 떨리는 집게손가락으로 구경꾼의 가슴을 세게 두드려 대고, 자신에게 주목하도록 요구하고 강제했다.

당시 스탠다드 오일 컴퍼니는 지금처럼 커다란 화차나 화물자동차로 소비자에게 기름을 배달하지 않았고 대신 식료품 소매상이나 철물점 등과 같은 곳에 기름을 배달했다. 조는 와인즈버그의 스탠다드 오일 중개상으로 일하면서 와인즈버그를 관통하는 철도 위아래의 몇 개 마을을 담당했다. 청구서를 모으고, 주문을 예약하고, 그 밖에 다른 일들을 했다. 의회 회원이었던 부친이 아들을 위해 그 일자리를 주선했던 것이다.

와인즈버그의 상점들 안팎에서 조는 조용하고 과할 정도로 예의 바르며, 또 자신의 일에 열중했다. 불안이 깃든 우스움이 담긴 눈으로 사람들은 그를 지켜봤다. 사람들은 도망칠 준비를 하면서 그가 폭발하기를 기다리고 있었다. 비록 조를 덮쳤던 발작들이 사실상 해가 없긴 해도 이를 그저 웃어넘길 수만은 없었다. 그것들은 압도적이었다. 아이디어에 올라탄

조는 위압적이었다. 그의 개성은 거대해졌다. 그 개성은 그가 말을 걸었던 사람을 무시하거나 쓸어내 버렸고, 그의 목소리가 들리는 곳에 서 있는 모든 사람들을 쓸어내 버렸다.

실베스터 웨스트 약국에서는 경주를 화제로 네 명이 얘기를 나누는 중이었다. 웨슬리 모이어의 종마인 토니 팁은 오하이오주 티핀에서 열리는 6월 대회에 나가기로 돼 있었으며, 지금껏 만났던 그 어떤 말보다 가장 강력한 경쟁자를 상대하게 될 거라는 소문이 돌았다. 훌륭한 기수인 팝 기어스가 손수 나올 거라고 했다. 토니 팁의 성공에 대한 의구심이 와인즈버그의 분위기를 무겁게 만들었다.

망을 친 문을 거칠게 열며 조 웰링이 약국으로 들어왔다. 그리고 기묘한 열중의 빛이 담긴 눈으로, 팝 기어스를 알고 있으며 토니 팁의 가능성도 고려할 만하다는 의견을 갖고 있는 에드 토마스를 덮쳤다.

"와인 시내 계곡의 물이 올라갔어요." 마라톤 전투에서 거둔 그리스의 승리 소식을 전하는 페이디피데스처럼 조가 외쳤다. 조의 손가락이 에드 토마스의 넓은 가슴 위에 새겨진 문신을 두드렸다. "트러니언 다리 근처는 바닥에서 11.5인치 정도 돼요." 그는 계속해서 말했고 이빨들 사이로 쌕쌕하는 작은 소음과 함께 말들이 빠르게 튀어나왔다. 네 명의 얼굴에 속수무책인 짜증의 표정이 퍼져 나갔다.

"내가 본 사실은 정확해요. 틀림없어요. 나는 시닝스 철물점으로 가서 자를 하나 얻었죠. 그리고 돌아가서 재 봤어요.

내 눈을 믿을 수 없더군요. 아시다시피 열흘간 비가 내리지 않았죠. 처음에 난 뭘 떠올려야 할지 몰랐어요. 머릿속에서 생각들이 요동치기 시작했죠. 지하 통로와 샘도 생각해 봤어요. 지하에 생각이 미쳐서 이를 캐보기도 했죠. 다리 바닥에 앉아서 머리를 긁적였어요. 하늘엔 구름 한 점 없더군요. 하나도. 거리로 나가 보세요, 알게 될 테니. 구름이라곤 없었어요. 지금도 구름이 없어요. 네, 구름이 있긴 했죠. 전 어떤 사실도 숨길 생각이 없으니까요. 서쪽 아래 지평선 부근에 구름 하나가 있긴 했어요, 사람 손 정도 크기의 구름이 말이죠."

"그것과 관련 있다곤 생각하지 않아요. 알다시피, 상황이 그러니까. 제가 얼마나 얼떨떨했는지 이해하실 거예요."

"그때 한 가지 생각이 떠올랐어요. 난 웃었죠. 여러분도 역시 웃을 거예요. 당연히 메디나군郡에 비가 왔었다는 거죠. 재미있지 않나요, 네? 만약 기차가 없고, 우편물이 없고, 전보도 없다 해도 우린 메디나군에 비가 왔었다는 걸 알 수 있을 거예요. 거기는 와인 시내가 시작되는 곳이죠. 모두 그걸 알아요. 그 작고 오래된 와인 시내가 우리에게 소식을 전해 준 거라고요. 아주 재미있어요. 난 웃었죠. 여러분한테도 말해 줘야겠다고 생각했어요. 재미있지 않나요, 네?"

조 웰링은 몸을 돌려 문 근처로 갔다. 주머니에서 공책을 꺼내고 멈춰 서서는 한 페이지의 아랫부분으로 손가락을 가져갔다. 조는 다시 스탠다드 오일 컴퍼니 중개상으로서의 책무에 집중했다. "헤른 식료품점 등유가 다 떨어져 갈 거예요.

가봐야겠네요." 그는 서둘러 길로 나서면서, 또 지나치는 좌우의 사람들을 향해 공손히 인사하면서 혼자 중얼댔다.

《와인즈버그 이글》로 일하러 가던 조지 윌라드가 조 웰링에게 붙들렸다. 조는 조지를 부러워했다. 그가 생각할 때 자기 자신은 천성적으로 신문기자가 될 사람으로 여겨졌다. "이건 내가 해야 할 일이야, 의심의 여지가 없어." 도허티 사료 가게 앞 인도에서 조지 윌라드를 멈춰 세우며 조가 공언했다. 그의 눈이 빛나기 시작했고 손가락은 떨려오기 시작했다. "물론 나는 스탠다드 오일 컴퍼니에서 더 많은 돈을 벌고 있지. 네게 말하려는 건 다름 아니라," 조가 말을 덧붙였다. "너한테 유감은 전혀 없지만 내가 너의 자리를 차지했어야 했어. 난 그 일을 짬이 날 때 할 수 있어. 여기저기 돌아다니면서 넌 결코 알아내지 못할 것들을 난 찾아낼 거야."

더욱 흥분하기 시작한 조 웰링은 젊은 신문기자를 사료 가게 앞으로 밀쳤다. 눈을 이리저리 굴리고 얇고 신경질적인 손으로 머리카락을 연신 훑어 대는 그는 생각에 취한 것 같았다. 얼굴에서 미소가 퍼져 갔고 황금 이빨이 반짝거렸다. "네 공책을 꺼내 봐." 조가 명령했다. "주머니 안에 작은 종이 뭉치들을 들고 다니잖아, 안 그래? 그렇다는 걸 난 알아. 어, 이걸 적어 봐. 난 이걸 며칠 전에 생각해 냈지. 부패를 예로 들어 볼게. 자, 부패란 뭐지? 그건 불이야. 불은 나무를 태우고 다른 것들도 태워. 그건 전혀 생각해 본 적 없지? 물론 그럴 거야. 여기의 인도, 이 사료 가게, 저기 거리 아래쪽의 나무들, 다 불이 붙어. 그것들은 불에 타. 네가 보는 부패란 것은 항상 진행 중이야. 그건 멈출 수 없어. 물과 페인트로도 멈출 수 없어. 만약 철로 돼 있는 건? 그럼 어떻게 되지? 녹슬어, 알다시피. 그것 역시 불이야. 세상은 불에 타. 그런 식으로 신문에 너의 기사를 써 봐. 아주 큰 글씨로 '세상은 불에 탄다'라고 말하란 말이야. 그럼 사람들이 그 기사를 찾아볼 거야. 그리고 네가 똑똑하다고 말하겠지. 난 신경 안 써. 네가 부럽지 않아. 난 이런 아이디어를 불쑥 생각해 냈을 뿐이야. 난 신문을 만들 거야. 넌 그걸 인정해야만 해."

재빨리 몸을 돌린 후 조 웰링은 금방 떠나 버렸다. 몇 발짝 걸어가던 그는 멈춰 서서 뒤를 돌아봤다. "난 앞으로도 너한테 들러붙을 거야." 그가 말했다. "너를 정기적으로 붙들어 세우겠어. 나 스스로 신문사를 시작해야 해, 그게 내가 해야 할 일이지. 난 경이로운 사람이 될 거야. 모두가 그걸 알아."

조지 윌라드가 《와인즈버그 이글》에서 일한 지 1년이 되었을 때 조 웰링에게는 네 가지 일이 일어났다. 그의 어머니가 죽었고, 그는 뉴 윌라드 하우스에서 살게 됐으며, 사랑에 빠졌고, 와인즈버그 야구 동호회를 조직한 것이다.

조는 코치가 되기를 원했기 때문에 야구 동호회를 조직했고 이 역할을 통해 마을 사람들의 존경심을 얻었다. "놀라운 사람이야." 조의 팀이 메디나군에서 온 한 팀을 혼쭐낸 후 마을 사람들이 말했다. "모두를 잘 단합시킨다니까. 우린 그저 조를 지켜보기만 하면 돼."

야구장에서 조 웰링은 1루 근처에 서 있었고, 그의 몸 전체가 흥분으로 떨렸다. 자기도 모르게 모든 선수들은 조를 자세히 지켜봤다. 상대편 투수는 혼란스러워졌다.

"지금! 지금! 지금! 지금!" 흥분한 조가 외쳤다. "나를 봐! 나를 봐! 내 손가락을 봐! 내 손을 봐! 내 발을 봐! 내 눈을 봐! 여기서 힘을 합쳐 보자! 나를 봐! 나를 보면 경기의 모든 움직임들을 볼 수 있어! 자, 나와 함께 해보자! 나와 함께 해봐! 나를 봐! 나를 봐! 나를 보라구!"

와인즈버그 팀의 주자들이 베이스 위에 있을 때면, 조 웰링은 영감을 받은 사람으로 변했다. 베이스의 주자들은 그들에게 무슨 일이 닥쳤는지 알기도 전에 마치 보이지 않는 끈으로 묶인 것처럼 조를 쳐다보거나, 베이스에서 조금 떨어지거나, 전진하거나, 후퇴했다. 상대 팀 선수들 역시 조를 주시했다. 그들은 넋이 빠졌다. 그들은 잠시 조를 지켜본 후 마치 그들에게 드리워진 마법을 떨쳐 버리기라도 하려는 듯 공을 난폭하게 던져 댔고 그러면 코치로부터 사나운 동물의 울부짖음 같은 소리들이 연이어 터지는 가운데 와인즈버그 팀의 주자들이 홈으로 내달렸다.

조 웰링의 연애는 와인즈버그 마을을 안달 나게 했다. 그 연애가 시작됐을 때 모든 사람들은 소곤거리고는 고개를 저었다. 사람들은 애써 웃으려 했지만 그 웃음은 진심이 없이 부자연스러웠다. 조가 사랑에 빠진 대상은 야위고 슬픈 표정을 지닌 여자로 와인즈버그 묘지로 이어지는 출입구 반대편의 벽돌집에서 아버지, 오빠와 같이 살았던 사라 킹이었다.

킹 가문의 두 남자인 아빠 에드워드와 그의 아들 톰은 와인즈버그에서 인기가 없었다. 그들에 관한 평은 오만하고 위험하다는 것이었다. 그들은 남부의 어떤 지역에서 와인즈버그로 이사했고 트러니언 고속도로 부근에서 사과 주스를 만드는 제분소를 운영했다. 톰 킹의 경우 와인즈버그로 오기 전에 사람을 죽였다는 소문이 돌았다. 스물일곱 살인 그는 회색 조랑말을 타고 마을을 돌아다녔다. 또한 이빨 위로는 길고 노란 콧수염이 드리워져 있었고 위험해 보이는 육중한 지팡이를 항상 손에 들고 다녔다. 한번은 그 지팡이로 개를 죽인 적이 있었다. 구두 상점 주인인 윈 포시가 기르던 개로, 그 개는 꼬리를 흔들며 인도 위에 서 있었다. 톰 킹은 단 한 방에 개를 죽였다. 그는 체포됐고 10달러의 벌금을 물었다.

늙은 에드워드 킹은 체구가 작았고 거리에서 사람들을 지나칠 때면 점잔을 빼는 기묘한 웃음을 지었다. 웃을 때면 오른손으로 왼쪽 팔꿈치를 긁어 댔다. 이 버릇 때문에 코트 소매가 거의 다 해질 정도였다. 신경질적으로 주변을 둘러보거나 웃으면서 거리를 따라 걷는 그를 보면, 말없이 사나워 보이는 아들보다 더 위험해 보였다.

사라 킹이 조 웰링과 함께 저녁에 산책을 하기 시작했을 때 사람들은 놀라워하며 고개를 저었다. 그녀는 키가 컸고 창백했으며 눈 밑은 거무죽죽했다. 함께 있는 그들은 우스꽝스러워 보였다. 둘이 나무 아래를 걸을 때면 조가 말을 했다. 묘지

벽의 어둠 속에서, 혹은 워터워크 연못에서 장터로 이어지는 언덕 위 나무들의 짙은 그림자 속에서 들려오는 사랑에 관한 조의 열정적이고 진지한 항변은 가게들에서 되풀이됐다. 사람들은 뉴 윌라드 하우스 안에 있는 술집의 바 근처에 선 채로 조의 연애에 대해 웃고 떠들었다. 웃음이 지나고 나면 침묵이 찾아왔다. 그의 관리하에 와인즈버그 야구팀은 계속해서 경기에 이겼고 이에 마을 사람들은 그를 존경하기 시작했다. 비극을 감지하면서, 또 초조하게 웃으면서 그들은 기다렸다.

기대감으로 마을 사람들을 초조하게 했던 조 웰링과 킹 가문 두 사람의 만남은 어느 토요일 늦은 오후, 뉴 윌라드 하우스에 있는 조 웰링의 방에서 성사됐다. 조지 윌라드는 그 만남의 증인이었다. 그렇게 된 경위는 다음과 같다.

젊은 기자가 저녁식사를 한 뒤 자신의 방으로 가다가 톰 킹과 그의 부친이 반쯤 어둠에 잠긴 조의 방에 있는 것을 보았다. 아들은 육중한 지팡이를 손에 쥔 채 문 근처에 앉아 있었다. 늙은 에드워드 킹은 오른손으로 왼쪽 팔꿈치를 긁으며 신경질적으로 방 안을 서성거렸다. 복도는 텅 비어 있고 조용했다.

조지 윌라드는 자기 방으로 가서 책상에 앉았다. 글을 쓰려고 했으나 손이 떨려 와 펜을 쥘 수 없었다. 그 역시 신경질적으로 방 안을 서성댔다. 나머지 와인즈버그 마을 사람들처럼 조지는 당황스러웠고 무엇을 해야 할지 몰랐다.

조 웰링이 뉴 윌라드 하우스를 향해 승강장을 따라 걸어왔던 때는 7시 30분이어서 빠르게 어두워지는 중이었다. 그는 잡초와 잔디 한 뭉치를 팔에 안고 있었다. 팔로 풀을 들고 승강장을 따라 반쯤 달리고 있는 활발한 움직임의 작은 체구를 보자 조지 윌라드는 그의 몸을 떨게 했던 공포에도 불구하고 즐거워졌다.

두려움과 걱정에 몸을 떨면서 젊은 기자는 조 웰링이 두 사람에게 얘기를 건네고 있는 방의 문밖 복도에 숨었다. 늙은 에드워드 킹이 욕을 하고 신경질적으로 킥킥거리는 소리가 들리더니 이후에는 잠잠해졌다. 이제 날카롭고 분명한 조 웰링의 목소리가 터져 나왔다. 조지 윌라드는 웃기 시작했다. 그는 이해했다. 그 앞에 있던 모든 사람들을 휩쓸어 버렸듯이, 이제 조 웰링은 걷잡을 수 없는 말들을 쏟아내며 방에 있던 두 사람을 쓰러뜨리고 있었다. 복도에 있는 청취자는 놀라움에 빠진 채 복도를 서성댔다.

방 안에서 조 웰링은 톰 킹의 툴툴대는 위협을 전혀 개의치 않았다. 아이디어에 흠뻑 빠진 그는 문을 닫고 램프를 켜더니 한 움큼 정도의 잡초와 잔디를 바닥 위에 뿌렸다. "여기 대단한 걸 보여드리죠." 그가 근엄하게 발표했다. "조지 윌라드에게 이것에 대해 말하려 했어요, 신문에 이에 관한 기사를 쓰도록 말이에요. 당신들이 여기 있어 기뻐요. 사라도 여기 있었다면 좋았을걸. 내 아이디어들 중 일부를 당신들에게 말해 주려고 당신들 집으로 가려던 중이었어요. 아주 흥미로운 아이디어들이죠. 사라는 허락하지 않으려 하더군요. 우리가 언쟁을 벌일 거라면서. 바보 같은 생각이죠."

당황한 두 사람 앞을 이리저리 뛰어다니며 조는 설명하기 시작했다. "당신들은 지금 실수하면 안 돼요." 그가 외쳤다. "대단한 아이디어니까요." 흥분에 찬 조의 목소리는 날카로웠다. "그저 나를 따라오기만 하면 돼요. 흥미를 느끼게 될 겁니다. 그럴 거라는 걸 난 알아요. 이렇게 가정해 봅시다. 그러니까 모든 밀, 옥수수, 귀리, 완두콩, 감자 들이 어떤 기적에 의해 완전히 없어졌다고 말이에요. 알다시피, 지금 우린 이 군郡에 있습니다. 주변엔 높은 울타리들이 지어져 있죠. 그렇게 가정해 봐요. 누구도 그 울타리를 넘어올 수 없고 지구상의 모든 과일들이 파괴돼 버려 여기 있는 야생의 것들, 그러니까 이 잔디 이외에는 아무것도 없다고 말이죠. 우린 끝장나게 될까요? 당신들에게 묻겠습니다. 우린 끝장나게 될까요?" 톰이 다시 으르렁거렸고 잠시 방에는 침묵이 감돌았다. 조는 다시 그의 아이디어를 열심히 설명하기 시작했다. "한동안은 상황이 어려울 겁니다. 그건 인정해요. 그건 인정할 수밖에 없어요. 그걸 피할 방법은 없죠. 애를 먹을 거예요. 배 나온 몇몇 사람들은 굴복하겠죠. 하지만 우릴 패배시킬 순 없어요. 그럴 순 없다고 난 생각합니다."

톰 킹이 온화하게 웃었고 에드워드 킹의 떠는 듯한 신경질적인 웃음이 건물 전체에 울려 퍼졌다. 조 웰링은 말을 서둘렀다. "아시겠지만 우린 새로운 채소와 과일을 키우기 시작할 거예요. 우리가 잃었던 걸 곧 되찾을 겁니다. 주목하세요, 나는 새로운 것들이 이전 것들과 같다고 말하지 않습니다. 그렇진 않을 거예요. 아마 더 낫거나 아니면 그렇게 좋지 않을 수도 있죠. 흥미롭지 않습니까? 네? 한번 생각해 보세요. 이제 어떤 생각이 들기 시작하죠, 그렇지 않습니까?"

방 안에 침묵이 흘렀고 이어 늙은 에드워드 킹이 신경질적으로 웃었다. "어, 사라가 여기 있었다면 좋았을걸." 조 웰링이 외쳤다. "당신들 집으로 갑시다. 그녀에게 이것에 대해 말해 주고 싶어요."

바닥을 의자로 긁는 소리가 방에서 들려왔다. 조지 윌라드가 자기 방으로 물러간 것은 그때였다. 창문 밖으로 기댄 조지의 눈에 두 사람과 함께 길을 따라 걷고 있는 조 웰링의 모습이 들어왔다. 톰 킹은 그 작은 사람과 속도를 맞추기 위해 보기 드물 정도로 보폭을 크게 해서 걸어야 했다. 큰 걸음으로 걸어갈 때 그는 몸을 기울여 조의 말을 들었는데 대단히 몰두하고 매료된 모습이었다. 조 웰링은 다시 흥분하며 말했다. "이제 유액을 분비하는 식물을 가져가야 해요." 그가 외쳤다. "그걸로 많은 일들을 할 수 있을 겁니다, 알겠어요? 거의 믿을 수 없을 정도죠. 그것에 대해 생각해 보셨으면 해요. 두 사람 다요. 아시겠지만 새로운 채소 왕국이 들어설 겁니다. 재미있지 않아요? 네? 이건 한 가지 아이디어예요. 사라를 볼 때까지 기다려요. 사라는 내 아이디어를 이해할 겁니다. 흥미있어 할 거예요. 항상 아이디어에 관심 있어 했으니까. 사라에 비하면 당신들은 그렇게 똑똑하지 않아요, 똑똑하다고요? 물론 그럴 순 없어요. 당신들도 그걸 알 겁니다."

모험

ADVENTURE

조지 윌라드가 꼬마에 불과했을 때 스물일곱 살이었던 앨리스 힌드먼은 평생을 와인즈버그에서 살았다. 그녀는 위니 포목점에서 점원으로 일했고 두 번째 남편과 결혼한 어머니와 함께 살았다.

앨리스의 계부는 마차를 그리는 화가로 술에 빠져 지내는 사람이었다. 그의 이야기는 기묘하다. 언젠가 언급할 만한 가치가 있을 것이다.

스물일곱 살의 앨리스는 키가 컸고 다소 가냘팠다. 그녀의 머리는 커서 그 그림자가 몸에 드리웠다. 어깨는 다소 구부정하고 머리카락과 눈은 갈색이었다. 그녀는 매우 조용했지만 차분해 보이는 외모 아래에서는 끊임없이 동요가 일었다.

상점에서 일하기 전인 열여섯 살이 되던 때에, 앨리스는 한 젊은이와 관계를 가졌다. 네드 커리란 이름의 그 젊은이는 앨리스보다 나이가 많았다. 조지 윌라드와 마찬가지로 그는 《와인즈버그 이글》에 고용돼 일하고 있었는데, 오랫동안 거의 매일 저녁 앨리스를 만나러 가곤 했다. 둘은 마을 거리를 따라 나무 아래를 같이 걸었고 그들의 인생에서 무엇을 해야 할지 얘기했다. 당시 앨리스는 무척 예쁜 소녀여서 네드 커리는 그녀를 팔로 안고 키스했다. 그는 흥분해서 의도치 않았던 말을 했고, 다소 제한된 자신의 인생에 아름다운 뭔가가 들어와 주기를 바라는 욕구에 사로잡혀 있던 앨리스 역시 흥분했다. 그녀도 말을 했다. 타고난 수줍음과 내성적인 성격이 전부였던 그녀 인생의 외피는 떨어져 나갔고 앨리스는 사랑이라는 감정에 몰두했다. 열여섯 살이 되던 해 늦은 가을, 한 도시 신문사에 일자리를 얻고 출세하기를 희망했던 네드 커리가 클리블랜드로 떠날 때 앨리스는 그와 함께 가고 싶었다. 떨리는 목소리로 앨리스는 마음속에 있던 말을 꺼냈다. "난 일할 거고 당신도 일할 수 있어요." 그녀가 말했다. "당신이 잘되는 데 방해가 될 불필요한 비용을 당신에게 지우고 싶지 않아요. 지금 나와 결혼하지 마요. 그것 없이도 우린 잘해 나갈 수 있고 함께할 수 있어요. 한집에 함께 살더라도 아무도 그것에 대해 말하지 않을 거예요. 도시에서 우린 무명인 셈이니까 사람들은 우릴 전혀 신경 쓰지 않을 거라고요."

네드 커리는 자신의 연인이 보여 준 단호함과 자유분방함에 당황하면서도 동시에 깊은 감동을 받았다. 네드는 그 소녀가 자신의 아내가 되어 주기를 원했지만 마음을 바꿨다. 여자를 보호해 주고 보살펴 주고 싶었다. "넌 네가 뭘 말하고 있는지 몰라." 그가 날카롭게 말했다. "네가 그런 일을 하도록 놔두지 않을 거라고 확신해도 좋아. 괜찮은 일자리를 얻게 되면 돌아올게. 당장은 넌 여기 있어야 해. 그게 우리가 할 수 있는 유일한 일이야."

도시에서 새로운 인생을 시작하기 위해 와인즈버그를 떠나기 전 어느 저녁, 네드는 앨리스를 잠깐 보러 갔다. 그들은 한 시간 정도 거리를 걷다가 웨슬리 모이어 대여점에서 마차를 빌려 시골로 드라이브를 떠났다. 달이 떠올랐고 둘은 서로 말이 나오지 않았다. 슬픔 속에서 젊은이는 소녀에 대해 어떻게 행동해야 할지 정했던 결심을 잊어버렸다.

둘은 아래로 뻗어 내린 긴 목초지가 와인 시내의 둑으로 이어지는 곳에서 마차에서 내렸고 희미한 달빛 아래서 연인이 되었다. 한밤중이 되어 마을로 돌아왔을 때 둘은 기뻤다. 미래에 일어날 어떤 일도 그날 밤 있었던 경이와 아름다움을 훼손하지 못할 것처럼 보였다. "이제 우린 서로 단단히 붙어 있어야 해, 어떤 일이 있더라도 그렇게 해야 해." 그녀의 아버지 집 현관에서 소녀와 헤어질 때 네드는 이렇게 말했다.

그 젊은이는 클리블랜드의 신문사에서 성공적으로 자리를 잡지 못해 서쪽의 시카고로 갔다. 한동안은 외로워서 거의 매일 앨리스에게 편지를 썼다. 이어 도시의 삶에 빠졌다. 친구를 사귀었고 인생의 새로운 재미를 발견했다. 시카고에서는 몇 명의 여자들이 있는 집에서 하숙을 했다. 그들 중 한 명이 네드의 주의를 끌었고 그는 와인즈버그의 앨리스를 잊었다. 그해가 끝나갈 즈음이 되자 편지 쓰기를 그만뒀고 긴 시간 동안 어쩌다 한 번씩, 그러니까 그가 외롭거나 혹은 어떤 도시의 어느 공원에 가서 와인 시내 부근 목초지에서의 그날 밤처럼 잔디를 비추는 달을 봤을 때만 고작 그녀를 생각했을 뿐이다.

사랑을 받았던 소녀는 와인즈버그에서 여자로 성장했다. 마구 수리점 주인이었던 아버지는 그녀가 스물두 살일 때 갑자기 사망했다. 마구 업자는 퇴역 군인이어서 몇 달 후 어머니는 과부 연금을 받았다. 처음 받았던 돈으로 어머니는 베틀을 하나 사서 카펫을 만드는 사람이 됐으며 앨리스는 위니의 가게에서 일자리를 얻었다. 수년 동안은 그 무엇도 앨리스로 하여금 네드가 결국 그녀에게 돌아오지 않을 거라고 믿게 하지 못했다.

앨리스는 일을 하게 되어 기뻤는데 이는 상점에서 매일 해야 하는 일이 기다리는 시간을 보다 짧게, 그리고 덜 재미없게 느끼도록 해줬기 때문이다. 2백 혹은 3백 달러를 모은 후 도시의 연인을 찾아가, 그녀가 옆에 있어도 그의 애정을 다시 되찾을 수 없는 것인지 시도할 생각으로 앨리스는 돈을 모았다.

들판의 달빛 속에서 일어났던 그 일에 대해 앨리스는 네드 커리를 원망하지 않았지만 다른 사람과는 결코 결혼할 수 없다고 느꼈다. 오직 네드에게만 속할 수 있다고 여전히 그녀가 느끼는 것을 다른 사람에게 준다는 생각은 앨리스에게 있어 도저히 말도 안 되는 것으로 여겨졌다. 다른 젊은이 몇 명이 그녀의 주의를 끌려고 애썼지만 그들과 아무런 관계도 맺지 않았다. “난 그의 아내이고, 그가 돌아오든 돌아오지 않든 난 그의 아내로 남아 있을 거야.” 그녀는 혼자 중얼거렸다. 경제적으로 독립하려는 그녀의 의지에도 불구하고, 앨리스는 여자가 자신의 주인이 되고 인생에서 자기 자신의 목적을 위해서로 타협한다는, 점차 퍼져 가는 현대적인 사고를 이해할 수 없었다.

앨리스는 포목점에서 아침 8시부터 저녁 6시까지 일했으며 일주일에 세 번은 가게로 되돌아가 7시부터 9시까지 머물렀다. 시간이 지날수록, 더 외로워질수록 그녀는 외로운 사람들에게 공통적인 방법을 실행했다. 밤이면 위층의 자기 방으로 올라가 바닥에 무릎을 꿇고 기도하면서 연인에게 해주고 싶은 말들을 기도 중에 속삭였다. 앨리스는 무생물 물체에 애착을 가지게 되었고 그것은 그녀의 소유였으므로 누가 그녀 방의 가구들을 건드리기라도 하면 참을 수가 없었다. 어떤 목적을 위해 시작했던 저축이라는 계책은 네드 커리를 찾아 도시로 가겠다는 계획을 포기한 후에도 계속되었다. 그것은 고정된 습관이 되어 새 옷이 필요할 때도 옷을 사지 않았다. 가끔 비가 내리는 오후에 가게에 있을 때면 통장을 꺼내 앞에 펼쳐 놓고는 그 이자만으로도 그녀와 미래의 남편을 부양할 수 있을 만큼의 충분한 돈을 저축하는 불가능한 꿈을 꾸면서 몇 시간을 보내기도 했다.

‘네드는 언제나 여행하기를 좋아했지.’ 앨리스는 생각했다.

'난 그에게 기회를 줄 거야. 언젠가 우리가 결혼해서 그의 돈과 내 돈을 모두 저축할 수 있게 되면 우린 부자가 될 거야. 그럼 같이 온 세계를 여행할 수 있어.'

포목점에서 연인이 돌아오기를 앨리스가 기다리고 꿈꾸는 동안 시간은 흘러 몇 주가 되고, 몇 달이 되고, 몇 년이 되었다. 의치가 있고 얇은 회색 콧수염이 입술 위로 내려와 있는 잿빛 안색의 늙은 노인인 포목점 주인은 대화를 좋아하지 않았고, 가끔 중심가에 폭풍이 들이닥치는 겨울의 어느 비 오는 날이면 손님이 전혀 없이 몇 시간이 지나곤 했다. 앨리스는 재고를 정리하고 또 정리했다. 그녀는 사람이 없는 거리가 내려다보이는 앞 유리창 근처에 서서 네드 커리와 함께 걸었던 그날 저녁을, 그리고 그가 했던 말을 생각했다. "이제 우린 서로 단단히 붙어 있어야 해." 그 말은 성숙한 여인의 마음속에 울려 퍼지고 또 울려 퍼졌다. 앨리스의 눈에 눈물이 어렸다. 이따금 주인이 외출하고 혼자 가게에 남아 있을 때면 계산대에 머리를 대고 흐느꼈다. "오, 네드. 난 기다리고 있어요." 그녀는 속삭이고 또 속삭였고, 네드가 결코 돌아오지 않으리라는 은연 중의 두려움은 그녀 안에서 계속 커져 갔다.

비가 그치고 길고 더운 여름날이 오기 전인 봄이 되면 와인즈버그 주변의 전원은 사랑스러웠다. 마을은 탁 트인 들판의 한가운데에 있었지만 그 들판 너머로는 쾌적한 삼림지대가 자리하고 있었다. 숲에는 일요일 오후면 연인들이 가서 앉곤 하는 격리된 아늑하고 조용한 곳들이 많이 있었다. 연인들은 나무들 사이를 통해 들판을 가로질러 쳐다보거나 헛간에서 일하고 있는 농부들, 혹은 길을 오가는 사람들을 구경하기도 했다. 마을에서는 종이 울리기도 했고, 멀리서 보면 마치 장난감처럼 보이는 기차가 가끔 지나가기도 했다.

네드 커리가 떠나고 수년간 앨리스는 일요일에 다른 어떤 젊은 사람들과도 그 숲으로 가지 않았지만 그가 가 버리고 2년, 혹은 3년이 지난 어느 날, 더 이상 외로움을 참을 수 없을 것 같은 생각이 들자 가장 좋은 옷을 입고 출발했다. 마을과 기다랗게 펼쳐진 들판이 보이는 작은 은신처를 발견한 그녀는 그곳에 앉았다. 나이와 무력감이라는 두려움이 앨리스를 사로잡았다. 그녀는 가만히 앉아 있을 수 없어 자리에서 일어났다. 땅 위의 뭔가를 굽어보며 서 있는 동안, 계절의 흐름 속에서 드러나듯 결코 멈추는 법이 없는 인생에 관한 생각이 아마도 그녀의 마음속에 흐르는 세월을 각인시켰을 것이다. 두려움에 몸을 떨며, 앨리스는 청춘의 아름다움과 신선함이 자신에게서는 지나갔음을 실감했다. 처음으로 자신이 속았다는 생각이 들었다. 그녀는 네드 커리를 탓하지 않았고 무엇을 탓해야 할지 몰랐다. 슬픔이 휩쓸고 지나갔다. 무릎을 꿇으면서 기도하고자 했지만 그녀의 입에서 튀어나온 것은 기도의 말이 아니라 항변이었다. "그건 내게 오지 않을 거야. 난 결코 행복을 찾지 못할 거야. 왜 내가 나 자신에게 거짓말을 해?" 앨리스는 울부짖었고, 그녀 일상의 일부가 된 두려움을 직시하려는 이러한 첫 번째 대담한 시도를 통해 기묘한 안도감이 찾아왔다.

스물다섯이 되었을 때, 지루하고 특별할 것 없는 그녀의 일상을 흩뜨리는 두 가지 일이 일어났다. 어머니가 와인즈버그에서 마차를 그리는 화가인 부시 밀턴과 결혼했고, 앨리스 자신은 와인즈버그 감리교 교회의 회원이 되었다. 앨리스가 교회에 나가게 된 것은 인생에서 그녀의 위치로 인한 외로움으로 겁이 났기 때문이었다. 엄마의 두 번째 결혼은 그녀의 고립을 한층 부각시켰다. "난 나이가 들고 괴상해질 거야. 네드가 온다 해도 날 원치 않을걸. 그가 살고 있는 도시의 사람들은 항상 젊으니까. 그곳에선 너무 많은 일들이 일어나고 있어서 늙을 시간도 없어." 앨리스는 살짝 우울한 미소를 지으며 중얼거렸고 결연한 마음으로 사람들과 안면 트는 일에 나섰다. 매주 목요일에 가게가 문을 닫고 나면 교회 지하의 기도 모임에 갔고 토요일 저녁엔 에프워스 동맹이라 불리는 조직의 모임에도 참석했다.

약국에서 점원으로 일했고 역시 교회 신자였던 중년의 윌 헐리라는 남자가 앨리스의 집으로 같이 걷자고 제안했을 때 그녀는 거부하지 않았다. "물론 나는 그가 정기적으로 나와 함께 있지 못하게 할 테지만 아주 가끔 한 번씩 나를 보러 온다면 해가 될 건 전혀 없어." 여전히 네드 커리에 대한 충실함을 단호히 하면서 앨리스는 혼자 중얼거렸다.

무슨 일이 일어나고 있는지 깨닫지 못한 채 앨리스는 처음에는 미약하게, 하지만 점점 더 단호하게 정신을 차리고 인생을 살아가려 했다. 그 약국 점원 옆에서 조용히 걸어갔지만 어둠 속에 둘이 무심하게 가고 있을 때 가끔은 손을 꺼내 그가 입고 있던 코트의 접힌 부분을 부드럽게 건드리곤 했다. 어머니의 집 문에서 그가 앨리스를 두고 떠났을 때 그녀는 안으로 들어가지 않고 잠시 문가에 서 있었다. 남자를 불러서 집 현관의 어둠 속에 같이 앉아 있자고 말하고 싶었지만 그가 이해하지 못하면 어쩌나 두려웠다. "내가 원하는 건 그가 아냐." 앨리스가 중얼거렸다. "난 그토록 외로워지는 걸 피하고 싶어. 조심하지 않으면 사람들과 함께 있는 것에 익숙하지 않게 될 거야."

스물일곱 살이 되던 초가을 동안, 격정으로 인한 초조감이 앨리스를 덮쳐 왔다. 그녀는 약국 점원과 함께 있는 것을 참을 수 없어 저녁때에 그가 함께 걷고자 다가오면 돌려보냈다. 앨리스의 마음은 극도로 예민해져 가게 계산대 뒤에서 긴 시간 동안 서 있느라 피곤함에도 불구하고, 집으로 가서 침대로 기어들어 갔을 때 잠을 잘 수가 없었다. 물끄러미 뜬 눈으로 그녀는 어둠 속을 응시했다. 긴 잠에서 깨어난 어린아이처럼 상상이 방 안을 뛰놀았다. 앨리스의 깊은 곳에는 환상에 기만당하지 않으려 하면서 인생에서 어떤 분명한 대답을 요구하는 뭔가가 있었다.

앨리스는 팔로 베개를 끌어당겨 가슴 쪽에 단단히 고정시켰다. 그리고 침대 밖으로 나와, 어둠 속에서 보면 시트 사이에 사람이 누워 있는 것처럼 보이도록 담요를 정리해 놓고는 침대 옆에 무릎을 꿇고, 마치 후렴구를 부르는 것처럼 말들을 계속해서 속삭이며 담요를 매만졌다. "왜 어떤 일도 일어나지 않는 거지? 난 왜 여기 홀로 남겨져 있지?" 그녀가 투덜댔다. 가끔 네드 커리가 생각나곤 했지만 더 이상 그에게 의존하지 않았다. 그녀의 욕망은 애매해졌다. 그녀는 네드 커리나 아니면 다른 남자를 원하지 않았다. 앨리스는 사랑받기를 원했고 자신 안에서 계속 커져 가는 목소리에 답해 줄 수 있는 뭔가를 원했다.

비가 내리던 어느 날 밤, 앨리스는 모험을 했다. 그것은 그녀를 두렵게 했고 당황하게 했다. 9시에 가게에서 돌아온 앨리스는 집이 비어 있음을 알게 됐다. 부시 밀턴은 시내로 갔고 어머니는 이웃집에 있었다. 앨리스는 위층의 자기 방으로 가서 어둠 속에서 옷을 벗었다. 잠시 창가에 서서 유리를 때리는 빗소리를 듣고 있던 그녀에게 기묘한 욕망이 덮쳐 왔다. 뭘 하려고 하는 건지 생각할 사이도 없이 앨리스는 어두워져 있는 집 안의 계단을 뛰어 내려가 비가 내리는 바깥으로 나섰다. 집 앞에 있는 작은 잔디밭에 서서 차가운 비를 몸으로 느끼고 있을 때 거리를 벌거벗고 뛰어가야겠다는 말도 안 되는 욕망이 그녀를 사로잡았다.

앨리스는 비가 자신의 몸에 뭔가 창조적이고 놀라운 효과를 가져다줄 거라고 생각했다. 수년간 그토록 젊음과 용기로 가득 찬 느낌을 받은 적이 없었다. 그녀는 뛰어올라 달리고 싶었고, 마음껏 외치고 싶었고, 다른 외로운 인간을 찾아 껴안아 주고 싶었다. 벽돌로 된 집 앞 인도에서 한 남자가 비틀거리며 집으로 가고 있었다. 앨리스는 달리기 시작했다. 터무니없고 필사적인 감정이 그녀를 지배했다. "누구든 신경 쓸 게 뭐야. 그는 외로워, 난 그에게 가겠어." 앨리스는 이렇게 생각했고 이어 그녀의 광기가 초래할 수 있는 결과를 고려할 겨를도 없이, 부드럽게 소리쳤다. "기다려요!" 그녀가 외쳤다. "가지 말아요. 당신이 누구든 간에, 기다려야만 해요."

인도에 있던 남자는 멈춰 서서 귀를 기울였다. 그는 노인이어서 귀가 잘 들리지 않았다. 손을 입에 가져다 대면서 그가 외쳤다. "뭐지? 누가 말하는 거야?" 그가 소리쳤다.

앨리스는 바닥에 쓰러져 떨면서 누워 있었다. 자신이 한 행동에 생각이 미치자 너무 겁이 나서 그 남자가 원래 가던 길로 갔을 때도 감히 일어날 생각을 하지 못하고, 다만 손과 무릎으로 잔디 위를 기어 집으로 갔다. 자신의 방에 들어섰을 때 빗장을 잠그고는 화장대를 끌어당겨 문을 막았다. 한기 때문에 몸이 떨려 왔고 손이 너무 흔들려 잠옷을 입는 데도 애를 먹었다. 침대 안으로 들어갔을 때 앨리스는 베개에 얼굴을 묻고 비탄에 잠겨 흐느꼈다. "나한테 무슨 문제가 있는 거지? 조심하지 않으면 끔찍한 짓을 저지르고 말겠어." 이렇게 생각하며 그녀는 벽 쪽으로 얼굴을 돌리면서, 심지어 와인즈버그에서도, 많은 사람들이 홀로 살고 죽어가야 한다는 현실을 용감하게 대면하도록 스스로를 추스르기 시작했다.

훌륭함

RESPECTABILITY

만약 당신이 도시들에서 살았고 어느 여름 오후 공원을 산책했다면, 철로 만든 우리 한쪽 구석에서 눈을 깜박거리고 있는, 못생기고 축 늘어져 있으며 눈 아래쪽과 밝은 자주색을 띤 하부에 털이라곤 없는 생물인 거대하고 기괴한 종류의 원숭이를 보았을 것이다. 이런 원숭이는 진정 괴물이다. 추함의 완전함이란 측면에서 볼 때 원숭이는 일종의 비정상적인 아름다움을 성취했다. 그 우리 앞에 걸음을 멈추는 아이들은 이에 매료되고, 남자들은 혐오감에 고개를 돌리며, 여자들은 그들이 알고 있는 남자들 중 아주 조금이라도 그 원숭이와 닮은 사람이 누구일까 떠올리려 하면서 잠시 그 주변에 머문다.

만약 당신이 어린 시절에 오하이오주 와인즈버그 마을에 살았던 사람이라면 우리에 갇혀 있는 그 동물에 대해 전혀 궁금해하지 않았을 것이다. "워시 윌리엄스를 닮았네." 당신은 이렇게 말했을 것이다. "원숭이가 저기 구석에 앉아 있을 때면, 어느 여름 저녁에 밤이 되어 사무실 문을 닫은 다음 역 구내 잔디밭 위에 앉아 있는 늙은 워시와 거의 똑같아."

와인즈버그의 전신 기사였던 워시 윌리엄스는 마을에서 가장 못생긴 사람이었다. 허리둘레는 엄청났고 목은 얇았으며, 다리는 가늘었다. 그는 더러웠다. 그의 모든 것들이 불결했다. 심지어 눈의 흰자마저도 때가 묻은 것 같았다.

내가 놓친 점이 있다. 워시의 모든 것들이 불결했던 건 아니다. 그는 자신의 손을 소중히 여겼다. 그 손가락들은 통통했지만 전신 사무실에 비치된 장비 근처의 책상 위에서 일하는 워시의 손에는 예민하고 날카로운 뭔가가 있었다. 젊은 시절 워시는 주에서 최고의 전신 기사로 불렸으며, 와인즈버그의 후미진 사무실로 좌천됐음에도 불구하고 여전히 자신의 능력에 자부심을 가졌다.

워시는 그가 살았던 마을의 누구와도 어울리지 않았다. "난 누구와도 알고 지내지 않을 거야." 전신국을 지나쳐 승강장을 따라 걸어가는 사람들을 게슴츠레한 눈으로 쳐다보며 그가 말했다. 저녁이면 중심가를 따라 올라가 에드 그리피스의 술집에서 믿을 수 없을 만큼 많은 맥주를 마신 후, 휘청거리며 뉴 윌라드 하우스에 있는 방으로 걸어 들어가 잠을 잤다.

워시 윌리엄스는 용기 있는 사람이었다. 그로 하여금 인생을 증오하도록 만든 어떤 일이 일어났고, 그래서 시인이 되기를 포기하면서까지 이를 진정으로 증오했다. 무엇보다 그는 여자들을 싫어했다. "개 같은 년들." 그는 이렇게 불렀다. 남자들에 관한 감정은 다소 달랐다. 남자들을 동정했다. "모든 남자들이 자신을 위해 인생을 꾸려 가지 못하는 건 개 같은 년들이나 다른 것들 때문 아니겠어?" 그는 이렇게 물었다.

와인즈버그의 누구도 워시 윌리엄스에게, 또 동료들에 관한 그의 증오에 전혀 주목하지 않았다. 한번은 은행가의 아내인 화이트 부인이 와인즈버그의 사무실이 더럽고 악취가 엄청나다고 전신 회사에 불평했지만 그녀의 불만은 아무 결과도 내지 못했다. 여기저기의 사람들이 그 전신 기사를 존경했다. 그들은 분노할 용기를 갖지 못했던 뭔가에 관한 불타오르는 분노가 자신들 안에 있음을 본능적으로 느꼈다. 그런 사람들은 워시가 거리를 따라 걷고 있을 때면 저절로 그에게 경의를 표하고 싶어져 모자를 벗어 올리거나 허리 숙여 절을 했다. 와인즈버그를 관통하는 철도에서 전신 기사를 감독하는 관리자도 그렇게 느꼈다. 관리자는 워시를 해고하는 사태를 막고자 와인즈버그의 후미진 사무실에 그를 배치했고 계속 그렇게 할 생각이었다. 은행가의 아내로부터 항의 편지를 받았을 때, 그는 그 편지를 찢으며 심술궂게 웃었다. 어떤 이유에서인지 항의 편지를 찢을 때 관리자는 자신의 아내를 떠올렸다.

워시 윌리엄스에게는 한때 아내가 있었다. 아직 젊었을 때, 그는 오하이오주 데이턴에서 한 여자와 결혼했다. 키가 크고 호리호리하며 파란 눈과 노란 머리카락을 가진 여자였다. 워시는 그 자신이 괜찮은 외모의 청년이었다. 나중에 모든 여자들을 그렇게 싫어했던 만큼이나 워시는 애정을 담아 그녀를 사랑했다.

와인즈버그에서 워시 윌리엄스라는 사람과 그의 성격을 추하게 만들었던 사건의 전말을 아는 사람은 단 한 명이었다. 워시가 한때 조지 윌라드에게 자신의 얘기를 들려줬기 때문인데 그 경위는 다음과 같다.

어느 날 저녁, 조지 윌라드는 케이트 맥휴 부인의 여성 모자 가게에서 모자 손질 일을 하고 있는 벨 카펜터와 같이 걷고 있었다. 조지는 그 여자와 사랑에 빠진 것이 아니었고 실제로 그녀에게는 에드 그리피스 술집에서 바텐더로 일하는 구혼자가 있었지만 나무 아래를 함께 걸어갈 때 둘은 이따금 서로 포옹하곤 했다. 밤이라는 시간과 그들 각자의 생각들이 그들 안의 뭔가를 자극했던 것이다. 중심가로 되돌아갈 때 둘은 기차역 옆의 작은 잔디밭을 지나갔고 거기서 나무 아래 잔디에 잠들어 있는 듯 보이는 워시 윌리엄스를 보았다. 다음 날 저녁, 전신 기사와 조지 윌라드는 함께 산책을 했다. 철로 아래쪽으로 내려간 둘은 기차선로 옆의 썩어 가고 있는 침목 더미 위에 앉았다. 워시가 젊은 신문기자에게 자신이 지닌 증오의 역사에 관해 얘기한 것이 바로 그때였다.

조지 윌라드와 그의 부친이 소유한 호텔에 살고 있던 그 기묘하고 못생긴 남자가 서로 대화할 기회는 아마 열 번은 넘게 있었을 것이다. 젊은이는 호텔 식당 주변을 노려보는 흉물스럽고 심술궂은 얼굴을 봤고 이에 호기심에 사로잡혔다. 조지는 노려보는 워시의 눈에 도사리고 있는 뭔가를 보고는, 비록 워시가 다른 사람에게는 할 말이 전혀 없었지만 조지 자신에게는 뭔가 할 말이 있음을 알아챘다. 여름 저녁 침목 더미 위에서 조지는 기대하며 기다렸다. 전신 기사가 아무 말이 없고 얘기하려던 생각을 바꾼 듯이 보이자 조지는 대화하려고 노력했다. "윌리엄스 씨, 결혼한 적이 있나요?" 조지가 말을 시작했다. "결혼한 적이 있지만 아내는 죽었을 것 같다고 생각하는데, 맞나요?"

워시 윌리엄스는 아주 심한 욕들을 연속적으로 내뱉었다. "맞아, 그 여잔 죽었지." 그가 동의했다. "모든 여자들이 죽듯 그녀도 죽었어. 죽은 거나 마찬가지지. 사람들 앞에서 걸어 다니지만 그렇게 있음으로 해서 세상을 더럽히고 있으니까." 젊은이의 눈을 노려보는 워시의 얼굴이 분노로 붉어졌다. "바보 같은 생각은 하지 마." 그가 명령하듯 말했다. "내 아내는, 그녀는 죽었어. 그래, 확실해. 말하자면, 모든 여자들은 죽었어, 내 엄마, 네 엄마, 그리고 내가 봤지만 어제 너와 함께 걸었던 그 여성 모자 가게에서 일하는 키 크고 가무잡잡한 여자도. 모든 여자가, 그들은 모두 죽었어. 여자들에겐 형편없는 뭔가가 있다고 말할 수 있지. 난 결혼했었어, 그건 확실해. 나와 결혼하기 전에 내 아내는 죽었어, 더 더러운 여자에게서 태어난 더러운 여자였지. 그 여잔 내가 인생을 참을 수 없는 것으로 느끼도록 보내진 존재야. 난 바보였어, 알겠어? 지금의 너처럼 말이지, 그래서 그 여자와 결혼했어. 난 남자들이 여자들을 조금이라도 이해하기 시작했으면 좋겠어. 여자들은 세상을 가치 있게 만들려는 남자들을 방해하고자 보내진 존재들이란 걸 말이야. 자연의 장난이지. 웩! 살살 기어 다니고, 굽실거리고, 꼼지락대는 것들, 그 부드러운 손과 파란 눈으로 말이야. 여자만 보면 역겨워. 왜 내가 보이는 모든 여자들을 죽이지 않았는지 나도 모르겠어."

흉물스러운 노인의 눈에서 이글거리는 빛을 두려워하면서도 한편으론 매료되기도 한 조지 윌라드는 호기심에 불타올라 귀를 기울였다. 어둠이 짙어졌으므로 말하고 있는 워시의 얼굴을 보려고 앞으로 몸을 기울였다. 땅거미가 지면서 붉고 부풀어 오른 얼굴과 이글거리는 눈을 더 이상 볼 수 없게 되자 호기심에 찬 상상이 조지를 덮쳐 왔다. 워시 윌리엄스는 낮고 차분한 목소리로 말했는데 그것이 그의 말들을 더욱 소름 끼치게 했다. 어둠 속에서 젊은 기자는 자신이 검은 머리카락에 빛나는 검은 눈을 가진 잘생긴 젊은이와 함께 침목 위에 앉아 있다고 상상했다. 흉물스럽게 생기긴 했지만 증오의 이야기를 하고 있는 워시 윌리엄스의 목소리에는 거의 아름다움에 가까운 뭔가가 있었다.

어둠 속에서 철도 침목 위에 앉아 있는 와인즈버그의 전신기사는 시인이 되었다. 증오가 그를 그러한 경지까지 끌어올린 것이다. "내 얘기를 하는 이유는 네가 벨 카펜터 입술에 키스하는 걸 봤기 때문이야." 워시가 말했다. "내게 일어났던 일은 다음에 너한테도 일어날 수 있어. 너한테 경고를 하고 싶어서지. 네 머릿속에 이미 꿈들이 있을지도 몰라. 난 그것들을 깨뜨리고 싶어."

워시 윌리엄스는 오하이오주 데이턴에서 젊은 기사로 일할 때 만났던, 파란 눈의 키 큰 금발 소녀와의 결혼 생활 얘기로 말을 시작했다. 얘기 곳곳에 일련의 불쾌한 욕설들과 뒤섞인 아름다웠던 순간들이 스며들어 있었다. 워시는 세 자매 중 가장 어렸던, 한 치과의사의 딸과 결혼했다. 결혼 생활 당시 그는 능력을 인정받아 더 많은 급여가 지급되는 운행관리원 직위로 승진했으며 오하이오주 콜럼버스로 발령됐다. 거기서 젊은 아내와 정착했고 할부로 주택 한 채를 구입하게 되었다.

젊은 전신 기사는 열렬한 사랑에 빠졌다. 일종의 종교적인 열정으로, 그는 자신의 청춘에 도사리고 있던 위험을 가까스로 헤쳐 나갔고 결혼 이후까지도 순결을 지켰다. 워시는 조지 윌라드에게 오하이오주 콜럼버스 집에서 살던 당시, 젊은 아내와의 삶을 그림으로 보여 주었다. "우린 집 뒤쪽 정원에 채소를 심었지." 그가 말했다. "있잖아, 완두콩과 옥수수 같은 것들 말이야. 우린 3월 초에 콜럼버스로 갔고 날씨가 따뜻해지자마자 난 정원으로 일하러 갔어. 그녀가 웃거나 내가 캐낸 벌레들을 무서워하는 척하면서 뛰어다닐 때 난 삽으로 검은 땅을 뒤집었어. 4월 말에는 씨를 심었지. 그녀는 손에 종이가방 하나를 들고 묘판 사이로 난 작은 길에 서 있었어. 그 가방엔 씨가 가득 들어 있었고, 한 번에 조금씩, 그 따뜻하고 부드러운 흙에 씨를 밀어 넣을 수 있도록 내게 씨를 건네줬지."

감정에 복받쳤는지 어둠 속에서 말하던 남자의 목소리가 잠시 끊어졌다. "난 아내를 사랑했어." 워시가 말했다. "바보가 안 되려고 부인하진 않겠어. 난 아직도 그녀를 사랑해. 그 봄날 저녁의 어둠 속에서 난 검은 땅 위로 그녀의 발자국을 따라 기어갔고 그녀 앞에서 굽실거렸지. 그녀 구두와 구두 위로 드러난 발목에 키스도 했어. 아내가 입은 외투의 단이 내 얼굴을 스치기라도 하면 몸을 떨었어. 그렇게 지낸 지 2년이 지났을 무렵, 내가 멀리서 일하고 있을 때 우리 집을 정기적으로 찾아왔던 두세 명의 애인이 아내에게 있었단 걸 알게 됐지만 그놈들이나 아내를 손대고 싶진 않았어. 그냥 장모가 있는 집으로 돌려보냈고 아무 말도 하지 않았지. 할 말이 아무것도 없었어. 은행에 4백 달러가 있었는데 아내에게 줬지. 난 이유를 묻지 않았어. 아무 말도 안 했어. 아내가 떠난 후 어리석은 꼬마처럼 엉엉 울었고. 곧 집을 팔 기회가 생겨서 그 돈도 보냈어."

워시 윌리엄스와 조지 윌라드는 침목 더미에서 일어나 마을로 뻗어 있는 선로를 따라 걸어갔다. 워시는 재빨리, 숨도 쉬지 않고 자신의 얘기를 끝냈다.

"장모가 나를 부르더군." 그가 말했다. "내게 편지를 썼는데 데이턴에 있는 자기 집으로 오라는 거야. 그 집에 도착했을 때가 바로 이때쯤 저녁이었어."

워시 윌리엄스의 목소리가 거의 괴성 비슷하게 올라갔다.

"약 두 시간 동안 그 집 응접실에 앉아 있었지. 장모가 나를 그리로 데려가 남겨 둔 거야. 그 집은 멋졌어. 그들은 소위 훌륭한 사람들이었지. 플러시 천으로 덮인 의자와 긴 의자가 방에 있었어. 나는 사시나무 떨듯 했지. 내가 생각하기에 그녀에게 잘못했던 사람들을 증오했어. 혼자 사는 것에 진력이 나서 아내가 돌아오기를 원했었고. 기다리는 시간이 길어지면 길어질수록 난 더 초심으로 돌아갔고 부드러워졌지. 만약 아내가 들어와 손으로 어루만져 주기만 해도 기절하지 않을까 생각할 정도였어. 용서하고 잊고 싶어 안달이었어."

워시 윌리엄스는 걸음을 멈추고 서서 조지 윌라드를 노려보았다. 젊은이의 몸이 한기로 떨려 왔다. 남자의 목소리가 다시 부드럽고 낮아졌다. "아내는 벌거벗은 채로 들어왔어." 그가 말을 계속했다. "그 애 엄마가 그렇게 시킨 거지. 내가 앉아 있는 동안 딸의 옷을 벗기고 아마 그렇게 하라고 구슬렸겠지. 처음엔 작은 복도로 이어지는 문으로 목소리가 들려왔고 이어 문이 부드럽게 열렸어. 아내는 전혀 움직이지 않은 채 바닥만 노려보면서 부끄러워하며 서 있었어. 장모는 방으로 들어오지 않았어. 문을 통해 안으로 밀어 댄 후에 복도에서 기다리며 서 있었지, 그러니까 우리가 그걸 하길, 뭐 너도 알겠지만, 기다리면서."

조지 윌라드와 전신 기사는 와인즈버그 중심가로 나왔다. 가게 유리창에서 나온 불빛이 인도를 밝고 빛나게 비추었다. 사람들은 웃고 얘기하면서 걸어 다녔다. 젊은 기자는 기분이 나빠지고 어지러워짐을 느꼈다. 상상 속에서, 그 역시 나이 들고 추해졌다. “난 장모를 죽이지 않았어.” 거리 주변을 노려보면서 워시 윌리엄스가 말했다. “의자로 한 번 내리쳤고 이어 이웃들이 와서 그 의자를 치웠지. 알겠지만 여자는 엄청나게 큰 비명을 질렀어. 지금은 그 여자를 죽일 기회가 단 한 번도 없을 거야. 그 일이 있고 나서 한 달 후에 열병으로 죽었으니까.”

생각하는 사람

THE THINKER

와인즈버그의 세스 리치먼드가 어머니와 함께 살았던 집은 한때 마을의 명소였지만 어린 세스가 살던 당시엔 그 영광이 다소 퇴색한 상태였다. 은행가 화이트가 벅아이가街에 지었던 거대한 벽돌집이 그 집의 명성을 능가했다. 리치먼드의 집은 중심가의 끝 지점에서 멀리 떨어진 한 작은 계곡에 위치했다. 먼지투성이 길을 통해 남쪽에서 오는 농부들은 호두나무 숲을 지나고, 광고로 뒤덮인 높은 널 울타리를 따라 장터를 둘러가고, 또 계곡을 통과해 말을 빨리 몰면서 리치먼드 집이 위치한 곳을 지나 마을로 들어갔다. 와인즈버그 북쪽과 남쪽의 전원 대부분 지역에서 과일과 산딸기를 재배하고 있었으므로, 마차를 타고 오전이면 들판으로 가고 저녁이면 먼지가 잔뜩 묻은 채 돌아오는 일꾼들, 즉 소년과 소녀들과 여자들을 세스는 볼 수 있었다. 이 마차, 저 마차의 일꾼들이 저속한 농담을 곁들여 떨어 대는 수다들이 가끔 그를 심히 짜증 나게 했다. 요란하게 웃지 못하고, 별 의미 없는 농담을 외쳐 대지도 못하고, 또 길 여기저기에서 끊임없이 벌어지는 이런저런 동작들과 킥킥거리는 웃음 사이에 자신이 들어갈 수 없다는 사실을 그는 애석하게 여겼다.

리치먼드의 집은 석회암으로 지어졌는데 비록 마을 사람들로부터 쇠퇴했다는 말을 듣긴 했어도 실제로는 해가 지날수록 더욱 아름다워져 갔다. 어느새 시간이 그 돌들에 색채를 가미하기 시작해 돌의 표면은 풍부한 황금색을 띠었으며 저녁 시간이나 어두울 때는 처마 밑의 그늘진 곳 군데군데가 옅은 갈색과 검은색으로 물들었다.

그 집은 채석공이었던 세스의 할아버지가 지었으며, 북쪽으로 18마일 떨어진 이리호湖의 채석장과 더불어 그의 아들이자 세스의 부친인 클래런스 리치먼드에게 유산으로 남겨졌다. 조용하면서도 열정적이었으며 마을 사람들로부터 유례없는 존경을 받았던 클래런스 리치먼드는 오하이오주 톨레도에 있는 한 신문사 편집장과 길거리에서 싸움을 벌이던 중 사망했다. 그 싸움은 한 여자 선생의 이름과 결부된 클래런스의 이름을 기사화한 것과 관련이 있었고, 클래런스가 편집장에게 먼저 총을 쏘면서 시작된 싸움이었기에 살인자를 처벌하려는 노력은 성공적이지 못했다. 채석공의 죽음 후 그에게 남겨졌던 돈의 대부분이 친구의 영향 때문에 투기와 불확실한 투자에 낭비되었음이 밝혀졌다.

적은 소득만 유산으로 받게 된 버지니아 리치먼드는 마음을 추스르며 마을에서 은퇴한 삶을 살고 아들을 양육하는 데 매진했다. 비록 남편이자 아버지였던 클래런스의 죽음에 가슴이 매우 아팠지만 사후에 남편에 관해 떠도는 소문들을 그녀는 전혀 믿지 않았다. 그녀가 생각할 때 모두가 본능적으로 사랑했던 그 예민하고 소년 같은 남편은 일상을 살기엔 너무 섬세한 존재로, 단지 불운했을 뿐이었다. "온갖 종류의 이야기들을 넌 듣게 되겠지만 그걸 믿어선 안 돼." 그녀가 아들에게 말했다. "네 아빠는 모두에게 아주 친절했던 좋은 분이었지만 사업가가 되려고 애쓰진 말았어야 했는데. 내가 너의 미래에 대해 아무리 많은 계획을 세우고 꿈을 꾼다 해도 네가 네 아버지만큼 좋은 사람이 되는 것보다 더 나은 건 상상할 수가 없구나."

남편이 죽고 나서 몇 년 후, 필요한 소득이 점점 높아지는 데 놀란 버지니아 리치먼드는 소득을 늘리는 일에 전력을 다했다. 그녀는 속기를 배워서 남편 친구들의 도움으로 군청 소재지 법원의 속기사 자리를 얻었다. 재판이 열리는 날이면 매일 아침 기차를 타고 그곳으로 갔고 그렇지 않은 날에는 정원에 있는 장미 덤불을 돌보면서 시간을 보냈다. 평범한 외모와 매우 풍부한 갈색 머리카락을 가진 그녀는 키가 크고 곧은 자세를 유지하는 여자였다.

세스 리치먼드와 그의 엄마와의 관계를 보자면, 심지어 열여덟 살 때에도 세스와 다른 사람들의 인간관계에 영향을 미치기 시작했던 어떤 특질이 그 안에 있었다. 그 젊은이에 대한 거의 유해한 존중심 때문에 엄마는 아들 면전에서는 침묵을 지켰다. 엄마가 아들을 신랄하게 꾸짖을 때면 세스는 그가 다른 사람들을 쳐다봤을 때 그들의 눈에서 이미 눈치챘던, 점차 드러나는 당황한 표정을 보려고 엄마의 눈을 계속 쳐다보기만 할 뿐이었다.

진실을 말하자면 아들은 놀라울 정도의 분명함으로 사고했던 반면에 엄마는 그렇지 못했다는 점이다. 버지니아는 모든 사람들로부터 인생에 대한 어느 정도의 전통적인 반응을 기대했다. 저 소년은 당신의 아들이며, 당신이 아들을 꾸짖으면 아들은 몸을 떨면서 바닥을 쳐다본다. 충분히 꾸짖고 나면 그는 울고 모든 것을 용서받는다. 울고 나서 아들이 침대로 가면 당신은 아들 방으로 조용히 들어가 아들에게 키스를 한다 등.

버지니아 리치먼드는 아들이 왜 이렇게 하지 않는지 이해할 수 없었다. 심한 꾸지람을 듣고 난 후, 아들은 몸을 떨면서 바닥을 쳐다보는 대신 엄마를 계속 쳐다봤으며 이는 엄마의 마음에 불안한 의심을 드리웠다. 아들의 방으로 조용히 들어가는 행동에 관해서는 세스가 열다섯 살 이상이 된 이후에는 그와 같은 종류의 행동을 하는 것이 그녀로선 거의 두려웠을 것이다.

열여섯 살이 되었을 때 세스가 다른 두 명의 소년들과 함께 집에서 도망친 적이 있었다. 세 소년은 텅 빈 화물차의 열린 문으로 기어 올라갔고 그 기차를 타고 축제가 열리고 있던 40마일 떨어진 마을로 갔다. 아이들 중 한 명이 위스키와 블랙베리 와인의 혼합물로 가득 찬 병을 하나 갖고 있어서 셋은 기차 문밖으로 다리를 내놓고 앉아 병에 담긴 술을 마셨다. 세스의 두 친구는 노래를 부르거나 기차가 통과하는 마을의 기차역 주변 사람들을 향해 손을 흔들었다. 아이들은 가족과 함께 축제에 온 농부들의 바구니를 털기로 계획을 세웠다. "우린 왕처럼 살 거고 축제나 경마 경주를 보는 데 단 한 푼의 돈도 쓰지 않을 테야." 셋은 이렇게 허풍을 떨며 선언했다.

세스가 사라진 후, 버지니아 리치먼드는 모호한 불안에 가득 차 집 안에서 서성거렸다. 비록 다음 날 마을 경찰의 수사를 통해 아이들이 어떤 모험을 했는지 알게 됐지만 그럼에도 진정할 수가 없었다. 밤새 내내 시곗바늘이 째깍거리는 소리를 들으면서 자지 않고 누워 있던 버지니아는 세스가 그의 아버지와 마찬가지로 갑작스럽고 격렬한 종말을 맞게 될 거라고 혼자 중얼거렸다. 이번에는 아들이 그녀의 분노의 무게를 느껴야 한다고 굳게 결심하고는 비록 아들의 모험을 방해하지 말라고 경찰에게 말해 두긴 했지만 연필과 종이를 꺼내 아들에게 쏟아붓기로 작정한 날카롭고 신랄한 책망들을 적어 내려갔다. 그녀는 그 책망들을 기억하는 데 전념하고자 정원에서 서성거리며 마치 대사를 외우는 배우처럼 큰 소리로 읽었다.

그 주의 끝에, 귀와 눈에 석탄 검댕을 묻힌 채 다소 피곤해진 상태로 세스가 돌아왔지만 버지니아는 아들을 꾸짖을 수 없는 자신을 또다시 발견했다. 아들은 집으로 들어오면서 부엌문 근처에 있던 못에다 모자를 걸고는 그녀를 가만히 쳐다보며 서 있었다. “출발하고 나서 한 시간 내에 돌아오고 싶었어요.” 아들이 설명했다. “난 뭘 해야 할지 몰랐어요. 엄마가 걱정할 거라 생각은 했지만 만약 제가 계속 가지 않으면 전 저 자신을 부끄러워하게 될 거란 것 역시 알고 있었죠. 저 자신을 위해 그걸 끝까지 했어요. 젖은 볏짚 위에서 자기도 하고 불편했어요. 술에 취한 흑인 두 명이 우리와 함께 잔 적도 있었죠. 농부의 마차에서 점심 바구니를 훔쳤을 때는 온종일 먹을 것 없이 지낼 그의 아이들을 생각하지 않을 수가 없었어요. 그 모든 일이 역겨웠지만 그래도 전 다른 아이들이 돌아갈 준비가 될 때까지 끝까지 계속하기로 결심했어요.”

“끝까지 계속했다니 기쁘구나.” 반쯤 화가 난 채 집안일로 바쁜 척을 하면서 버지니아가 아들의 이마에 키스하며 대답했다.

어느 여름 저녁, 세스 리치먼드는 친구인 조지 윌라드를 방문하고자 뉴 윌라드 하우스로 갔다. 오후에 비가 내렸지만 중심가를 통해 걸어갔을 때는 하늘 일부분이 맑아졌고 서쪽에서는 황금색 햇살이 반짝였다. 그는 모퉁이를 돌아 호텔 문을 통해 들어간 다음 친구의 방으로 이어지는 계단을 오르기 시작했다. 호텔 사무실에서는 주인과 두 여행객이 정치를 주제로 토론이 한창이었다.

계단을 오르던 세스는 멈춰 서서 아래에서 들려오는 사람들의 목소리에 귀를 기울였다. 그들은 흥분해서 빠른 속도로 말했다. 톰 윌라드는 여행객들을 질책하는 중이었다. "나도 민주당원이지만 자네 얘기는 역겹군." 그가 말했다. "자넨 매킨리를 잘 몰라. 매킨리와 마크 한나는 친구 사이지. 자네가 그걸 파악하기란 불가능할지도 모르겠군. 만약 누군가 자네들에게 우정은 더욱더 깊어지고 커질 수 있으며 달러와 센트보다 가치가 있다고, 심지어 국가 정치보다 더 중요하다고 말한다면 아마 킥킥대며 비웃겠지."

주인의 얘기는 식료품 도매상에 종사하며 키가 크고 회색 콧수염이 있는 손님 중 한 명에 의해 중단되었다. "최근 클리블랜드에서 살았던 내가 마크 한나를 모른다고 생각하오?" 그가 따지고 들었다. "그건 허튼소리요. 한나는 돈 말고는 아무것도 좇지 않아요. 매킨리는 그의 도구란 말이오. 그는 매킨리에게 엄포를 놨죠, 그걸 잊지 말아요."

계단에 있던 젊은이는 나머지 얘기까지 들으려 더 머물지 않고, 계단을 올라가 어두운 작은 복도로 들어섰다. 사무실에서 말하던 사람들의 목소리에 있던 뭔가로 인해 생각들이 머리에서 끊임없이 스치고 지나갔다. 세스는 외로웠고 그리하여 외로움은 그의 성격의 일부이며, 언제나 그에게 머물 거라고 생각하기 시작했었다. 이어 옆의 작은 복도로 걸음을 옮겨 골목이 내다보이는 창가에 멈추어 섰다. 제빵사인 애브너 그로프가 자신의 가게 뒤쪽에 서 있었다. 그는 충혈된 작은 눈으로 골목 위아래를 둘러봤다. 가게 안에 있는 누군가가 그를 불렀지만 그는 못 들은 척했다. 제빵사의 손에는 빈 우유병이 들려 있었는데 그의 눈에서 분노가 깃든 시무룩한 표정이 묻어났다.

와인즈버그에서 세스는 이른바 "속을 알 수 없는 사람"이라 불렸다. "저 애는 아버지를 닮았어." 세스가 거리를 지나갈 때 사람들은 수군거렸다. "조만간 그런 모습이 드러날 거야. 두고 보라고."

조용한 사람들에게 모든 이들이 보이는 반응이 그렇듯, 마을 사람들의 그런 얘기들과 사람들과 소년들이 본능적으로 그를 대하는 존중이 인생과 세스 자신에 대한 관점에 영향을 끼쳤다. 소년이라면 응당 받는 평가에 비해 세스는 더 마음을 숨기는 편이었지만 다른 대부분의 소년과 마찬가지로 그는 마을 주민들, 심지어 그의 엄마가 생각하는 그런 사람이 아니었다. 그의 습관적인 침묵의 뒤편에 근원적인 목적이라곤 전혀 존재하지 않았고 자신의 인생에 대한 분명한 계획도 전혀 없었다. 그가 사귀었던 소년들이 시끄럽게 굴고 말다툼을 할 때 세스는 한쪽에 조용히 서 있었다. 그는 차분한 눈으로 활발하게 몸을 움직여 대는 친구들을 바라봤다. 벌어지고 있는 일에는 특별한 관심이 없었고, 때로는 그게 뭐든 자신이 조금이라도 특별히 관심을 가지게나 될지 궁금해했다. 제빵사를 지켜보며 반쯤 어두워져 있는 창문 근처에 서 있는 지금, 그는 그 어떤 것, 심지어 제빵사인 그로프가 보이는 시무룩한 분노까지 동원해서라도 자신이 완전히 동요될 수 있기를 바랐다. '장황한 저 나이 든 톰 윌라드처럼 나도 흥분하고 정치에 대해 언쟁할 수 있다면 좋을 텐데.' 창문을 떠나 다시 복도를 따라 친구인 조지 윌라드가 있는 방으로 가면서 그는 이렇게 생각했다.

조지 윌라드는 세스 리치먼드보다 나이가 더 많았지만 둘 사이에는 다소 기묘한 우정이 존재했는데 지속해서 접근한 쪽은 조지, 그리고 만남을 요청받은 쪽은 세스였다. 조지가 일하고 있던 신문사에는 한 가지 정책이 있었다. 즉, 각 기사마다 가능한 한 마을에 사는 주민들의 이름을 언급하려 애썼다. 마치 흥분한 개처럼, 조지 윌라드는 누가 군 소재지로 출장을 갔고, 누가 이웃 마을에 갔다가 돌아왔다는 내용을 종이에 쓰며 여기저기를 뛰어다녔다. 온종일 사소한 사실들을 종이에 기록했다. "A.P 링글렛은 밀짚모자를 배달받았다. 에드 바이어바움과 톰 마셜은 금요일에 클리블랜드에 있었다. 톰 시닝 아저씨는 밸리 로드에 있는 그의 땅에 새로운 헛간을 짓고 있는 중이다."

조지 윌라드가 언젠가 작가가 될 거라는 생각이 그를 와인즈버그에서 특별한 사람으로 만들었고, 그는 이 문제에 대해 세스에게 꾸준히 언급하곤 했다. "이건 여러 삶 중 가장 쉬운 거야." 신나서 뽐내며 그가 선언했다. "네가 여기저기를 다녀도 널 부려 먹을 상사는 절대 없지. 인도, 혹은 배를 타고 남태평양에 있다 해도 넌 글만 쓰면 돼, 그렇다니까. 내가 유명해질 때까지 기다려, 그럼 내가 어떻게 재미있게 지낼지 알게 될 테니까."

아래로는 골목이 내려다보이는 창문을 통해 철로를 가로질러 기차역과 마주한 비프 카터의 간이식당이 보이는 조지 윌라드의 방에서 세스 리치먼드는 의자에 앉아 바닥을 내려다봤다. 연필로 장난치며 약 한 시간 동안 빈둥거리고 있던 조지 윌라드는 야단스럽게 그를 맞았다. "연애 얘기를 써 볼까 해." 초조한 미소를 지으며 그가 말했다. 파이프에 불을 붙인 조지가 방 안을 서성거리기 시작했다. "내가 뭘 할지 난 알아. 난 사랑에 빠질 거야. 그것에 대해 심사숙고하면서 여기 앉아 있었고 곧 그렇게 할 거야."

자신의 선언이 쑥스러웠는지 조지는 창으로 가서는 친구에게 등을 돌린 채 창밖으로 몸을 내밀었다. "내가 누구와 사랑에 빠지게 될지 난 알아." 그가 재빨리 말했다. "헬렌 화이트야. 그녀는 어떤 옷차림이든 어울리는 마을의 유일한 소녀지."

새로운 생각에 고무된 젊은 윌라드는 몸을 돌려 방문객에게로 다가왔다. "자, 들어 봐." 그가 말했다. "넌 나보다 헬렌 화이트를 더 잘 알아. 내가 한 말을 전해 줬으면 해. 그냥 그 애한테 가서 말하는 거지. 내가 그녀와 사랑에 빠졌다고. 그 말에 뭐라고 하는지 들어 봐. 어떻게 받아들이는지 보고 여기로 와서 내게 말해 줘."

세스 리치먼드는 자리에서 일어나 문으로 갔다. 친구의 말이 그를 참을 수 없을 만큼 거슬리게 했다. "그럼, 잘 있어." 그가 짧게 인사했다.

조지는 몹시 놀랐다. 앞으로 달려 나가 멈춘 다음 어둠 속에 서서 세스의 얼굴을 자세히 쳐다봤다. "무슨 문제라도 있어? 뭘 하려고? 여기 있으면서 얘기나 해." 조지가 재촉했다.

분노의 물결이 친구에게로, 세스가 생각할 때 자신에게 언제나 아무것도 말하지 않는 마을 사람들에게로, 무엇보다 침묵하는 자기 자신의 버릇에게로 향했으며, 이것이 세스를 거의 좌절에 빠지게 했다. "어, 네가 그 애한테 직접 말해." 세스는 갑자기 말을 내뱉고는 재빨리 문을 통과한 후 친구 면전에서 문을 쾅 하고 닫았다. "헬렌 화이트를 찾아 말을 걸겠지만, 조지에 관한 얘기는 안 할 거야." 그가 중얼거렸다.

분노에 찬 말을 중얼거리면서 세스는 계단을 내려와 호텔 앞문을 통해 밖으로 나왔다. 다소 먼지 낀 길을 건너 낮은 철제 난간을 따라 올라가서는 역 구내 잔디밭에 가서 앉았다. 그는 조지 윌라드가 정말 멍청하다고 생각했고 더 강하게 그렇게 말해 주지 못한 것이 유감스러웠다. 은행가의 딸인 헬렌 화이트와는 표면적으로 가벼운 사이였지만 그가 자주 생각하는 대상이었으며 그로서는 헬렌 화이트가 은밀하고 사적인 뭔가로 느껴졌다. "자기 연애 얘기로 바쁜 멍청이," 어깨너머로 조지 윌라드의 방을 노려보며 그가 중얼거렸다. "끝도 없이 떠드는 게 지겹지도 않나 보군."

그때는 와인즈버그에서 산딸기를 수확할 때였으므로 승강장에서는 사람들과 소년들이 붉고 향긋한 산딸기 상자들을 측선에 정차돼 있던 두 대의 급행 화물 차량에 싣고 있었다.

서쪽에서는 폭풍의 기미가 보였지만 6월의 달이 하늘에 떠올랐고 어떤 가로등에도 불은 켜지지 않은 상태였다. 희미한 불빛 아래 급행 트럭 위에 서 있거나 화물차량에 상자들을 던지고 있는 사람들의 형체를 역시 희미하게 알아볼 수 있을 뿐이었다. 다른 사람들은 기차역 잔디를 보호해 주고 있는 철제 난간 위에 앉아 있었다. 그들은 파이프에 불을 붙였다. 마을 사람들의 농담 소리가 들려왔다. 멀리서 기차가 기적을 울렸고 화물차량에 상자들을 싣던 사람들은 새로운 활력으로 일하는 중이었다.

세스는 앉아 있던 잔디에서 일어나 난간에 걸터앉아 있던 사람들을 조용히 지나쳐 중심가로 갔다. 그는 결심하기에 이르렀다. "여기를 떠날 거야." 그가 중얼거렸다. "여기 있어 봤자 좋을 게 뭐야? 다른 도시로 가서 일하겠어. 내일 어머니한테 말해야지."

와커 시가 가게와 타운 홀을 지나 중심가를 따라 천천히 걸어가던 세스 리치먼드는 벅아이가로 접어들었다. 그가 자신이 속한 마을의 삶의 한 부분이 아니라는 생각에 우울해졌지만, 이는 그의 탓이 아니라고 생각했기 때문에 마음이 그리 심하게 아프진 않았다. 세스는 닥터 웰링의 집 앞에 있는 큰 나무의 거대한 그림자 속에서 걸음을 멈춘 후, 길에서 외바퀴 수레를 끌고 있는 멍청한 얼간이인 터크 스몰렛을 지켜봤다. 생각하는 게 아이처럼 우스꽝스러운 그 노인은 열 개가 넘는 판자들을 수레에 실었고 길을 따라 서둘러 몰 때, 그 무게에도 불구하고 극도의 꼼꼼함으로 균형을 유지하고 있었다. "쉬워, 터크! 계속 이렇게 가자구! 이 노인네야." 노인이 자신을 향해 외치고 또 웃는 바람에 실려 있던 판자들이 위험하게 요동쳤다.

조금은 위험해 보이는 저 늙은 벌목꾼 터크 스몰렛은 기이한 인물이었으므로 마을 사람들의 생활에 아주 많은 특별함을 더해 주고 있음을 세스는 알고 있었다. 또 중심가로 들어가면 터크는 수많은 외침과 말의 한가운데에 있게 될 것임을, 사실 그 노인은 중심가를 관통하면서 판자 가득한 수레를 운전하는 자신의 솜씨를 과시하고자 아주 비상한 노력을 하고 있음을 그는 알고 있었다. "조지 윌라드가 여기 있었다면 말할 게 생겼겠군." 세스는 생각했다. "조지는 이 마을에 속한 사람이야. 조지는 터크에게 소리치고 터크는 그에게 소리치겠지. 그들이 한 말에 둘은 비밀스럽게 미소 지을 거야. 난 달라. 난 여기 속하지 않아. 법석 떨지 않고 대신 여기를 떠나겠어."

거의 어두워져 헛디뎌 가며 나아가던 세스는 자신이 마을에서 따돌림을 받았다고 느꼈다. 스스로가 불쌍하게 여겨지기 시작했지만 그의 생각이 터무니없다는 느낌이 들어 미소 지었다. 결국 세스는 자신이 그저 나이에 비해 성숙할 뿐이며 자기 연민의 대상은 전혀 아니라고 결론 내렸다. "난 일을 해야 해. 꾸준히 일하면 내 자리가 생길 거고 그걸 열심히 하는 편이 좋을 거야." 그는 결심했다.

세스는 은행가 화이트의 집으로 가서 현관 부근의 어두운 곳에 서 있었다. 현관문에는 문을 두드리는 육중한 청동 고리쇠가 달려 있었는데 이는 시詩 연구 동호회를 만든 헬렌 화이트의 어머니가 마을에 들여온 획기적인 물건이었다. 세스는 문고리를 들어 올렸다가 떨어뜨렸다. 덜커덕거리는 육중한 소리가 멀리서 들리는 총소리 같았다. '난 왜 이렇게 서툴고 바보 같을까.' 그는 생각했다. '화이트 부인이 나오면 무슨 말을 해야 하는 거지.'

문을 열고 나와 현관의 한 가장자리에 서 있는 세스를 발견한 사람은 헬렌 화이트였다. 기쁨에 얼굴을 붉히며 그녀는 앞으로 걸어 나와 문을 조용히 닫았다. "난 마을을 나갈 거야. 뭘 해야 할지 모르지만 여기를 나가서 일하겠어. 콜럼버스로 갈까 해." 그가 말했다. "거기에 있는 주립대학에 들어갈지도 몰라. 어쨌든 갈 거야. 오늘 밤 엄마한테 말하겠어." 그는 망설였고 의구심이 드는 것처럼 보였다. "나와 함께 걷지 않을래?"

세스와 헬렌은 나무들 밑으로 거리를 통과해 걸어갔다. 커다란 구름이 달의 얼굴을 가리고 있었고 짙은 석양 속에 작은 사다리를 어깨에 멘 사람 하나가 그들 앞으로 걸어갔다. 서둘러 앞으로 걸어가던 그는 거리가 교차하는 지점에 멈춰 서더니 나무로 만든 가로등에 사다리를 걸친 후 마을에 불을 밝혀서, 세스와 헬렌이 가는 길은 한편으로는 가로등에 의해, 또 한편으로는 나무의 낮은 가지가 드리운 짙은 그림자로 인해 반은 밝고 반은 어두웠다. 나무 꼭대기에서는 바람이 불기 시작해 잠자던 새들을 방해하는 바람에 새들은 구슬프게 울며 날아가 버렸다. 가로등 중 하나가 불을 밝힌 곳에는 박쥐 두 마리가 밤 파리 떼를 쫓으며 주변을 선회해 날아다녔다.

세스가 무릎 반바지를 입고 다니던 소년 시절부터 지금 처음으로 그의 옆에서 같이 걷고 있는 소녀와의 사이에는 암묵적인 친밀감이 감돌았었다. 한동안 소녀는 세스에게 보내는 쪽지 쓰기에 매달렸다. 세스는 그의 책 속에 숨겨진 쪽지들을 학교에서 발견했는데 한 쪽지는 거리에서 마주친 어떤 아이를 통해 받았으며, 몇 개는 마을 우체국을 통해 배달됐었다.

쪽지들은 둥글고 아이 같은 필체로 적혀 있었고 소설을 읽고 고조된 마음을 표현한 글이었다. 비록 은행가 아내의 편지지에 연필로 휘갈겨진 그 글에 감동받고 우쭐해지긴 했으나 세스는 답장하지 않았다. 내면에서 불타오르는 뭔가를 느끼면서 쪽지들을 코트 주머니에 넣고 거리를 걷거나 운동장 울타리 근처에 서 있곤 했다. 세스는 마을에서 가장 부자이며 매력적인 소녀의 선호 대상으로 자신이 이와 같이 선택돼야 한다는 점을 괜찮게 생각했다.

헬렌과 세스는 거리에 면한 짙은색의 낮은 건물 근처 울타리에서 걸음을 멈추었다. 그 건물은 한때 대형 통에 쓰이는 나무 막대를 만드는 곳이었지만 비어 있는 상태였다. 거리 건너편의 한 집 현관에서는 남자와 여자가 어린 시절에 관해 말하는 중이어서, 그들의 목소리가 다소 어색해하는 젊은이와 아가씨에게 선명하게 들려왔다. 의자에 바닥이 긁히는 소리가 나더니 그 남자와 여자는 자갈길을 내려와 나무로 만든 문으로 갔다. 문밖에 서서 남자는 몸을 기울여 여자에게 키스했다. "그러니 옛정을 생각해서." 그는 이렇게 말하고는 몸을 돌려 인도를 따라 서둘러 걸어갔다.

"저건 벨 터너야." 이렇게 속삭이며 헬렌은 대담하게도 자신의 손을 세스의 손 위로 가져갔다. "저 여자에게 친구가 있는 줄은 몰랐네. 그러기엔 너무 나이가 많다고 생각했거든." 세스가 거북하게 웃었다. 소녀의 손은 따뜻했고 이상하고 아찔한 느낌이 그를 덮쳐 왔다. 말하지 않기로 결심한 그 무엇을 말하고 싶다는 생각이 불현듯 들었다. "조지 윌라드가 너와 사랑에 빠졌대." 동요된 상황임에도 세스의 목소리는 낮고 차분했다. "조지는 소설을 쓰고 있고 사랑에 빠지기를 원해. 그것이 어떤 느낌인지 알고 싶어 하지. 너한테 말하고 네가 무슨 말을 하는지 알아보래."

헬렌과 세스는 다시 잠자코 걸었다. 낡은 리치먼드 저택을 둘러싼 정원에 도착하자 산울타리 사이에 난 구멍을 통과해 덤불 아래쪽 나무 벤치에 앉았다.

거리에서 소녀와 함께 걸을 때 새롭고 대담한 생각이 세스 리치먼드의 마음속에 생겨났다. 그는 마을을 떠나기로 한 자신의 결정을 후회하기 시작했다. '여기에 남아 헬렌 화이트와 함께 자주 거리를 산책하는 건 새롭고 아주 즐거운 일이 될 거야.' 그는 생각했다. 그리고 헬렌의 허리로 가져가는 자신의 팔을, 헬렌의 팔이 그의 목을 꽉 죄어 오는 느낌을 상상했다.

사건들과 장소들의 기묘한 조합 중 하나가 그로 하여금 이 소녀와의 사랑 행위를 그가 며칠 전에 방문했던 장소와 연결시켰다. 세스는 장터 너머 한 산비탈에 사는 어떤 농부 집으로 심부름을 하러 갔던 적이 있었고 들판을 통해 나 있는 길로 돌아왔었다. 농부의 집 밑에 있는 언덕 아래쪽에서 세스는 시카모어 나무 아래서 걸음을 멈추고는 주변을 돌아봤었다. 부드럽게 윙윙거리는 소리가 귀에 들려왔다. 잠시 그는 그 나무가 벌떼의 근거지임이 틀림없다고 생각했다.

이어 아래를 내려다보니 길게 자란 잔디 위로 주변에 온통 벌들이 있음을 알게 됐었다. 산비탈에서 떨어진 들판에서 세스는 허리까지 자란 잡초들 사이에 서 있었다. 잡초들은 작은 자주색 꽃망울을 활짝 터뜨리고 있었고 매우 강한 향기를 발산했다. 벌들이 그 잡초들 위에서 일할 때 노래를 부르며 군단을 이루고 있었던 것이다.

세스는 나무 밑의 잡초들 사이에 깊이 파묻혀 누워 있는 어느 여름 저녁의 자신을 상상했다. 상상 속에서 옆에는 자신의 손을 세스의 손 위에 올려놓고 누워 있는 헬렌 화이트가 있었다. 이상하게도 마음이 썩 내키지 않아 그녀의 입술에 키스하지 못했지만 원하기만 하면 그렇게 할 수도 있다는 생각이 들었다. 아무튼 세스는 꼼짝도 하지 않고 누운 채, 그의 머리 위에서 일을 하는 중에 일관되고 능숙하게 노래를 부르는 벌떼 군단의 소리를 들으며 헬렌을 바라보고 있었다.

정원 벤치에서 세스의 마음이 불안하게 흔들렸다. 소녀의 손을 놓으면서 그는 자신의 손을 바지 주머니 안으로 가져갔다. 함께 있는 사람에게 자신이 내린 결심의 중요성을 심어 주고 싶다는 욕망이 덮쳐 와 세스는 집을 향해 머리를 까딱였다. "엄마가 난리를 피울 거야, 아마도." 그가 속삭였다. "내가 인생에서 뭘 하게 될지 엄마는 전혀 생각해 본 적이 없어. 그저 소년인 채로 영원히 여기에 머물러 있을 거라고 생각하지."

세스의 목소리에서 소년다운 열정이 묻어나기 시작했다. "그러니까, 난 독립해야 해. 일을 시작해야 해. 그게 나한테 좋은 거야."

헬렌 화이트는 감명받았다. 그녀는 머리를 끄덕였고 존경심에 사로잡혔다. '그게 당연한 거야.' 그녀는 생각했다. '이 소년은 소년이 전혀 아니야, 강하고 결단력 있는 남자야.' 헬렌의 몸을 파고들었던 모호한 욕구는 완전히 없어지고 그녀는 벤치에서 몸을 곧추세우고 앉았다. 천둥이 계속 우르릉거렸고 동쪽 하늘에선 번갯불이 번쩍였다. 그토록 신비하고 광활했던, 세스가 옆에 있을 때 낯설고 놀라운 모험의 배경이 될 수도 있었던 그 정원은 이제 경계가 매우 분명하고 제한적인 와인즈버그의 평범한 뒤뜰에 지나지 않는 것처럼 보였다.

"거기서 뭘 할 건데?" 소녀가 속삭였다.

세스는 어둠 속에서 헬렌의 얼굴을 보기 위해 벤치에서 반쯤 몸을 돌렸다. 헬렌이 조지 윌라드보다 아주 많이 더 현명하고 솔직하다고 생각했으며 그런 친구에게서 떠나 왔다는 사실이 기뻤다. 그의 마음속에 있던 마을에 대한 조바심이 다시 돌아왔기에 이를 그녀에게 말하고자 애썼다. "모든 사람들이 말을 하고 또 말을 하지." 세스가 입을 열었다. "역겨워 죽겠어. 난 뭔가 할 거야. 말하기가 그렇게 중요하지 않은 그런 어떤 일에 종사할 거야. 어쩌면 그저 수리소의 정비공이 될 수도 있겠지. 모르겠어. 그렇게 많이 신경 쓰진 않아. 그저 일을 하고 싶고 조용히 있고 싶을 뿐이야. 이게 내가 생각하고 있는 전부야."

세스는 벤치에서 일어나 손을 꺼냈다. 이대로 만남을 끝내고 싶지 않았지만 뭘 더 말해야 할지 생각나지 않았다. "서로 보는 건 이게 마지막이야." 그가 속삭였다.

감정의 물결이 헬렌을 휩쓸었다. 세스의 어깨에 손을 얹고 그녀의 쳐든 고개 가까이로 그의 얼굴을 당기기 시작했다. 그 행위는 순수한 애정의 하나였고, 밤의 정신 속에서 존재했던 어떤 모호한 모험이 이젠 결코 실현될 수 없을 거라는 애석함을 털어내는 행위기도 했다. "이제 가봐야겠어." 손을 신중히 자신의 옆쪽으로 가져가며 헬렌이 말했다. 그녀의 머리에 한 생각이 떠올랐다. "넌 나랑 같이 가지 마. 난 홀로 있고 싶어." 그녀가 말했다. "너는 가서 엄마한테 말해. 지금 그렇게 하는 게 좋을 거야."

세스가 망설이고 기다리면서 서 있을 때 소녀는 몸을 돌려 산울타리를 통해 뛰어가기 시작했다. 세스는 쫓아가고 싶다는 생각이 들었으나, 그녀가 살고 있는 마을의 모든 삶에 당혹하고 어리둥절했던 것처럼 그녀의 행동에 당혹하고 어리둥

절해하면서, 그저 헬렌을 뚫어지게 쳐다보며 서 있을 뿐이었다. 집을 향해 천천히 걷다가 커다란 나무 그림자 안에서 멈춰 선 그는 불 켜진 창문 부근에 앉아 바쁘게 바느질하는 엄마를 바라봤다. 초저녁에 찾아왔던 외로움이라는 감정이 다시 돌아와 방금 거쳐 온 모험에 대한 그의 생각을 물들이기 시작했다. "허!" 헬렌이 사라진 쪽으로 몸을 돌리고 노려보면서 그가 소리쳤다. "이렇게 되기 마련이지. 그녀는 다른 사람들과 같을 거야. 이제 웃긴다는 듯 나를 쳐다보기 시작하겠지." 땅을 바라보며 세스는 이런 생각에 잠겼다. "내가 주변에 있으면 어색하고 낯설어할 거야." 그는 혼자 중얼거렸다. "그런 식이 되는 거지. 모든 게 그런 식으로 흘러가는 거야. 혹시 누군가를 사랑하게 된다 해도, 그 대상은 결코 내가 아닐 거야. 그건 그 밖에 누군가, 그러니까 바보 같은, 말을 많이 하는, 조지 윌라드 같은 사람이겠지."

탠디

TANDY

일곱 살이 될 때까지 그녀는 페인트도 칠해지지 않은 낡은 집에서 살았고 그 집은 트러니언 파이크에서 갈라져 이용되지 않던 한 도로에 위치하고 있었다. 아버지는 그녀를 거의 신경 쓰지 않았고 어머니는 사망했다. 아버지는 종교에 관해 얘기하고 생각하는 데 시간을 보냈다. 그는 자신을 불가지론자라고 주장했고 이웃들의 마음속에 스며들던 신이라는 사상을 파괴하는 데 너무 몰두한 나머지 그 작은 아이를 통해 자신에게 나타난 신을 결코 알아보지 못했으며, 아이는 죽은 어머니의 친척들이 베푼 선심에 의지해 반쯤은 잊힌 채로 이리저리 옮겨 다니며 살았다.

한 이방인이 와인즈버그로 와서 아버지가 아이에게서 보지 못했던 것을 봤다. 거의 언제나 술에 취해 있던 키가 크고 붉은 머리카락을 가진 젊은 남자였다. 가끔 그는 아이의 아버지인 톰 하드와 함께 뉴 윌라드 하우스 앞에 놓인 의자에 앉아 있었다. 신은 결코 없다고 톰이 얘기할 때 그는 미소 짓거나 행인들에게 윙크를 보냈다. 그와 톰은 친구가 되어 자주 함께 시간을 보냈다.

젊은이는 클리블랜드에 있는 부자 상인의 아들이었고 과제를 안고 와인즈버그로 온 것이었다. 즉 자신의 음주 습관을 고치길 원했는데, 도시의 지인들로부터 빠져나와 시골 지역에서 사는 것이 그를 파괴시키고 있던 음주와의 투쟁에 더 유리할 거라고 생각했다.

와인즈버그에서의 생활은 성공적이지 않았다. 시간을 보내기가 지루해지자 전에 없이 더 심하게 술을 마셨다. 하지만 뭔가를 하는 데는 진정 성공적이었다. 톰 하드의 딸에게 의미가 풍부한 이름을 지어 줬던 것이다.

어느 날 저녁, 오랜 숙취에서 깨어나면서 젊은이는 마을 중심가를 따라 비틀거리며 걸어오고 있었다. 톰 하드는 당시 다섯 살이던 딸을 무릎에 앉힌 채 뉴 윌라드 하우스 앞의 의자에 앉아 있었다. 톰 하드 옆에는 판자로 만들어진 인도 위에 앉은 젊은 조지 윌라드가 있었다. 젊은이는 그들 옆에 있던 의자에 앉았다. 몸이 흔들렸고 말을 하려 할 때는 목소리가 떨려 왔다.

늦은 저녁 시간이어서 호텔 앞의 작은 경사면 발치를 따라 뻗은 철로와 마을 위로는 어둠이 퍼져 있었다. 저 멀리 서쪽 어딘가에서 승객을 실은 기관차가 기적을 길게 울려 댔다. 길에서 잠자고 있던 개 한 마리가 깨어나서는 짖어 대기 시작했다. 젊은이는 장황하게 떠들면서 불가지론자의 팔 안에 안겨 있던 아이에 관해 예언하기 시작했다.

"술을 끊으려고 여기에 왔죠." 그렇게 말하는 그의 볼을 타고 눈물이 흘러내렸다. 그는 톰 하드를 보지 않았고 대신 몸을 앞으로 기울이며 어떤 환상을 보기라도 하는 것처럼 어둠을 뚫어지게 응시했다. "치료하려고 시골로 도망쳐 나왔지만 그렇게 되지 않았어요. 거기엔 이유가 있죠." 그는 아버지의 무릎 위에 똑바로 앉아 있는 아이를 쳐다보려고 몸을 돌렸는데 아이도 그를 똑같이 쳐다봤다.

젊은이가 톰의 팔을 건드렸다. "내가 중독된 건 술만이 아니에요." 그가 말했다. "다른 뭔가도 있어요. 나는 사랑을 하는 사람이지만 사랑할 나의 것을 찾지 못했습니다. 내가 뜻하는 바를 깨달을 만큼 잘 아실지 모르지만 이게 매우 중요한 점이죠. 그래서 나의 파멸은 불가피했어요, 아시다시피. 이걸 이해하는 사람은 거의 없죠."

젊은이는 조용해졌고 슬픔에 압도당한 듯했지만 다시 들려온 기관차 엔진의 큰 기적 소리가 그를 깨웠다. "난 믿음을 잃지 않았어요. 분명히 말합니다. 그저 내 믿음이 실현되지 않을 것을 알고 있는 장소에 이끌렸을 뿐이죠." 쉰 목소리로 그가 선언했다. 그리고 아이를 유심히 쳐다보더니 아이의 아버지에게는 더 이상 신경 쓰지 않고 아이에게 말을 걸기 시작했다. "다가오고 있는 한 여자가 있단다." 그의 목소리가 날카롭고 진지해졌다. "알다시피, 난 그녀를 그리워했다. 그녀는 내 시간에 오지 않았어. 넌 아마 그 여자일 거야. 지금 같은 저녁 시간, 술로 나 자신을 파괴하고 그녀가 아직 아이에 불과할 때, 그녀의 면전에 딱 한 번 설 수 있게 허락된 것이 나의 운명 같구나."

젊은이의 어깨가 격렬하게 흔들렸고, 담배를 말려고 할 때는 손가락이 떨려서 종이가 떨어졌다. 그는 화가 나 투덜거렸다. "사람들은 여자가 되고 또 사랑받는 것이 쉽다고 생각하지만 난 그보다 더 잘 알고 있지." 그가 말했다. 이어 다시 아이에게로 몸을 돌렸다. "난 이해해." 그가 울부짖었다. "아마 모든 사람 중 오직 나만이 이해할 거야."

그의 시선이 다시 어두워진 거리를 향해 방황하기 시작했다. "난 그녀에 대해 알아, 비록 그녀는 나와 마주친 적이 결코 없지만." 그가 부드럽게 말했다. "난 그녀의 투쟁, 그녀의 패배에 대해 알아. 그녀가 내게 사랑스러운 여자가 된 것은 그녀의 패배 때문이야. 여자의 새로운 특질이 바로 그녀의 패배에서 태어났지. 난 그것에 대한 이름을 갖고 있어. 난 그걸 탠디라고 부르지. 내가 진정한 몽상가일 때, 그리고 내 몸이 이렇게 나빠지기 이전에 난 그 이름을 지어냈어. 그 특질이란 사랑받을 정도의 강인함이야. 남자들이 여자에게서 필요로 하지만 얻지 못하는 그 무엇이지."

젊은이는 일어나서 톰 하드 앞에 섰다. 그의 몸은 앞뒤로 흔들렸고 쓰러질 것처럼 보였지만 인도에 무릎을 꿇고 작은 소녀의 손을 들어 올려 술 취한 입술로 가져갔다. 젊은이는 손에 열광적으로 키스했다. "탠디가 되거라, 꼬마야." 그가 간청했다. "강해지고 용기 있는 사람이 되어라. 그게 너의 길이다. 그게 뭐든 모험을 해. 사랑받을 수 있을 정도로 그렇게 용감해져. 남자나 여자 그 이상의 것이 되어라. 탠디가 되어라."

이방인은 일어나서는 거리를 따라 비틀거리며 내려갔다. 하루나 이틀 뒤 그는 기차를 타고 고향인 클리블랜드로 돌아갔다. 호텔에서 그 일이 있고 난 뒤 어느 여름 저녁에 톰 하드는 딸을 데리고 딸이 그 밤을 지내도록 초대받은 한 친척의 집으로 갔다. 나무 밑의 그림자를 따라 걸어갈 때 톰 하드는 이방인의 주절거리던 목소리를 잊어버렸고 그의 마음은 신에 대한 사람들의 믿음을 파괴할지 모를 논쟁으로 기울었다. 아버지가 딸의 이름을 말하자 딸은 울기 시작했다.

"그렇게 불리는 건 싫어요." 딸이 분명히 말했다. "난 탠디라고 불리고 싶어요. 탠디 하드." 아이가 그토록 비통하게 울었기에 톰 하드는 측은한 감정이 들어 아이를 달래려 애썼다. 그는 나무 아래에서 걸음을 멈추고 딸을 팔로 안으며 어루만져 주기 시작했다. "이제 울음을 그치렴." 그가 엄하게 말했지만 딸은 조용해지지 않았다. 멋대로 하려는 어린애 같은 심정으로 비통에 빠졌고 그녀의 목소리가 거리에 깃든 저녁의 적막함을 깨뜨렸다. "난 탠디가 되고 싶어. 난 탠디가 되고 싶어. 난 탠디 하드가 될 거야." 머리를 흔들며, 또 주정뱅이가 심어준 환상과 단어들을 감당하기엔 자신의 젊은 힘이 충분치 않기라도 한 듯 흐느끼며 그녀가 울부짖었다.

신의 힘

THE STRENGTH OF GOD

커티스 하트먼 목사는 와인즈버그 장로교회의 목사였는데 10년 동안 그 직무에 종사해 오고 있었다. 그는 마흔 살로 천성적으로 과묵하고 말수가 적었다. 사람들을 앞에 두고 연단에 서서 설교하는 일은 그로선 항상 어려운 일이어서 수요일 오전부터 토요일 저녁까지, 그는 일요일에 반드시 행해야 하는 두 번의 설교만 생각하며 보냈다. 일요일이면 이른 아침부터 교회 종탑에 있는 서재라 불리는 곳으로 가서 기도했다. 그의 기도에는 항상 한 가지 지배적인 분위기가 감돌았다. "당신의 일을 위해 제게 힘과 용기를 주소서, 오, 주여!" 수행해야 할 과제가 존재하는 상황에서 그는 맨바닥에 무릎을 꿇고 고개 숙여 애원했다.

하트먼 목사는 갈색 수염을 길렀으며 키가 컸다. 아내는 통통하고 겁이 많은 여자로, 오하이오주 클리블랜드에 있는 한

속옷 제조자의 딸이었다. 목사 그 자신은 마을에서 다소 인기가 있는 편이었다. 교회의 나이 든 사람들은 조용하고 가식적이지 않은 그를 좋아했고 은행가의 아내인 화이트 부인은 그가 학자 같고 고상하다고 생각했다.

장로교회는 와인즈버그의 다른 교회들과는 다소 거리를 두는 편이었다. 건물은 좀더 크고 인상적이었으며 소속 목회자는 더 나은 보수를 받았다. 그는 심지어 자기만의 마차가 있어서 여름 저녁이면 아내와 함께 마을로 가끔 드라이브를 나갔다. 비밀스러운 자부심에 불타는 아내가 남편을 흘깃 쳐다보며 말들이 놀라 날뛰지 않을까 걱정하는 사이, 그는 중심가를 통과해 벅아이가를 지나가면서 사람들에게 정중히 인사를 건넸다.

와인즈버그로 온 이후 오랜 시간 동안 커티스 하트먼의 일은 잘 풀려 갔다. 그는 신자들 사이에 강한 열정을 불러일으키는 사람은 아니었으나 한편 적이라곤 전혀 없었다. 실상 그는 매우 진지했으며 가끔은 오랫동안 지속되는 회한에 시달리기도 했는데, 이는 그가 신의 말씀을 마을의 대로나 샛길에서 외칠 수 없었기 때문이다. 그는 성령의 불길이 진정 자신 안에서 불타고 있는 것인지 궁금해했고, 강하고 맑고 새로운 기운의 힘이 거대한 바람처럼 그의 목소리와 영혼으로 들어와 자신의 내면에 나타난 하나님의 성령 앞에서 사람들이 몸을 떨게 될 날을 꿈꾸었다. "나는 부족한 사람이어서 그런 일은 결코 일어나지 않을 거야." 그는 낙심하여 이렇게 생각했고, 이어 인내심 어린 미소가 얼굴에 나타났다. "뭐, 난 충분히 잘하고 있다고 생각해." 그렇게 그는 달관한 듯 덧붙이곤 했다.

신의 힘이 자신의 내면에서 강해지도록 일요일 아침마다 기도했던 장소인 교회 종탑의 방에는 창문이 하나밖에 없었다. 그 창문은 길고 좁다란 형태로, 경첩이 달려 있어 문처럼 밖으로 열렸다. 납 소재의 유리로 만들어진 창문에는 어린이의 머리에 손을 올리고 있는 그리스도가 그려져 있었다. 여름의 어느 일요일, 커다란 성경책을 앞에 펴놓고 책상에 앉아 있던 중 설교가 적힌 종이들이 사방으로 흐트러졌을 때, 그는 침대에 누워 책을 읽으며 담배를 피우고 있는 옆집 2층 방의 한 여자를 보고 충격을 받았다. 커티스 하트먼은 발끝으로 가서 창문을 조용히 닫았다. 담배 피우는 여자에 관한 생각으로 그는 경악했고, 성경책 위로 눈을 막 들었을 때 여자의 맨 어깨와 하얀 목을 보았다는 생각이 들자 몸까지 떨었다. 머릿속이 마구 요동치는 가운데 그는 연단으로 내려가 자신의 몸짓이나 목소리에 대해서는 한 번도 생각하지 않은 채 긴 설교를 했다. 그 박력과 명료함 때문에 그 설교는 이례적인 주목을 받았다. '그녀가 듣고 있는지, 내 목소리가 그녀의 영혼에 메시지를 전달하고 있는지 궁금하군.' 그는 이렇게 생각했고 앞으로 다가올 일요일 오전에 비밀스러운 죄악에 깊이 빠져 있음이 분명한 그 여자를 감동하게 하고 일깨우게 될 말을 할 수 있길 희망했다.

창문을 통해 목사를 몹시 심란하게 했던 광경이 펼쳐졌던 장로교회 옆집에는 두 명의 여자가 살고 있었다. 과부로 와인즈버그 국립은행에 많은 돈을 갖고 있으며 회색 머리칼에 유능해 보이는 얼굴의 엘리자베스 스위프트와, 학교 선생님인 그녀의 딸 케이트 스위프트가 그 집에 함께 살았다. 케이트는 서른 살이었고 깔끔하게 정돈된 옷차림을 하고 다녔다. 그녀에게 친구라곤 거의 없었으며 독설을 한다는 평들이 있었다. 그녀에게 생각이 미치자 그녀가 유럽에 다녀왔으며 뉴욕시에서 2년간 살았다는 사실이 기억났다. "결국 그녀의 흡연은 아무 일도 아닐지 몰라." 목사는 생각했다. 목사는 자신이 대학에 다니던 시절 이따금 소설을 읽었으며, 한번은 그의 수중에 들어온 한 책을 훑어봤을 때 다소 세속적이지만 선량한 여자들이 담배를 피웠다는 사실을 기억해 내기 시작했다. 그를 덮쳐온 새로운 결의 속에서, 이 새로운 청취자의 귀와 영혼에 도달하겠다는 열의에 차서 한 주 내내 설교에 열중했으며 연단에서 그가 느꼈던 어색함과 더불어 일요일 오전마다 서재에서 행했던 기도의 필요성도 잊어버렸다.

여자들과 관련된 하트먼의 경험은 다소 제한적이었다. 그는 인디애나주 먼시 출신으로 마차 제작자의 아들이었고 고학으로 대학을 나왔다. 속옷 제작자의 딸은 그가 학교에 다닐 때 살았던 집에서 하숙을 했었고 공식적이고 오랜 교제 끝에 결혼했는데 교제의 대부분은 여자가 주도한 것이었다. 결혼식 날, 그 속옷 제작자는 딸에게 5천 달러를 주었으며 유언장에 최소 그 두 배의 금액을 딸에게 남겨주겠다고 약속했다. 목사는 결혼에 있어 자신이 운이 좋았다고 생각했고 다른 여자를 생각하는 일을 결코 자신에게 허락하지 않았다. 그는 다른 여자에 대해 생각하기를 원치 않았다. 그가 원했던 건 신의 일을 조용히, 그리고 열심히 수행하는 것이었다.

목사의 영혼 속에 한 투쟁이 깨어났다. 케이트 스위프트의 귀에 도달하고 싶다는, 또 설교를 통해 그녀의 영혼을 캐고 싶다는 욕구와 더불어, 그는 한편으론 침대에 조용히 누워 있는 그 하얀 형체를 다시 보고 싶어졌다. 일요일 아침, 생각들로 인해 잠을 이룰 수 없자 일어나 거리로 산책하러 나갔다. 중심가를 따라 걸어가다가 오래된 리치먼드 저택에 도달했을 때 그는 돌멩이 하나를 집어 종탑에 있는 방으로 달려갔다. 그리고 돌로 창문의 한쪽 모퉁이를 깨뜨린 다음 방문을 잠그고 성경책을 앞에 펴놓은 채 앉아서 기다렸다. 케이트 스위프트의 창문에 드리워진 가리개가 올라갔을 때 그는 그 구멍을 통해 여자의 침대를 직접 볼 수 있었지만 여자는 없었다. 그녀 역시 일어나 산책하러 나갔고 가리개를 올렸던 그 손은 엘리자베스 스위프트의 손이었던 것이다.

목사는 '엿보고' 싶은 육욕으로부터 이렇게 구제된 것이 기뻐 거의 눈물을 흘릴 뻔했고, 신을 찬양하며 자신의 집으로 돌아갔다. 하지만 그 불편했던 순간에 목사는 창문에 난 구멍을 메우길 깜박했다. 창문의 한쪽 구석에서 떨어져 나온 그 유리 조각은, 미동도 하지 않고 경외에 찬 눈으로 그리스도의 얼굴을 바라보며 서 있는 소년의 맨발 뒤꿈치에 해당하는 부분이었다.

커티스 하트먼은 그 일요일에 해야 할 설교를 잊어버렸다. 그는 신자들과 대화를 나누었고 이 대화에서 사람들이 목사를 별개의 존재로 보면서 천성적으로 죄 없는 삶을 살아가리라 생각하는 것은 실수라고 말했다. "저 자신의 경험을 통해, 저는 신의 말을 전하는 우리 같은 사람들도 여러분을 괴롭히는 똑같은 유혹에 둘러싸여 있음을 알고 있습니다." 그는 선언했다. "저는 유혹을 받았고 그 유혹에 굴복했습니다. 저를 일으켜 세운 것은, 오직 제 머릿속에 있는 신의 손뿐입니다. 저를 일으켜 세우셨듯이 신은 여러분도 일으켜 세우실 것입니다. 절망하지 마십시오. 죄악에 빠져 있다면 눈을 들어 하늘을 보세요. 그럼 계속해서 구원받을 것입니다."

목사는 침대에 있는 여자 생각을 마음속에서 단호히 몰아내면서, 아내가 있는 자리에서 연인 같은 태도를 취하기 시작했다. 아내와 함께 마차를 몰고 나갔던 어느 날 저녁, 그는 말을 벅아이가에서 돌려세운 다음 워터워크 연못 위쪽의 가스펠 언덕에 깃든 어둠 속에서 사라 하트먼의 허리에 손을 올렸다. 아침에 식사를 마치고 집 뒤쪽에 있는 서재로 물러갈 준비가 됐을 때는 식탁을 둘러 가 아내의 뺨에 키스했다. 케이트 스위프트에 관한 생각이 머릿속으로 들어올 때면 미소를 지으며 눈을 들어 하늘을 바라봤다. "주여, 저를 위해 탄원해 주소서." 그는 중얼거렸다. "저를 좁은 길에서 당신의 일에 계속 전념할 수 있게 하소서."

그리고 이제 갈색 수염을 기른 목사의 영혼 속에서 진정한 투쟁이 시작되었다. 케이트 스위프트에게는 저녁이면 침대에 누워 책을 읽는 습관이 있음을 우연히 알게 됐다. 침대 옆의 책상 위에는 램프가 놓여 있어서 램프에서 흘러나오는 빛이 그녀의 어깨와 맨 목을 비추었다. 이를 알게 된 그날 저녁, 목사는 9시부터 11시 이후까지 서재의 책상에 앉아 있었고 그 불빛이 꺼지자 비틀거리며 교회 밖으로 나가 두 시간이 넘도록 거리를 걷고 기도했다. 목사는 여자의 어깨와 목에 키스하고 싶지 않았고 그런 생각에 빠지려고 하지도 않았다. 그는 그가 무엇을 원하는지 알지 못했다. "나는 신의 자녀이고 신은 나 자신으로부터 나를 구해 줘야만 해." 거리를 방황할 때 나무들 아래 어둠 속에서 그가 외쳤다. 그리고 한 나무 아래에 멈춰 서서 황급히 몰려가는 구름들로 덮인 하늘을 바라봤다. 목사는 충심을 다해 열심히 신에게 말하기 시작했다. "제발, 주여, 저를 잊지 마소서. 내일 그 방에 가서 창문의 구멍을 메울 수 있는 힘을 주소서. 저의 눈이 다시 하늘로 향하게 하소서. 당신의 종인 제게 머무소서, 당신을 필요로 하는 때에."

목사는 조용한 거리들을 배회했고 며칠, 몇 주 동안 그의 영혼은 고통에 빠졌다. 그는 자신에게 다가온 유혹을 이해할 수 없었고 그것이 온 이유도 가늠할 수 없었다. 어떤 면에서 그는 자신이 진정한 길에 머물고자 노력했다고, 죄악을 찾아

돌아다니지 않았다고 스스로에게 말하며 신을 탓하기 시작했다. "젊은 시절에, 그리고 일생을 통해 나는 묵묵히 내 일을 해왔어." 그가 말했다. "왜 내가 유혹에 시달려야 하는 거지? 내가 무슨 일을 했기에 이런 짐이 가해져야만 하는 거지?"

그해 초가을과 겨울 동안 커티스 하트먼은 세 번에 걸쳐 집에서 몰래 나와 종탑의 서재로 간 다음 침대에 누워 있는 케이트 스위프트의 모습을 보면서 어둠 속에 앉아 있다가 이후 거리로 나와서는 기도를 했다. 그는 자신을 이해할 수 없었다. 몇 주 동안은 학교 선생에 대해 거의 생각하지 않고 자신이 그녀의 몸을 보고 싶다는 육욕을 정복했다고 스스로에게 말하기도 했다. 이어 어떤 일이 일어났다. 자신의 집에 있는 서재에 앉아 설교 준비에 열중하고 있던 목사는 초조해져서 방안을 서성거리기 시작했다. "거리로 나가야겠어." 그는 혼잣말을 하고는 심지어 교회 문에서 안으로 스스로 들어가면서도 자신이 그곳에 있는 이유를 자기 자신에게 고집스럽게 부인했다. "난 그 창문의 구멍을 메우지 않을 거고, 밤에 여기로 온 다음 그 여자가 있어도 눈을 들어 올리지 않고 앉아서 나 자신을 단련시키겠어. 난 이따위에 패배하지 않을 거야. 신은 나의 영혼을 시험하기 위해 이런 유혹을 고안해 내셨고 난 손을 더듬어 어둠 속에서 의로움의 빛으로 빠져나오겠어."

와인즈버그 거리에 눈이 많이 쌓였던 몹시 추운 1월의 어느 밤, 커티스 하트먼은 교회 종탑에 있는 방을 마지막으로 방문했다. 집을 나선 시각은 9시가 넘었고 너무 급하게 나오는 바람에 덧신을 신는 걸 깜박했을 정도였다. 중심가에는 야경꾼인 홉 히긴스를 제외하고는 아무도 없었으며 마을 사람들 중 깨어 있는 사람은 그 야경꾼과 기사를 쓰려고《와인즈버그 이글》사무실에 앉아 있던 조지 윌라드뿐이었다. 바람에 휩쓸린 눈 더미를 헤쳐 가며 교회를 향해 길을 따라 걷던 목사는 이번에는 죄악에 완전히 굴복하겠다고 생각했다. "그 여자를 보고 싶고 그녀의 어깨에 키스하는 생각을 하고 싶어, 원하는 대로 나 자신이 생각하도록 내버려 둘 거야." 비통하게 선언하는 그의 눈에 눈물이 맺혔다. 그리고 목사의 길을 떠나 다른 일을 찾아야겠다고 생각했다. "다른 도시로 가서 사업을 해야지." 그가 말했다. "내 천성이 그러해서 저항할 수 없는 거라면, 난 죄악에 굴복하게 될 거야. 최소한 내 소유가 아닌 여자의 어깨와 목을 생각하면서 신의 말씀을 설교하는 위선자는 되지 않겠지."

그 1월에 교회 종탑의 방은 추웠고 커티스 하트먼은 방으로 들어가자마자 만약 그곳에 머문다면 병이 날 것임을 알았다. 눈길을 걸어오느라 발이 젖었지만 방 안에 불기라곤 전혀 없었다. 옆집의 그 방에 케이트 스위프트는 아직 나타나지 않았다. 단호한 결심과 함께 남자는 앉아서 기다렸다. 의자에 앉아 성경책이 놓인 책상 모서리를 단단히 움켜쥔 채 그의 인생에 대한 최악의 생각을 하면서 어둠 속을 응시했다. 아내를 생각했고 잠깐 동안은 그녀를 거의 증오하기에 이르렀다. '그녀는 항상 열정을 수치스러워했고 날 속였어.' 목사는 생각했다. '남자는 여자에게서 살아 있는 열정과 아름다움을 기대할 권리가 있어. 남자가 동물이라는 사실을 망각해야 할 권리가 전혀 없고, 내 안에는 이해하기 힘든 뭔가가 있어. 난 내 가슴 속의 여자를 던져 버리고 다른 여자들을 찾을 거야. 난 이 학교 선생을 포위하겠어. 모든 사람들에게 대항할 거고 만약 내가 육욕의 피조물이라면, 그렇다면 내 욕망을 위해 살겠어.'

산만해진 남자는 추위 때문에, 한편으로는 그가 수행해야 할 투쟁 때문에 머리끝에서 발끝까지 몸이 떨렸다. 몇 시간이 지나자 열병이 그의 몸을 덮쳤다. 목이 아파 왔고 이가 떨려 왔다. 서재 바닥의 두 발은 마치 두 개의 얼음 케이크처럼 느껴졌다. 그럼에도 그는 포기하지 않았다. "난 이 여자를 보고 감히 결코 생각하지 못했던 생각들을 할 거야." 책상의 모서리를 꽉 잡고 기다리면서 그렇게 혼잣말로 중얼거렸다.

그날 밤 교회에서의 그 기다림으로 인해 커티스 하트먼은 거의 죽을 지경에 이르렀으며, 그간 있었던 일들을 통해 자신을 위한 삶의 방식으로 무엇을 택하게 될지 알게 됐다. 그가 기다리던 다른 저녁 시간에 그는, 유리창의 그 작은 구멍을 통해, 침대 부근에 있던 것을 제외한 그 교사 방의 어떤 부분도 볼 수가 없었던 것이다. 어둠 속에서 그는 여자가 하얀 잠옷을 입고 침대에 앉은 채로 갑자기 나타날 때까지 기다렸다. 램프가 켜졌을 때 여자는 베개들을 괴고 책을 읽었다. 가끔은 담배를 피우기도 했다. 오직 여자의 맨 어깨와 목만이 보일 뿐이었다.

그 1월의 밤, 추위로 거의 죽을 지경이 된 후에, 그리고 실제로 그의 마음이 환상 속의 이상한 나라로 두세 번이나 빠지는 바람에 의지력을 발휘해 억지로 의식을 되찾은 후에, 케이트 스위프트가 나타났다. 이웃집 방에 불이 켜졌고 기다리던 남자는 빈 침대를 노려봤다. 이어 벌거벗은 여자가 그의 눈앞에 놓인 침대에 몸을 던졌다. 얼굴을 떨군 채 여자는 흐느꼈고 주먹으로 베개를 내리쳤다. 마지막으로 한번 흐느낀 후 몸을 반쯤 일으키더니, 그녀를 바라만 볼 뿐 생각은 하지 않으려 했던 남자가 지켜보는 가운데 그 여자 죄인이 기도하기 시작했다. 가냘프면서도 튼튼한 그녀의 형체는 램프의 불빛 속에서 마치 그리스도 앞에 있는 그 납 유리 창문의 소년처럼 보였다.

교회에서 어떻게 나왔는지 커티스 하트먼은 결코 기억하지 못했다. 목사는 육중한 책상을 질질 끌며 일어났다. 고요 속에 성경책이 큰 소리를 내며 떨어졌다. 옆집의 불이 꺼졌을 때 그는 비틀거리며 계단을 내려와 거리로 나섰다. 거리를 따라 걷다가 《와인즈버그 이글》의 문을 열고 달려 들어갔다. 그 자신의 투쟁을 겪으며 사무실을 서성거리던 조지 윌라드를 향해 목사는 거의 앞뒤가 안 맞는 말을 하기 시작했다. "신의 방법은 인간의 이해를 뛰어넘습니다." 재빨리 뛰어들어와 문을 닫으며 그가 외쳤다. 젊은이에게 다가가기 시작하던 그의 눈은 불타올랐고 목소리는 열정으로 울렸다. "나는 빛을 발견했소." 그가 외쳤다. "이 마을에 온 지 10년 만에, 신은 여자의 몸을 통해 당신을 내게 드러냈어요." 목사의 목소리가 낮아지며 속삭이듯 말하기 시작했다. "난 이해하지 못했소." 그가 말했다. "내 영혼을 시험하는 것이라 생각했던 것이 실은 새롭고 보다 아름다운 영혼의 열정을 위한 준비였을 뿐이었어요. 벌거벗은 채 침대 위에 무릎을 꿇은 케이트 스위프트라는 학교 선생을 통해 신은 내게 나타났습니다. 당신은 케이트 스위프트를 알고 있나요? 그녀는 비록 깨닫지 못할 수도 있지만 그녀는 진실의 메시지를 담고 있는 신의 도구요."

커티스 하트먼은 몸을 돌려 사무실 밖으로 달려나갔다. 문가에서 걸음을 멈추더니 그는 적막한 거리의 위아래를 둘러보고는 다시 조지 윌라드에게로 몸을 돌렸다. "난 구원받았소. 두려움이라곤 없어요." 목사는 젊은이가 볼 수 있도록 피가 흐르는 주먹을 들어 올렸다. "난 창문의 유리를 내리쳤소." 그가 외쳤다. "이제 그 창문은 완전히 교체될 겁니다. 내 안에 신의 힘이 있었고 난 창문을 내 주먹으로 부숴 버렸어요."

교사

THE TEACHER

와인즈버그 거리에 눈이 많이 쌓였다. 눈은 오전 10시쯤부터 내리기 시작했고 바람이 불어와 눈이 중심가를 따라 구름처럼 흩날렸다. 마을로 이어지는 얼어붙은 진흙 도로는 아주 미끄러워졌으며 얼음이 진흙 곳곳을 덮고 있었다. "곧 썰매 타기에 좋겠어." 에드 그리피스 술집의 계산대 옆에 서 있던 윌 핸더슨이 말했다. 그는 술집에서 나와 걷다가, 방한용 신으로 불리는 무거운 덧신 같은 것을 신고 길을 따라 비틀거리며 걷고 있는 약제사 실베스터 웨스트를 만났다. "눈 때문에 토요일에 사람들이 마을로 몰려들겠군." 약제사가 말했다. 둘은 걸음을 멈추고 그들의 일에 관해 의논했다. 가벼운 오버코트 차림에 덧신을 신고 있지 않았던 윌 핸더슨은 오른쪽 발끝으로 왼쪽 발뒤꿈치를 두드렸다. "눈이 밀이 자라는 데 도움이 될 거야." 이를 지켜보며 약제사가 점잖게 말했다.

할 일이 없던 젊은 조지 윌라드는 마침 그날은 일하고 싶은 기분이 들지 않았기에 기뻤다. 주간신문은 인쇄되어 수요일 저녁에 우체국으로 넘겨졌으며 눈은 목요일에 내리기 시작했다. 8시에 아침 기차가 지나가고 나서, 그는 주머니에 스케이트화를 집어넣고 워터워크 연못으로 갔지만 스케이트를 타지는 않았다. 연못을 지나쳐 와인 시내로 이어지는 길을 따라 걷다가 너도밤나무들이 있는 곳에서 걸음을 멈추었다. 이어 통나무의 옆면을 비벼 불을 지핀 다음 생각을 하려고 통나무 한쪽 끝에 앉았다. 눈이 내리기 시작하고 바람이 불어오자 서둘러 불에 땔감을 넣었다.

젊은 기자는 한때 그의 학교 선생님이었던 케이트 스위프트에 대해 생각하던 중이었다. 이전 저녁에 그는 그녀가 읽어보라고 한 책을 가지러 그녀 집에 갔었고 한 시간 동안 함께 있었다. 네 번인가 다섯 번인가 그녀는 커다란 열정을 담아 조지에게 말했는데, 조지는 그런 말을 통해 그녀가 뭘 의미하고자 하는지 이해할 수 없었다. 아마 그녀가 자기와 사랑에 빠졌을지도 모른다고 믿기 시작했고 그 생각은 그를 기쁘게 하기도, 또 짜증 나게 하기도 했다.

조지는 자리에서 벌떡 일어나 불에 나무막대기를 쌓기 시작했다. 주변에 아무도 없음을 확인하고는 마치 그 자리에 그녀가 있는 것처럼 큰 소리로 말했다. "오, 당신은 그저 비밀을 털어놨을 뿐이에요, 당신도 알고 있죠?" 그가 말했다. "당신에 대해 알아내겠어요. 두고 봐요."

젊은이는 나뭇조각에 붙은 불을 남겨 둔 채 자리에서 일어나 마을로 이어지는 길을 따라 돌아왔다. 거리를 통과해 지나갈 때 주머니에 있는 스케이트가 철커덕거리는 소리를 냈다. 뉴 윌라드 하우스의 자기 방으로 들어와서는 스토브에 불을 지핀 후 침대에 누웠다. 그는 음탕한 생각을 하기 시작했고 창문의 가리개를 내리면서 눈을 감고 벽 쪽으로 얼굴을 돌렸다. 그리고 베개를 팔 쪽으로 끌어당겨 껴안으면서 처음에는 말을 통해 그의 안에 있는 뭔가를 휘저었던 학교 선생을, 그리고 나중에는 오랫동안 그가 반쯤 사랑에 빠졌던 은행가의 날씬한 딸인 헬렌 화이트를 생각했다.

그날 저녁 9시쯤이 되자 거리에 눈이 많이 쌓였고 날씨는 더욱더 추워졌다. 걷기도 힘들 지경이었다. 가게의 불은 꺼졌고 사람들은 자신들의 집으로 기어들어 갔다. 클리블랜드에서 오는 기차가 아주 늦게 도착했지만 누구도 그 기차의 도착에 관심이 없었다. 10시가 되었을 무렵 약 1,800명의 마을 주민 중 잠자리에 들지 않은 사람은 오직 네 명뿐이었다.

야경꾼인 홉 히긴스는 살짝 잠이 들었다. 그는 다리를 절룩거렸고 무거운 지팡이를 가지고 다녔다. 어두운 밤이면 전등을 휴대했다. 9시에서 10시 사이에 그는 순찰에 나섰다. 중심가에서 눈 더미를 헤쳐 힘들게 걸어가면서 가게들의 문을 점검했다. 이어 골목길로 가서는 뒷문들도 확인했다. 단단히 잠겨 있음을 확인한 그는 모퉁이를 서둘러 돌아 뉴 윌라드 하우스로 가서 문을 두드렸다. 나머지 밤 시간을 스토브 옆에서 보낼 생각이었다. "넌 가서 자거라. 내가 스토브를 지키고 있을 테니." 호텔 사무실의 간이침대에서 자고 있던 소년에게 그가 말했다.

홉 히긴스는 스토브 옆에 앉아 신발을 벗었다. 소년이 자러 간 후에는 자기 일을 생각하기 시작했다. 봄에 집에 페인트를 칠할 예정이었으므로 스토브 옆에 앉아 페인트 값과 인건비를 계산했다. 그러다가 다른 것에도 계산이 미쳤다. 그 야경꾼은 예순 살이었고 은퇴하고 싶었다. 남북전쟁 때 군인이었기 때문에 적은 금액의 연금을 받고 있던 터였다. 그는 생계를 이어갈 다른 방법을 찾길 원했는데 흰담비 전문 사육자가 되길 열망했다. 이미 자신의 집 창고에 토끼를 쫓는 사냥꾼들에게 이용되는 그 이상하게 생긴 미개한 작은 동물 네 마리를 갖고 있었다. '한 놈이 수컷, 세 마리는 암컷이지.' 그는 생각했다. '운이 좋다면 봄에는 열두 마리에서 열다섯 마리 정도 될지도 몰라. 다음 해에는 사냥 신문에 흰담비 판매를 광고할 수도 있겠군.'

야경꾼은 의자에 몸을 밀착시켰고 점차 의식이 희미해졌다. 그는 잠들지 않았다. 수년에 걸친 연습을 통해 긴 밤의 몇 시간 동안 잠들지도 깨어 있지도 않은 상태로 앉아 있는 것에 익숙해지도록 단련시켜 왔다. 아침이 되면 마치 잠을 잔 것처럼 원기를 거의 회복했다.

홉 히긴스가 스토브 뒤 의자에서 편히 잠을 자는 동안 와인즈버그에는 오직 세 명만이 깨어 있었다. 조지 윌라드는《와인즈버그 이글》 사무실에서 기사 작성에 몰두하고 있는 척했지만 사실 나무로 불을 지폈던 아침의 그 기분에 계속 사로잡혀 있었다. 장로교회 종탑에선 커티스 하트먼이 신의 계시에 대비해 자신을 준비시키면서 어둠 속에 앉아 있었고 학교 선생인 케이트 스위프트는 폭풍 속에서 산책을 하고자 집을 떠나고 있었다.

케이트 스위프트가 집을 나선 것은 10시가 넘은 시각이었고 그 산책은 계획에 없던 것이었다. 마치 그 남자와 소년이 그녀를 생각함으로써 그녀를 추운 거리로 나가게 한 듯했다. 엘리자베스 스위프트 부인은 자신이 돈을 투자했던 대출 문제 때문에 군청 소재지로 갔으며 다음 날이 되어서야 돌아올 예정이었다. 기부基部 연소 난로라고 불리는 거실의 거대한 스토브 옆에서 그 딸은 책을 읽으며 앉아 있었다. 갑자기 그녀는 자리에서 일어나 앞문 선반에 걸려 있던 망토를 낚아채서는 집 밖으로 달려 나왔다.

서른 살인 케이트 스위프트는 마을에서 미인으로 통하진 않았다. 혈색이 좋지 못했고 얼굴엔 건강이 좋지 않음을 말해주는 반점들이 있었다. 한밤중에 홀로 겨울 거리를 걷는 그녀는 아름다웠다. 꼿꼿한 등과 벌어진 어깨 그리고 그녀의 형체는 여름 저녁 정원의 조명을 받고 있는 받침대 위의 작은 여신 같았다.

오후에 그 학교 선생은 건강 문제로 닥터 웰링을 만났었다. 의사는 그녀를 꾸짖으면서 청력을 잃게 될 위험이 있다고 경고했다. 폭풍 속에 집 밖에 나와 있는 것은 케이트로서는 바보 같은 짓이었고 더 나아가서는 위험할 수도 있었다.

거리에 나선 여자는 의사의 말을 기억하지 못했는데 설사 기억했다 하더라도 되돌아서진 않았을 것이다. 매우 추웠지만 약 5분간 걷고 나서는 더 이상 추위에 신경 쓰지 않았다. 먼저 그녀는 걷고 있던 거리의 끝까지 걸어간 다음 급사장給飼場 앞에 설치된 두 대의 건초 저울 사이를 가로질러 트러니언 파이크로 갔다. 트러니언 파이크를 따라 걷다가 네드 윈터의 헛간으로 가서는 동쪽으로 몸을 돌려 가스펠 언덕 위로 이어지는 낮은 목조 가옥들 거리를 지난 후, 아이크 스미드 양계장 너머의 얕은 계곡과 워터워크 연못 아래쪽으로 이어지는 서커 로드로 들어섰다. 길을 걷는 동안 그녀를 집 밖으로 내몰았던 그 대담하고 흥분된 기분은 사라지고 다시 평정이 찾아왔다.

케이트 스위프트의 내면에는 조마조마하고 으스스한 뭔가가 있었다. 모두가 그렇게 느꼈다. 교실에서는 조용하고, 차갑고, 엄격했지만 이상한 방식으로 자신의 학생들과 매우 가깝게 지냈다. 가끔 무언가가 그녀를 덮쳐 오는 듯했고 그럴 때면 그녀는 행복했다. 교실의 모든 아이들이 그런 그녀의 행복한 기운을 느꼈다. 아이들은 공부는 안 하고 의자에서 뒤로 물러앉아 한동안 그녀를 지켜봤다.

등 뒤로 두 손을 돌려 잡은 채 케이트는 교실 안에서 서성대며 매우 빠른 속도로 말했다. 어떤 주제가 그녀의 머릿속으로 들어왔는가는 중요하지 않은 듯했다. 한번은 아이들에게 찰스 램*에 관해 얘기하면서 그 사망한 작가의 일생에 관한 이상하고 은밀한 작은 이야기들을 지어냈다. 마치 찰스 램의 집에서 함께 살았던, 그리고 그의 사생활의 모든 비밀들을 알고 있던 어떤 사람이 얘기하듯이 이야기를 들려줬다. 찰스 램은 한때 와인즈버그에 살았던 어떤 사람임에 틀림없다는 생각이 들어 아이들은 다소 당황해했다.

또 한번은 아이들에게 벤베누토 첼리니**에 관해서도 얘기했다. 그때 아이들은 웃었다. 얘기를 통해 그 옛날의 예술가를 얼마나 허풍이 세고, 호통치고, 용감하고, 사랑스러운 사람으로 만들었던가! 첼리니와 관련해 케이트는 또 일화들을 지어냈다. 밀라노에서 첼리니의 셋방 위층에 살았던 한 독일인 음악 선생 얘기를 들었을 때 아이들은 마구 웃었다. 빨이 붉고 뚱뚱했던 수가스 맥닛이라는 아이는 너무 심하게 웃는 바람에 어지러워져 자리에서 쓰러졌고 케이트 스위프트도 그 아이와 함께 웃었다. 이어 갑자기 그녀는 차가워지고 근엄해지곤 했다.

아무도 없는 눈 덮인 거리를 통과해 걷던 그 겨울밤, 한 위기가 그 학교 선생의 인생에 찾아 들었다. 와인즈버그 마을 사람들 누구도 의심하진 않았지만 그녀의 인생은 위험으로

* 찰스 램(Charles Lamb). 19세기 영국의 수필가.

** 벤베누토 첼리니(Benvenuto Cellini). 16세기 이탈리아의 금속 공예가이자 조각가.

가득했다. 그리고 여전히 위험스러웠다. 교실에서 아이들을 가르치거나 길을 걷는 등 매일매일마다 그녀 내부에서는 비탄과 희망, 그리고 욕망이 싸웠다. 그녀의 차가운 외모 뒤편의 마음속에서 가장 기이한 사건들이 벌어졌다. 마을 사람들은 케이트 스위프트를 자신의 생각이 확고한 나이 든 처녀로 생각했고 또 그녀가 신랄하게 말하거나 자신만의 길을 갔기에, 그토록 사람들의 인생을 만들어 가고 또 손상시키는 모든 인간적인 감정이 그녀에게는 부족하다고 생각했다. 하지만 실상 케이트 스위프트는 그들 가운데 가장 진지하고 열정적인 영혼이어서 여행에서 돌아와 와인즈버그에 정착해 학교 선생이 된 뒤로 5년 동안, 몇 번이고 어쩔 수 없이 집 밖으로 나와 자신의 내면에서 맹위를 떨치는 어떤 전투와 끝까지 맞서 싸우며 거의 밤을 지새우기도 했다. 비가 내리던 어느 날 밤, 그녀는 여섯 시간을 밖에서 머물다 집으로 돌아와서 엘리자베스 스위프트 부인과 언쟁을 벌였다. "네가 남자가 아니라서 기쁘구나." 엄마가 큰 소리로 말했다. "네 아빠가 어떤 새로운 곤란에 빠진지도 모른 채 난 자주 남편이 집으로 오기를 기다렸다. 난 반신반의하며 살았고, 그러니 네가 다시 보여 주는 네 아빠의 가장 나쁜 모습을 내가 보고 싶지 않다고 해도 날 비난할 순 없어."

케이트 스위프트의 마음은 조지 윌라드에 대한 생각으로 불타올랐다. 학교 학생일 때 조지가 썼던 뭔가에서 천재의 불꽃을 알아챘다고 생각했고 그 불꽃에 입김을 불어넣고 싶었다. 어느 여름날, 그녀는 《이글》 사무실로 가서 빈둥거리고 있는 조지를 발견하곤 그를 중심가에서 장터로 데려가 풀이 자라 있는 둑에 앉아 얘기를 나눴다. 학교 선생은 소년의 마음속에 그가 작가로서 마주치게 될 어려움들의 개념을 깨닫게 해주려고 애썼다. "넌 인생을 알아야만 해." 그렇게 선언하는 케이트 스위프트의 목소리는 진지함으로 떨려 왔다. 그녀는 조지 윌라드의 어깨를 붙잡고 그의 몸을 돌려 눈을 들여다봤다. 행인이 봤다면 둘이 막 껴안기 전이라고 생각했을 것이다. "작가가 되고 싶다면 단어를 갖고 장난치는 짓은 당장 그만둬야 해." 그녀는 설명했다. "더 잘 준비되기 전까지는 글 쓸 생각은 포기하는 게 좋을 거야. 이젠 생계로 생각할 때야. 널 겁주고 싶진 않지만 네가 시도하려고 생각하는 것의 중요성을 이해시켜 주고 싶어. 단지 단어의 장사꾼이 되어선 안 돼. 배워야 할 건 사람들이 뭘 말하느냐가 아니라 그들이 생각하는 것이 무엇인가 하는 거야."

커티스 하트먼이 케이트의 몸을 보기 위해 교회 종탑에 앉아 기다리고 있던 그 폭풍 치던 목요일 전날 저녁, 젊은 조지 윌라드는 책을 빌리려고 선생님을 방문했다. 조지를 혼란스럽게 하고 당황하게 했던 일이 벌어진 건 그때였다. 그는 팔에 책을 낀 채 떠날 준비를 하고 있었다. 다시 케이트 스위프트가 아주 진지하게 말을 걸어왔다. 밤이 다가오고 있었고 방안의 불빛은 차츰 희미해졌다. 조지가 가려고 몸을 돌릴 때 그녀가 조지의 이름을 부드럽게 부르며 충동적인 동작으로 그의 손을 잡았다. 조지는 급속히 어른이 되어 가고 있었으므로 그가 지닌 남자로서의 어떤 매력이 소년이 풍기기 마련인 호감과 합쳐져 외로운 여자의 마음을 휘저었다. 인생의 중요성을 그에게 이해시키고자 하는, 또 인생의 중요성을 진실하고 솔직하게 해석하는 방법을 배우고자 하는 열정적인 욕구가 그녀를 휩쓸었다. 몸이 앞으로 기울어지면서 케이트 스위프트의 입술이 조지의 뺨을 스쳤다. 동시에 조지는 처음으로 그녀의 몸이 갖고 있는 뚜렷한 아름다움을 깨달았다. 둘은 어색해졌고 흥분을 가라앉히고자 그녀는 거칠고 위압적으로 변했다. "무슨 소용이 있지? 내가 너한테 말할 때 내가 뜻하는 걸 네가 이해하기까지 10년은 걸릴 텐데 말이야." 그녀가 격노하며 외쳤다.

목사가 케이트 스위프트를 기다리며 교회에 앉아 있던 폭풍 치던 그 밤, 그녀는 조지와 또 다른 대화를 나누고자 《와인즈버그 이글》 사무실로 갔다. 눈 속에서 오래 걸었으므로 춥고, 외롭고, 피곤했다. 중심가를 통해 왔을 때 인쇄소 창문에서 흘러나온 불빛이 눈 위를 비추고 있음을 보고는 충동적으로 문을 열고 안으로 들어섰다. 약 한 시간 동안 케이트 스위프트는 사무실의 스토브 옆에 앉아 인생에 대해 얘기했다. 그녀의 말에는 진지함과 열정이 담겨 있었다. 케이트 스위프트를 눈 속으로 몰았던 충동이 대화 속으로 쏟아져 나왔다.

학교에서 아이들이 있는 곳에서 가끔 그랬듯이 그녀는 영감에 사로잡혔다. 그녀의 학생이었고 그녀가 생각하기에 인생을 이해하는 재능을 지니고 있던 소년, 바로 그 소년에게 인생의 문을 열어 주고자 하는 거대한 진지함이 케이트 스위프트를 사로잡았다. 그녀의 열정이 너무 강했기에 그것은 물리적인 뭔가로 변했다. 다시 그녀의 손이 조지의 어깨를 붙잡고 그의 몸을 돌려세웠다. 희미한 불빛 속에서 케이트 스위프트의 눈이 불타올랐다. 그녀는 일어나서 웃었는데 평소 습관적으로 보였던 신랄함이 아닌, 기묘하고 망설이는 듯한 분위기가 깃든 웃음이었다. "가봐야겠어." 그녀가 말했다. "곧바로, 만약 여기 있으면, 난 너한테 키스하고 싶어질 거야."

신문사 사무실에 당혹스러움이 감돌았다. 케이트 스위프트는 몸을 돌려 문으로 걸어갔다. 그녀는 학교 선생이었지만 동시에 한 여자였다. 케이트 스위프트가 조지 윌라드를 쳐다볼 때, 이전에 그녀의 몸을 수천 번이나 폭풍처럼 휩쓸고 지나갔던, 남자에게 사랑받고 싶다는 열정적인 욕구가 그녀를 사로잡았다. 전등 빛 아래서 조지 윌라드는 더 이상 소년이 아니라 남자의 역할을 수행할 준비가 된 성인으로 보였다.

학교 선생은 조지 윌라드로 하여금 자신을 그의 품으로 가져가게 했다. 따뜻한 작은 사무실 안에서 공기는 갑자기 무거워졌고 그녀의 몸에서 힘이 빠져나갔다. 문가의 낮은 작업대에 기대며 그녀는 기다렸다. 조지가 와서 어깨에 손을 얹자 그녀는 몸을 돌려 완전히 그에게 기대었다. 조지 윌라드로서는 혼란스러운 감정이 즉각적으로 커져 갔다. 잠시 그는 여자의 몸을 자신의 몸에 단단하게 밀착시켰지만 곧 경직됐다. 뾰족한 두 개의 작은 주먹이 그의 얼굴을 때리기 시작했다. 학교 선생이 도망쳐 혼자 남겨지자 조지는 맹렬히 욕을 해대며 사무실 안을 서성거렸다.

커티스 하트먼이 모습을 드러낸 것은 바로 이런 혼란스러운 와중이었다. 그가 안으로 들어왔을 때 조지 윌라드는 마을 사람들이 미쳐 버렸다고 생각했다. 피가 흐르는 주먹을 허공에 흔들면서, 불과 조금 전 자신의 팔에 안겨 있던 여자가 진실의 메시지를 담고 있는 신의 도구라고 주장했던 것이다.

조지는 창가의 램프를 끄고 인쇄소 문을 잠근 뒤 집으로 갔다. 흰담비를 기르는 꿈에 빠진 홉 히긴스가 있는 호텔 사무실을 지나 자신의 방으로 올라갔다. 스토브의 불은 꺼졌고 그는 추위 속에 옷을 벗었다. 침대에 들어갈 때 시트가 마른 눈으로 만든 담요처럼 느껴졌다.

오후에 베개를 껴안고 케이트 스위프트에 대해 생각하며 누웠던 침대 위에서 그는 뒹굴었다. 갑자기 미쳐 버린 건 아닌지 생각했던 목사의 말들이 귀에 울렸다. 그의 눈이 방 주변을 응시했다. 당황한 남자라면 으레 그렇듯, 분노는 사라지고 조지는 무슨 일이 일어났는지 이해하려 애썼다. 그는 이해할 수 없었다. 마음속으로 몇 번이고 그 문제를 떠올렸다. 몇 시간이 지났을 때, 이제 새로운 하루가 다가올 시간이 됐음이 분명하다는 생각이 들기 시작했다. 4시에 조지는 목 쪽으로 이불을 당기고 잠을 자려고 노력했다. 졸음이 몰려와 눈을 감을 때 그는 손을 들어 어둠 속을 더듬었다. "난 뭔가를 놓쳤어. 케이트 스위프트가 말해 주고자 했던 뭔가를 놓쳤어." 졸음에 겨운 목소리로 조지가 중얼거렸다. 이어 잠이 들었고 그 겨울밤에 그는 와인즈버그 전체에서 잠에 들었던 마지막 영혼이었다.

외로움

LONELINESS

그는 알 로빈슨 부인의 아들로, 알 로빈슨 부인은 한때 트러니언 파이크에서 갈라져 나온 옆길 부근, 즉 마을 경계 너머 약 2마일 떨어진 와인즈버그 동쪽 방향에 위치했던 한 농장의 주인이었다. 농가는 갈색 페인트로 칠해져 있었고 길에 면한 모든 창문의 가리개는 내려져 있었다. 집 앞 도로에서는 암컷 뿔닭 두 마리가 이끄는 한 무리의 병아리들이 먼지투성이 속에서 잠을 잤다. 당시 이넉은 엄마와 함께 그 집에서 살았고 좀더 자라서는 와인즈버그고등학교로 진학했다. 나이 든 주민들은 그를 과묵한 성향을 지닌, 조용하고 미소 짓는 아이로 기억했다. 그는 도로 한가운데를 걸어 마을로 들어왔고 이따금 책을 읽기도 했다. 그래서 마차를 모는 사람들은 앞으로 전진하기 위해 그에게 고함을 치거나 욕을 해야 했는데, 이는 그렇게 해야만 어디를 걷고 있는지 그가 깨닫고 단단히 굳은 그 길에서 빠져나왔기 때문이다.

스물한 살이 되던 해에 이넉은 뉴욕시로 갔고 그곳에서 도시인으로 15년을 보냈다. 그리고 프랑스어를 공부한 뒤 그림에 대한 재능을 계발하고자 예술학교로 갔다. 내심 파리로 가서 그곳의 거장들 사이에서 예술교육을 마쳐야겠다고 계획했으나 일은 결코 그렇게 되지 않았다.

정말이지 이넉 로빈슨에게 일은 전혀 풀리지 않았다. 그림을 잘 그렸고 뇌 속에는 화가의 붓질을 통해 표현될 수도 있는 기묘하고도 섬세한 많은 사고들이 숨겨져 있었지만 그는 언제나 어린아이였고 그것이 세속적으로 성공하는 데 장애가 되었다. 그는 결코 성장하지 않았기에 당연히 사람들을 이해할 수 없었고 사람들에게 자신을 이해시킬 수도 없었다. 그의 내면에 있는 어린이는 많은 것들, 즉 돈과 섹스와 의견 같은 실제적인 것들과 계속해서 충돌을 일으켰다. 한번은 시내 전차에 치이는 바람에 철제 기둥을 향해 내던져진 일이 있었다. 그 사고로 다리를 절게 됐다. 이는 이넉 로빈슨에게 일이 계속 풀려가지 않게 만들었던 많은 것들 중 하나였다.

인생의 현실들로 혼란스러워하고 당혹스러워하기 이전, 그가 처음으로 뉴욕시에 살러 갔을 때, 이넉은 많은 젊은이들과 어울렸다. 그는 남자와 여자들로 구성된 다른 젊은 예술가 집단에 속했고 저녁이 되면 그들은 이따금 이넉의 방을 찾아왔다. 술에 취해 경찰서로 끌려가 경범죄 담당 판사에게 크게 겁을 먹기도 했고 하숙집 앞 인도에서 만난 동네 아가씨에게 연애를 시도한 적도 있었다. 그 여자와 이넉은 세 블록을 함께 걸었는데 이넉은 겁이 나서 도망치고 말았다. 그녀는 이미 술을 마셨던 터라 그 일이 재미있었다. 여자는 건물 벽에 기대며 마구 웃어 댔으며 다른 남자가 멈춰 서더니 그녀와 같이 웃어 댔다. 둘은 계속 웃으면서 같이 가 버렸고 이넉은 몸을 떨고 짜증을 내며 자신의 방으로 조용히 들어왔다.

젊은 이넉이 뉴욕에서 살았던 방은 워싱턴 광장에 면한, 마치 복도처럼 길고 좁게 생긴 방이었다. 이를 확실히 기억하는 것이 중요하다. 이넉에 관한 이야기는 실상 한 남자의 이야기라기보다는 거의 어떤 방에 관한 이야기이기 때문이다.

언급했듯이 젊은 이넉의 친구들은 저녁이면 그 방으로 왔다. 그들에 관해서 말하자면 예술에 관한 그렇고 그런 수다들을 떤다는 점을 제외하면 특별히 인상적이라곤 할 수 없었다. 모두가 수다를 떠는 예술가들을 안다. 이 세상에 알려진 모든 역사를 통틀어 그들은 방에 모여서 수다를 떨었다. 예술을 이야기하고 예술에 대해 열정적으로, 거의 열병에 걸린 듯 열광적으로 진지하다. 또 실제 이상으로 예술이 훨씬 더 중요하다고 생각한다.

그렇게 이들은 한데 모여 담배를 피우고 수다를 떨었으며 와인즈버그 근처 농장에서 온 소년인 이넉도 거기에 있었다. 그는 한쪽 구석에 앉아 있으면서 대개는 말을 하지 않았다. 그의 커다랗고 파란 어린이 같은 눈들이 얼마나 두리번거렸던가! 벽에는 그가 그린 반 정도만 완성된 상태의 거친 그림들이 걸려 있었다. 친구들은 이 그림들에 대해 말했다. 의자에 등을 기대어 앉은 채 머리를 옆에서 옆으로 흔들며 계속 말을 했다. 선線과 가치, 그리고 구도에 대한 말들을 비롯해 항상 그렇듯 많은 말들이 쏟아져 나왔다.

이넉 역시 말을 하고 싶었으나 어떻게 말해야 할지 몰랐다. 너무 흥분한 나머지 일관성 있게 말할 수 없었다. 말하려고 하면 식식거리거나 더듬었으며, 그가 들을 때 자신의 목소리는 이상하고 끽끽거리는 것으로 들렸다. 이 때문에 말하기를 멈췄다. 자신이 무엇을 말하고 싶은지 알고 있었지만 이를 말할 수 있는 가능성이 결코 없다는 점 역시 알고 있었다. 그가 그렸던 그림 하나에 대해 토론이 벌어지고 있을 때 그는 다음과 같이 말을 터뜨리고 싶었다. "너희는 요점을 몰라." 그는 설명하고 싶었다. "너희가 보는 저 그림은 그것에 대해 너희들이 보고 말하는 것들로 구성돼 있지 않거든. 다른 뭔가가 있어, 너희가 전혀 보지 못하고 있는 뭔가가, 너희가 보려고 하지 않는 뭔가가 말이야. 여기 위쪽에 있는 걸 봐, 여기 문 근처, 창문에서 나온 빛이 비추고 있는 곳. 아마 너희가 전혀 눈치채지 못했을 길 옆의 이 어두운 곳, 보다시피, 이곳이 모든 것의 시작이지. 오하이오주 와인즈버그에 있는 우리 집 앞길 옆쪽에 그런 곳에서 흔히 자라는 딱총나무들이 있는데 그 나무들 사이에 숨겨진 뭔가가 있어. 그건 여자야, 바로 그거야. 그녀는 말에서 내던져졌고 말은 눈에 띄지 않는 곳으로 도망쳐 버렸지. 수레를 끄는 저 노인의 표정이 얼마나 걱정스러워 보이는지 안 보여? 노인은 길 위쪽에 농장을 갖고 있는 새드 그레이백이야. 콤스톡 방앗간에서 갈아야 할 옥수수를 와인즈버그로 갖고 가는 중이지. 그는 떡총나무들 사이에 뭔가가 있음을, 숨겨진 뭔가가 있음을 알지만 아직 아주 많이 알진 못해."

"너희가 보고 있는 건 여자야, 바로 그래! 이건 여자고, 오, 얼마나 아름다운지! 상처를 입고 고통받고 있지만 아무 소리도 내지 않아. 어떤 사연인지 모르겠어? 그녀는 꼼짝도 하지 않고 누워 있지, 창백한 채 가만히, 그리고 그녀로부터 아름다움이 나와 모든 것들 위로 퍼져 가는 거야. 저 뒤쪽의 하늘과 모든 곳 주변으로. 물론 난 그 여자를 그리지 않았어. 그림으로 그리기엔 너무 아름답기 때문이야. 구성이니 뭐니 그런 것들에 관해 얘기하다니 얼마나 둔한지! 왜 너희들은 내가 오하이오주 와인즈버그에서 소년이었을 때 그랬던 것처럼 저 하늘을 바라보고 나서 달아나지 않는 거지?"

젊은 이넉 로빈슨은 바로 이런 말들을 뉴욕시에서 살던 젊은 시절 그의 방으로 왔던 손님들에게 떨면서 말하고 싶었지만 항상 아무 말도 하지 않고 끝맺곤 했다. 이어 자기 자신의 마음을 의심하기 시작했다. 자신이 느꼈던 것들이 그의 그림에 표현되지 않음을 두려워했다. 반쯤 분노한 상태에서 이넉은 방으로 사람들을 초대하기를 그만두고 곧 문을 잠그는 습관을 갖게 됐다. 충분히 많은 사람들이 방문했다고, 이제 더 이상 사람들이 필요하지 않다고 생각하기 시작했다. 진정 자신이 얘기할 수 있고 또 살아 있는 사람들에게는 설명할 수 없던 것을 설명할 수 있는 자신만의 사람들을 그는 빠른 상상력을 동원해 지어내기 시작했다. 이넉의 방은 남자들과 여자들의 정령이 사는 곳이 되었고 그는 그것들 사이를 오가다 자신의 차례가 되면 말을 했다. 그것은 마치 이넉 로빈슨이 한 번이라도 만났던 모든 사람이 그들의 어떤 정수를, 이넉이 자신의 환상에 맞게 만들고 바꿀 수 있는 뭔가를, 그림 속의 딱총나무 뒤에서 부상당한 여자 같은 그런 모든 것들을 이해하는 뭔가를 이넉에게 남겨 준 것 같았다.

온화해 보이는 파란 눈의 오하이오 소년은 모든 아이들이 그런 것처럼 완전히 자기중심적이었다. 친구들을 원하는 아이는 없다는 매우 단순한 이유로, 그는 친구들을 원하지 않았다. 무엇보다 그가 마음에서 지어낸 사람들을, 그러니까 자신이 진정으로 대화할 수 있는 사람들, 언제나 열변을 토하고 꾸짖을 수 있는 사람들, 그의 환상에 사는 하인들을 원했다. 이들 사이에서 그는 언제나 자신감이 넘쳤고 대담했다. 물론 분명 그들도 말할 수 있고 심지어 자신들만의 의견을 가질 수도 있었지만 항상 그가 마지막으로 말하고 최고의 말을 했다. 뉴욕시의 워싱턴 광장에 면한 6달러짜리 방에서, 이넉은 자신의 뇌 속에 들어 있는 인물들 때문에 분주한 작가, 혹은 작고 파란 눈을 가진 일종의 왕과 같았다.

이후 이넉 로빈슨은 결혼했다. 이넉은 외로워지기 시작해서 실제 살과 뼈를 가진 사람들을 손으로 만지고 싶어 했다.

그의 방이 비어 보이는 날들이 지나갔다. 욕정이 그의 몸을 찾아와 그 욕구가 마음속에서 커져 갔다. 밤이면 내면에서 불타는 이상한 열정이 그를 깨어 있게 했다. 이넉은 예술학교에서 자신의 옆 의자에 앉아 있던 소녀와 결혼한 다음 브루클린에 있는 아파트로 이사했다. 결혼했던 그 여자에게서 두 명의 자녀가 태어났으며 이넉은 광고용 삽화가 만들어지는 어떤 곳에서 일자리를 얻었다.

이넉의 인생에 또 다른 단계가 시작됐다. 그는 새로운 게임을 하기 시작했다. 한동안은 이 세상에서 생산적인 시민의 역할을 하는 자기 자신을 매우 자랑스럽게 여겼다. 그리하여 사물의 정수를 묵살하고 실제의 일들에 종사했다. 가을이면 선거일에 투표를 했고 매일 아침 현관에 던져지는 신문을 읽었다. 저녁이면 일을 마치고 집으로 돌아왔는데 시내 전차에서 내려 매우 실제적이고 중요한 사람처럼 보이려 애쓰면서 어떤 사업가의 뒤를 따라 점잖게 걷기도 했다. 납세자로서 일들이 어떻게 돌아가는지 자신이 알아야 한다고 생각했다. "언젠가는 사건의, 주州의, 도시의, 그리고 모든 것들의 진정한 일부분이 될 거야." 재미있다는 듯 살짝 근엄하게 그는 혼잣말하곤 했다. 한번은 필라델피아에서 집으로 오는 길에 기차에서 만난 한 남자와 토론을 벌였다. 정부가 철도를 소유하고 운영하는 방책에 관해 얘기했고 그 남자는 담배를 권했다. 정부 측에서 그렇게 움직이는 편이 좋다는 게 이넉의 의견이었고 말을 하는 동안 점점 흥분에 휩싸였다. 나중에 이넉은 자신이

했던 말을 유쾌하게 기억했다. "그에게 생각할 뭔가를 줬지, 그자에게." 브루클린의 아파트로 가는 계단을 오르면서 이넉은 자신에게 중얼거렸다.

분명, 이넉의 결혼 생활은 잘되지 않았다. 그 자신이 결혼 생활을 끝장냈다. 아파트에서의 생활이 숨 막히고 갇혀 있는 듯 느껴졌고, 그의 아내, 심지어 아이들에 대해서도 한때 그를 방문했던 친구들에 대해 느꼈던 것과 같은 감정을 느끼기 시작했다. 이넉은 어떤 사업을 한다며 사소한 거짓말을 하기 시작했는데 이로써 밤에 혼자 길거리를 걸을 수 있는 자유를 얻을 수 있었으며 기회가 되자 비밀스럽게 워싱턴 광장에 면한 방을 다시 빌렸다. 이후에 알 로빈슨 부인이 와인즈버그 근처 농장에서 사망해서 그는 모친 소유 토지의 신탁 관리자 자격으로 은행으로부터 8천 달러를 받았다. 이 일이 이넉을 세상으로부터 완전히 격리시켰다. 그는 그 돈을 아내에게 주면서 자신은 이제 더 이상 아파트에서 살 수 없다고 말했다. 아내는 울면서 화를 내고 위협도 했지만 이넉은 그저 아내를 물끄러미 쳐다보고는 자신의 길을 갈 뿐이었다. 실제 아내는 그렇게 많이 신경 쓰지 않았다. 그녀는 이넉이 살짝 미친 사람이라고 생각했고 조금은 남편을 두려워했다. 남편이 돌아오지 않을 것이 거의 확실해지자 그녀는 두 자녀를 데리고서 자신이 자랐던 코네티컷의 한 마을로 갔다. 결국엔 부동산을 사고파는 한 남자와 결혼했으며 이에 충분히 만족해했다.

그렇게 이넉은 자신의 환상이 만들어 낸 사람들과 함께 뉴욕의 방에 머물면서 그들과 놀고 대화하며 아이처럼 행복해했다. 그들은 이상했다, 그러니까 이넉의 사람들 말이다. 추정하기에 그들은 이넉이 봤던 실제 사람들로서, 어떤 모호한 이유로 그에게 매력적으로 다가왔던 이들을 기초로 하여 만들어졌다. 그들 중에는 손에 칼을 들고 있는 여자, 기다란 하얀 수염을 기르고 개를 데리고 다니는 노인, 스타킹이 흘러내려 언제나 신발 위에 걸치고 다니는 어린 소녀 등이 있었다. 아이 같은 마음을 가진 이넉 로빈슨이 만들어 낸 스무 명이 넘는 그림자 같은 사람들이, 그 방에서 그와 함께 살았음이 틀림없다.

이넉은 행복했다. 그는 방으로 들어가 문을 잠갔다. 그리고 터무니없을 만큼 중요한 듯한 분위기를 풍기며 큰 소리로 인생에 대해 가르치고 또 지적했다. 어떤 사건이 일어나기 전까지, 이넉은 자신을 부각시킬 수 있는 장소에서 계속 생활해 나가는 것에 행복해하고 만족해했다. 물론 실제로 어떤 사건이 일어났다. 그것이 이넉이 와인즈버그로 돌아와 살게 된 이유이고 우리가 그에 대해 알고 있는 이유다. 이넉에게 있었던 일은 한 여자였다. 그런 식으로 된 것이다. 이넉은 너무 행복했다. 뭔가가 그의 세계 속으로 들어와야 했다. 뭔가가 뉴욕의 방에서 이넉을 몰아내 그로 하여금 말을 기르는 웨슬리 모이어의 헛간 지붕 뒤로 해가 질 때 오하이오의 한 마을에 불쑥 출현하곤 하면서, 이해하기 어렵고 변덕스럽고 보잘것없는 하찮은 인물로서 생을 끝맺도록 해야 했다.

일어났던 일에 관해 얘기해 보자. 이녁은 어느 날 밤 조지 윌라드에게 이에 대해 말했다. 이녁은 누군가에게 얘기하고 싶어 했고 이에 그 젊은 기자를 선택했는데 이는 조지가 그의 이야기를 이해할 수 있는 분위기에 있었을 때 둘이서 우연히 만났기 때문이다.

청춘의 슬픔, 젊은이의 슬픔, 연말쯤 한 마을에서 성장 중인 소년의 슬픔, 이런 것들이 노인의 입을 열게 했다. 그 슬픔은 조지 윌라드의 한가운데에 있었고 의도는 없었으나 바로 그것이 이녁 로빈슨의 마음을 움직였다.

둘이 만나서 얘기했던 저녁에는 10월의 촉촉한 이슬비가 내렸다. 그해의 결실을 맺을 때여서 하늘에 달이 떠오르고 공기에서는 상쾌하게 얼얼한 서리의 기운이 느껴지는 좋은 날씨여야 했지만 그렇진 않았다. 비가 내렸고 작은 물웅덩이가 중심가의 가로등 아래에서 빛을 반짝였다. 장터 너머 어둠에 잠긴 숲에서는 검은색 나무들이 물방울을 뚝뚝 떨어뜨렸다. 나무 아래로는 젖은 잎들이 땅 위로 돌출된 나무뿌리에 붙어 있었다. 와인즈버그 집들의 뒤쪽 정원에서는 마르고 쪼글쪼글해진 감자 넝쿨이 제멋대로 뻗어 있었다. 저녁식사를 마치고 외곽에 위치한 어떤 상점의 뒤편으로 가서 다른 사람들과 얘기하며 저녁 시간을 보내려고 계획했던 사람들은 마음을 바꿨다. 조지 윌라드는 빗속을 터벅터벅 거닐었는데 비가 내려서 기뻤다. 그는 그렇게 느꼈다. 이녁이 그의 방에서 나와 홀로 거리를 방황하던 그날 저녁, 조지도 이녁과 같았다. 조지 윌라드가 키 큰 젊은이가 되었으므로 울거나 투덜대는 건 남자답지 못하다고 생각했다는 점만 제외하면 이넉도 조지와 같았다. 한 달 동안 엄마가 아팠다는 점이 조지의 슬픔과 관련이 있긴 했지만 많이 관련 있는 건 아니었다. 그는 자기 자신에 대해 생각했고 그것이 그 젊은이에게 항상 슬픔을 안겨 주었다.

와인즈버그의 중심가에서 조금 벗어난 모미가街에 보이트 마차 가게가 있었고 그 가게 앞의 인도 위로 뻗어 나가 있는, 가리개처럼 쭉 늘어서 있는 나무들 밑에서 이넉 로빈슨과 조지 윌라드가 만났다. 둘은 그곳에서 비로 씻긴 거리를 통과해 헤프너 구역에 위치한 3층의 노인 방까지 같이 걸었다. 젊은 기자는 기꺼이 그렇게 같이 갔다. 10분 동안 대화를 나눈 뒤 이넉 로빈슨이 그에게 집으로 들어가자고 부탁했던 것이다. 소년은 다소 두려웠지만 이넉의 인생에 대한 호기심이 그 어떤 때보다 커졌다. 그는 이넉이 약간 정신이 나간 사람이라는 얘기를 수없이 들은 바 있었고 어쨌든 스스로를 같이 따라갈 정도로 다소 용감하고 남자답다고 생각했다. 비가 내리는 거리에서의 그 첫 시작부터, 노인은 워싱턴 광장의 그 방과 그곳에서의 자신의 인생에 관한 이야기를 시도하면서 다소 기이한 방식으로 말했던 것이다. "자네가 아주 열심히 노력하면 이해할 수 있을 거야." 이넉이 단언했다. "거리에서 나를 지나쳐 가는 자네를 봤고 자넨 이해할 수 있다고 생각했지. 어렵지 않아. 자네는 내가 말하는 걸 믿기만 하면 돼, 그냥 듣고 믿으라고, 그게 전부야."

헤프너 구역에 있는 자신의 방에서 조지 윌라드에게 말하던 나이 든 이넉이 가장 중요한 사건, 즉 그 여자 얘기와 자신을 도시에서 몰아내 와인즈버그에서 외롭고 패배한 삶을 살도록 했던 얘기에 이른 것은 밤 11시가 넘어서였다. 이넉은 얼굴을 손에 묻은 채 창가 옆 간이침대에 앉았고 조지는 탁자 옆 의자에 앉았다. 탁자엔 등유 램프가 놓였고 비록 가구는 거의 없었지만 방은 세심하게 깨끗이 청소돼 있었다. 이넉이 얘기할 때 조지 윌라드는 의자에서 일어나 자신 역시 그 간이침대에 앉고 싶었다. 자신의 팔을 작은 체구의 노인에게 얹고 싶었던 것이다. 반쯤 어두워진 상태에서 이넉은 말을 했고 소년은 슬픔에 가득 차 그 이야기를 들었다.

"그 방에 누구도 오지 않은 지 수년이 지난 후에 그녀가 그곳에 나타났지." 이넉 로빈슨이 말했다. "그녀는 그 집 복도에서 나를 봤고 우린 안면을 익히게 됐어. 여자가 자신의 방에서 뭘 했는지 난 몰라. 거긴 결코 가지 않았으니까. 음악가로 바이올린을 연주한다고 생각했어. 가끔 와서 노크를 하길래 문을 열어 줬지. 안으로 들어와서 내 옆에 앉더군, 그냥 앉아서 주변을 둘러보고는 아무 말도 안 했지. 어쨌든 중요한 말은 결코 하지 않았어."

노인이 간이침대에서 일어나 방 안을 서성거렸다. 그가 입고 있던 오버코트는 비에 젖어서 물방울이 부드럽게 바닥을 치며 계속 떨어졌다. 그가 다시 간이침대에 앉았을 때 조지 윌라드는 의자에서 몸을 일으켜 옆에 앉았다.

"난 그녀에 관한 어떤 예감을 느꼈어. 나와 같이 방에 앉았는데 방에 비해 그녀는 너무 컸지. 난 그녀가 모든 것들을 몰아내고 있는 중이라고 느꼈어. 우린 그저 사소한 것들에 관해 얘기했지만 난 가만히 앉아 있을 수가 없었지. 손가락으로 그녀를 만지고 또 키스하고 싶었어. 여자의 손은 아주 강했고 얼굴도 잘생겼는데 항상 나를 바라봤어."

떨리는 노인의 목소리가 조용해졌고 그의 몸은 한기로 떨려 왔다. "난 두려웠어." 노인이 속삭였다. "정말 무서웠어. 그녀가 노크할 때 난 안으로 들이고 싶지 않았지만 가만히 앉아 있을 수가 없었지. '안 돼, 안 돼.' 그렇게 나 자신에게 말했지만 그러는 동시에 일어나서 문을 열었어. 있잖아, 그녀는 아주 키가 컸어. 여자였는데 말이지. 그 방에 있을 때 나보다 더 클 거라고 생각했어."

조지 윌라드를 뚫어지게 쳐다보는 이넉 로빈슨의 어린이 같은 파란 눈이 등불을 받아 반짝였다. 이넉이 다시 몸을 떨었다. "난 그녀를 원했고 동시에 언제나 원하지 않았어." 그가 설명했다. "그다음 난 그녀에게 내 사람들에 대해 말하기 시작했지, 내게 조금이라도 중요한 모든 것들에 대해 말이야. 난 조용히 있으려고, 혼자 있으려고 했지만 그럴 수 없었어. 나도 모르게 문을 열었던 것과 똑같은 느낌이었어. 가끔은 그녀를 떠나게 하고 더 이상 돌아오지 못하게 하고 싶어 못 견딜 정도였지."

노인은 자리에서 벌떡 일어났고 목소리는 흥분으로 떨려왔다. "어느 밤, 뭔가가 일어났어. 그녀에게 나를 이해시키려고, 내가 그 방에서 얼마나 큰 존재인지 알게 하려고 거의 미칠 지경이었어. 내가 얼마나 중요한 사람인지 알아주길 원했지. 난 계속해서 얘기하고 또 얘기했어. 그녀가 밖으로 나가려고 할 때 난 달려가 문을 잠갔어. 그리고 그녀를 따라다녔어. 계속 얘기하고 얘기했고 이어 갑자기 다 산산이 부서졌지. 그녀의 눈에 어떤 표정이 드러났는데 난 그녀가 진정 이해했음을 알았어. 아마 항상 날 이해했는지도 몰라. 난 화가 났지. 그걸 참을 수가 없었어. 이해해 주길 바랐지만, 모르겠어? 이해하도록 놔둘 수가 없더군. 이어 그녀가 모든 걸 알게 될 거라고, 난 물에 빠져 떠내려갈 거라고 느꼈지. 그렇게 된 거야. 이유는 나도 몰라."

노인은 램프 옆 의자에 주저앉았고 소년은 경외감으로 가득 차 그 말을 들었다. "그만 가라, 얘야." 이넉이 말했다. "더 이상 여기에 나와 함께 있지 마라. 너한테 말하는 편이 좋을 거라고 생각했지만 그렇지 않구나. 더 이상 얘기하고 싶지 않다. 가거라."

조지 윌라드는 머리를 흔들었고 명령조의 말투가 그의 목소리에 배어들었다. "멈추지 말아요. 나머지 얘기들을 해줘요." 명령하듯 조지가 단호히 말했다. "무슨 일이 있었던 거죠? 나머지 얘기를 해주세요."

이넉 로빈슨은 자리에서 일어나 인적 없는 와인즈버그 중심가가 내려다보이는 창가로 달려갔다. 조지 윌라드는 그를 따라갔다. 그 둘이 창가에 섰다. 어색해진 키 큰 소년 같은 어른과 주름진 작은 체구의 어른 같은 소년이. 어린아이 같은, 열띤 목소리가 얘기를 계속했다. "난 욕을 했어." 이넉이 설명했다. "끔찍한 말을 해댔지. 가 버리라고, 돌아오지 말라고 명령했어. 오, 난 끔찍한 말을 해버린 거야. 처음에 그녀는 이해하지 못한 척했지만 난 계속 말해 댔지. 비명을 지르고 바닥을 발로 쿵쿵 찼어. 그 집이 울리도록 욕을 해댔어. 다시는 그 여자를 보고 싶지 않았고, 몇 가지를 더 말하고 난 후, 난 그녀를 결코 다시 보지 못할 것을 알았지."

노인의 목소리가 갈라졌고 그는 머리를 흔들었다. "다 산산이 부서졌어." 조용하게, 그리고 슬프게 노인이 말했다. "여자가 문을 통해 나갈 때 내 방에 있던 모든 인생도 그녀를 따라서 나갔지. 내 사람들을 모두 데려가 버린 거야. 그들은 모두 그녀를 따라 문을 통해 나갔어. 그렇게 된 거야."

조지 윌라드는 몸을 돌려 이넉 로빈슨의 방에서 나갔다. 문을 통해 나갈 때 흐느끼고 불평하는 노인의 가느다란 목소리가 창가의 어두운 곳에서 들려왔다. "난 외로워, 여기가 너무 외로워." 그 목소리가 말했다. "내 방에서는 따뜻하고 친숙했지만 지금 난 너무 외로워."

자각

AN AWAKENING

벨 카펜터의 피부색은 어두웠고, 눈은 회색이었으며 입술은 두꺼웠다. 또 키가 크고 힘이 셌다. 분노가 치밀 때면 성을 내기 시작하면서 자기가 남자였다면 주먹으로 누군가와 싸웠을 거라며 아쉬워했다. 케이트 맥휴의 여성용 모자 가게에서 일했으므로 낮이면 가게 뒤편 창가에 앉아 모자를 손질했다. 그녀는 와인즈버그의 제일국립은행 회계장부 담당자인 헨리 카펜터의 딸이었고 아주 멀리 떨어진 벅아이가 종점 부근의 낡고 음울한 집에서 아버지와 함께 살았다. 그 집은 소나무들로 둘러싸여 있었는데 그 나무 아래에서는 잔디가 전혀 자라지 않았다. 집 뒤편에 있는 양철 재질의 녹슨 낙숫물 홈통은 고정 장치가 풀려 떨어졌기 때문에 바람이 작은 헛간의 지붕을 때리면 가끔 북을 두드리는 것처럼 울적한 소음이 밤새 들려왔다.

그녀가 어린 소녀였을 때 헨리 카펜터는 딸의 인생을 거의 참을 수 없을 지경으로 만들었으나 딸이 소녀 시절을 벗어나 여자로 성숙했을 때는 딸에 대한 지배력을 거의 잃고 말았다. 회계장부 담당자의 인생은 수없이 많은 사소한 일들로 가득 차 있었다. 아침에 은행으로 가면 세월에 닳은 검은 알파카 코트를 벽장에서 꺼내 입었다. 밤에 집으로 돌아와서는 또 다른 검은 알파카 코트를 입었다. 그리고 저녁마다 거리에서 입었던 옷들을 다림질했다. 그는 이를 위해 판자를 이용한 방식을 고안했다. 외출할 때 입을 바지를 판자들 사이에 끼웠는데 그 판자들은 육중한 나사들로 꽉 죄어져 있었다. 아침이면 젖은 천으로 판자들을 닦고는 식당 문 뒤편에 수직으로 똑바로 세워 두었다. 만약 낮 동안에 그것들이 움직여져 있기라도 하면 분노로 말문이 막혔고 일주일간 평정을 되찾지 못했다.

그 은행 출납원은 남을 다소 괴롭히는 성격이었지만 딸은 두려워했다. 아내를 악랄하게 대했던 일들을 딸은 알고 있었고 그래서 자신을 증오하고 있음을 그는 깨달았다. 어느 날 정오, 딸이 길에서 한 줌의 부드러운 진흙을 집으로 가져왔다. 딸은 그 진흙으로 바지를 다리는 데 쓰는 판자 표면을 문지르고는 가볍고 행복한 마음으로 다시 일하러 갔던 것이다.

벨 카펜터는 가끔 저녁이면 조지 윌라드와 산책을 했다. 그녀는 비밀스럽게 다른 남자를 사랑했지만, 아무도 모르는 그녀의 연애는 그녀를 많이 불안하게 했다. 에드 그리피스 술집에서 바텐더로 일하는 에드 핸드비와 사랑에 빠졌으나 자신의 감정에 관한 일종의 위안으로 그 젊은 기자와 시간을 보냈던 것이다. 벨 카펜터는 인생에서의 자신의 처지를 고려할 때 바텐더와 함께 있는 모습을 남들에게 보이면 안 된다고 생각했고, 그녀의 본성에 매우 일관돼 있던 열망을 완화시키고자 조지 윌라드와 나무 밑에서 산책하며 조지로 하여금 키스하도록 허락했다. 조지라면 한도를 벗어나지 않도록 자신이 통제할 수 있다고 생각했기 때문이다. 에드 핸드비에 대해서는 다소 불확실했다.

키가 크고 어깨가 떡 벌어진 서른 살의 바텐더 핸드비는 그리피스 술집 건물 위층에 있는 한 방에서 살았다. 주먹은 컸고 눈은 유별나게 작았지만 목소리는 마치 그 주먹에 숨겨진 힘을 숨기려고 애쓰는 듯 부드럽고 조용했다.

에드 핸드비는 스물다섯 살 때 인디애나에 있는 숙부로부터 커다란 농장을 유산으로 받았다. 농장이 팔렸을 때 8천 달러가 들어왔지만 이를 6개월 만에 써 버렸다. 이리호에 면한 선더스키로 가면서 방탕한 생활을 시작했고 나중에 그 이야기를 들은 고향 사람들은 경악했다. 여기저기에서 돈을 허비했고, 마차를 타고 시내를 달렸고, 남녀로 구성된 무리에게 와인 파티를 열어 줬고, 큰돈을 걸고 카드 게임을 했으며, 만나는 여자들에게 수백 달러나 나가는 옷을 사주었다. 어느 날 밤 시더 포인트라 불리는 휴양지에서 그는 싸움에 휘말려 야생동물처럼 닥치는 대로 마구 폭행했다. 주먹으로 호텔 화장실의 대형 유리를 깨뜨렸고 나중에는 바닥에서 유리가 덜

그럭거리는 소리가 듣기 좋다면서, 또 애인과 함께 휴양지에서 저녁을 보내고자 선더스키에서 온 직원들의 눈에 드러난 공포가 보기 좋다면서 무도장의 창문을 박살내고 의자를 부수고 다녔다.

에드 핸드비와 벨 카펜터 사이의 연애는 겉으로 볼 땐 아무것도 아닌 것에 가까웠다. 에드 핸드비는 단 한 번 그녀와 함께 저녁을 보내는 데 성공했다. 그날 저녁, 그는 웨슬리 모이어의 마구간에서 말 한 마리와 마차 한 대를 빌려 벨 카펜터를 데리고 드라이브에 나섰다. 벨 카펜터가 자신의 천성에 맞는 여자이며 그녀가 자신에게 정착하도록 해야 한다는 확신이 있던 그는 원하는 바를 그녀에게 말했다. 바텐더는 결혼을 해서 아내를 부양하기 위해 돈을 벌기 시작할 준비가 돼 있었지만 천성이 너무나 단순해서 자신의 의도를 설명하는 데 애를 먹었다. 그의 몸은 육체적 갈망에 아파 왔고 몸을 통해 자신을 표현했다. 그 여성 모자 판매원을 팔에 안고 그녀의 저항에도 불구하고 꽉 껴안고는 그녀가 무력해질 때까지 키스했다. 이어 마을로 보내 주면서 마차에서 내리게 했다. "너를 다시 안게 되는 날엔 보내지 않을 거야. 날 가지고 장난치지 마." 마차를 타고 되돌아가면서 그가 이렇게 선언했다. 이어 마차에서 뛰어내리더니 억센 손으로 그녀의 어깨를 움켜쥐었다. "다음엔 널 영원히 옆에 두겠어." 그가 말했다. "이에 대해 마음의 결정을 하는 편이 좋아. 그건 너와 나에 관한 결정이고 널 이해시키기 전에 난 널 가질 거야."

1월의 어느 날 밤 초승달이 떴을 때, 에드 핸드비가 생각하기에 벨 카펜터를 얻는 데 있어 유일한 장애물이라고 생각했던 조지 윌라드가 산책에 나섰다. 그날 저녁 일찍 조지는 세스 리치먼드, 그리고 마을 정육점의 아들인 아트 윌슨과 함께 랜섬 서백의 당구장으로 갔다. 세스 리치먼드는 등을 벽에 기댄 채 잠자코 있었고 조지 윌라드가 말을 했다. 당구장을 가득 채운 와인즈버그의 소년들은 여자들에 관해 얘기했다. 젊은 기자도 그 광대한 주제에 동참했다. 그는 여자들은 스스로 조심해야 하며 한 여자와 사귀는 남자는 일어난 일에 책임이 없다고 말했다. 그 얘기를 하면서 조지는 주목받고 싶은 마음에 주변을 둘러봤다. 조지는 5분 동안 말했고 이어 아트 윌슨이 말을 시작했다. 아트 윌슨은 칼 프라우스 가게에서 이발사 일을 배우고 있었는데 야구, 경마, 음주, 그리고 여자와의 데이트 같은 문제들에 대해 이미 스스로를 권위자로 생각했다. 그는 와인즈버그 출신의 남자 두 명과 함께 군청 소재지의 사창가로 갔던 밤에 관해 이야기하기 시작했다. 정육점 아들은 담배를 입 한쪽 편에 물고는 말을 할 때 바닥에 침을 뱉었다. "거기 여자들은 많이 애썼지만 날 곤란하게 하지 못했어." 뻐기며 그가 말했다. "사창가 여자들 중 하나가 건방지게 굴길래 내가 바보로 만들어 버렸지. 그 애가 말을 하자마자 그 애한테 가서 무릎에 앉았거든. 내가 키스하자 방 안에 있던 모든 사람들이 웃더군. 날 혼자 내버려 두라면서 혼을 냈어."

조지 윌라드는 당구장에서 나와 중심가로 갔다. 며칠간 북쪽으로 18마일 떨어진 이리호 지역에서 불어 내려온 폭풍 때문에 날씨가 매우 추웠지만 그날 밤엔 바람이 잦아들고 초승달이 떠올라 유별나게 아름다웠다. 어디를 걷고 있는 건지, 혹은 뭘 하고 싶은지 생각도 하지 않은 채 조지는 중심가를 벗어나 희미한 불빛이 비치는 가운데 목조 가옥들로 가득 찬 거리를 걷기 시작했다.

별들이 가득 찬 어두운 하늘 아래서 야외를 거니는 동안 조지는 당구장에서의 친구들은 잊어버렸다. 어둡고 혼자였기에 그는 큰 소리로 말하기 시작했다. 장난삼아 술 취한 사람 흉내를 내며 거리를 따라 비틀거리며 걷다가, 이어 무릎까지 올라오는 광 나는 부츠와 걸을 때 댕그랑거리는 칼을 찬 제복 차림의 병사로 자신을 상상하기도 했다. 군인으로서 조지는 자신이 차렷 자세로 길게 서 있는 사람들 앞을 지나가는 감독관이라고 상상했다. 그는 도열한 사람들의 장비를 조사하기 시작했다. 그리고 한 나무 앞에 멈춰 서서 꾸짖기 시작했다. "배낭 안이 엉망진창이군." 그가 날카롭게 말했다. "이 문제에 대해 내가 얼마나 더 많이 떠들어야 하지? 여기서는 모든 것이 질서정연해야 해. 우리 앞엔 어려운 문제가 놓여 있고 질서 없인 그 어떤 임무도 완수할 수 없어."

자신의 말에 최면이라도 걸린 듯, 젊은이는 판자로 만든 인도를 따라 비틀거리며 더 많은 말을 내뱉었다. "군대를 위한, 또 제군들을 위한 법이 있다." 생각에 잠기며 그가 중얼거렸다. "그것은 작은 것에서 시작해 모든 것을 덮을 때까지 퍼진다. 모든 작은 것에도 질서가 있어야 한다. 사람들이 일하는 곳에, 그들의 옷에, 그들의 생각에 말이다. 나 자신도 질서가 있어야만 한다. 난 그 법을 반드시 배워야 한다. 별처럼 밤을 관통하는 질서 있고 거대한 그 무엇과 교류해야 한다. 내 나름대로의 방식을 통해, 주고, 관통하고, 삶과 함께하는, 그 법과 관련된 뭔가를 배우기 시작해야 한다."

가로등 근처 말뚝 울타리 옆에서 걸음을 멈춘 그의 몸이 떨려오기 시작했다. 자신의 머리에 들어온 그런 생각대로 생각해 본 적이 결코 없었으므로 그것들이 어디서 왔는지 궁금해했다. 잠깐 동안 자신 밖의 어떤 목소리가 걸을 때 말을 걸어온 것 같았다. 조지는 자기 생각에 놀라고 기뻐했으며 다시 걷기 시작했을 때 그 문제에 대해 열정적으로 말하기 시작했다. "랜섬 서벡의 당구장에서 나와서야 그런 것들을 생각하다니," 그가 중얼거렸다. "혼자 있는 편이 낫군. 내가 아트 윌슨처럼 말했다면 애들은 나를 이해했을지 모르지만 여기서 내가 생각하는 건 이해하지 못했을 거야."

20년 전 모든 오하이오의 마을들이 그러했듯이 와인즈버그에서는 일용 노동자들이 사는 구역이 있었다. 아직 공장의 시대가 오지 않은 그때에 노동자들은 밭에서 일하거나 혹은 철도의 보선공으로 일했다. 열두 시간을 일했고 긴 하루의 수고로 1달러를 받았다. 그들은 뒤쪽에 정원이 딸려 있는, 목재로 저렴하게 지어진 작은 집에서 살았다. 그들 가운데 좀더 형편이 좋은 집에서는 정원 뒤쪽의 작은 헛간에서 소, 혹은 돼지들을 사육했다.

머릿속에서 생각들이 마구 소용돌이치는 가운데 조지 윌라드는 청명한 1월 밤에 노동자들이 사는 거리로 들어섰다. 거리의 조명은 침침했고 군데군데 인도도 없었다. 주변에 흩어져 있는 그 광경들 속에는 이미 깨어난 그의 환상을 흥분시키는 뭔가가 있었다. 1년 동안 틈날 때마다 책을 읽어 왔고 이에 중세 시대의 한 오래된 세계도시에서의 인생 이야기가 마음속에서 강하게 되살아나, 예전에 존재했던 어떤 장소 일부를 다시 방문하는 사람처럼 호기심 어린 감정에 휩싸여 비틀거리며 앞으로 나아갔다. 이어 충동적으로 거리를 빠져나와서는 소와 돼지를 기르는 헛간 뒤쪽의 작고 어두운 골목으로 들어섰다.

약 30분 동안 조지는 빽빽하게 밀집돼 사육되고 있는 동물들의 강한 냄새를 맡으면서, 또 그의 머리에 떠오른 이상하고 새로운 생각들을 즐기면서 그 골목에 머물렀다. 상쾌하고 달콤한 공기 속에서 풍기는 지독한 퇴비 냄새가 뇌 속에 있는 자극적인 뭔가를 일깨웠다. 등유로 빛을 밝힌 가난한 작은 집들, 맑은 하늘을 향해 곧장 올라가는 굴뚝 연기, 꿀꿀거리는 돼지들 소리, 싼 옥양목 옷을 입고 부엌에서 설거지하는 여자들, 집에서 나와 중심가의 가게들과 술집으로 향하는 남자들의 발소리, 짖어 대는 개와 울어 대는 아이들. 어둠 속에 숨어 있는 동안 봤던 이 모든 것들이 조지로 하여금 자신이 모든 인생으로부터 분리되고 떨어져 있는 듯 느끼게 만들었다.

생각의 무게를 감당할 수 없게 된 그 흥분한 젊은이는 골목을 따라 조심스럽게 움직이기 시작했다. 개 한 마리가 공격해 오는 바람에 돌로 쫓아낼 수밖에 없었는데 한 집의 문에 나타난 남자 한 명이 개를 향해 욕을 해댔다. 조지는 공터로 나와 머리를 돌려 하늘을 올려다봤다. 방금 겪은 단순한 경험을 통해 자신이 말할 수 없을 만큼 커지고 재창조됐다는 느낌이 들어 일종의 열렬한 감정에 휩싸인 조지는 머리 위의 어둠을 향해 손을 내뻗으며 혼자서 중얼거렸다. 말하고 싶은 욕구가 그를 덮쳐 와 그는 의미 없이 말을 했다. 그것들이 의미로 가득 찬 용감한 단어이기 때문에 그 말들을 혀 위에서 굴리고 또 말하면서. "죽음," 그가 중얼거렸다. "밤, 바다, 공포, 사랑스러움."

조지 윌라드는 공터에서 나와 다시 집들에 면한 인도 위로 올라가 섰다. 그 작은 거리에 있는 모든 사람들이 그의 형제와 자매임이 분명하다고 느꼈으며 그들을 집 밖으로 불러내 악수할 수 있는 용기가 있기를 바랐다. "만약 여기에 여자가 오직 한 명만 있다면 그녀 손을 잡고 지쳐 떨어질 때까지 달려갈 거야." 조지는 생각했다. "그게 내 기분을 더 낫게 하겠지." 마음속에 있던 한 여자에게 생각이 미치자 조지는 거리에서 벗어나 벨 카펜터가 사는 집으로 발길을 돌렸다. 그녀가 자신의 기분을 이해해 줄 수 있다고, 또 그가 오랫동안 성취하고 싶어 했던 어떤 지위를 그녀 앞에서 이룰 수 있다고 생각했다. 과거 벨 카펜터와 함께 있으면서 그녀 입술에 키스했을 때, 그는 자신에 대한 분노로 가득 찬 채 헤어졌던 것이다. 자신이 어떤 애매한 목적에 이용당하는 존재로 느껴져서 그 감정을 즐기지 못했다. 이제 조지는 자신이 이용당하기에는 갑자기 너무 큰 존재가 되었다고 생각했다.

조지가 벨 카펜터의 집에 도착했을 때는 이미 그곳을 방문한 사람이 있었다. 에드 핸드비가 나오라고 소리치면서 벨 카펜터의 집 문으로 와서 그녀와 얘기하려 애를 썼다. 자신과 함께 가자고, 아내가 되어 달라고 부탁하고 싶었지만 벨 카펜터가 문 근처로 와서 서 있을 때 자신감이 사라졌고 시무룩해졌다. "그놈을 멀리해." 조지 윌라드를 떠올리며 으르렁대더니 이어 그 밖에 어떤 말을 해야 할지 몰라 몸을 돌려 떠났다. "둘이 함께 있는 걸 보게 되면 네 뼈와 그놈 뼈도 부숴 버리겠어." 그가 덧붙였다. 바텐더는 구애를 하러 온 것이지 위협하러 온 것이 아니었으므로 그렇게 실패로 끝나자 자기 자신에게 화가 났다.

연인이 가 버리자 벨은 안으로 들어와 서둘러 위층으로 올라갔다. 길을 건너간 후 이웃집 앞의 발판에 앉아 있는 에드 핸드비의 모습이 집 위쪽 창문을 통해 내다보였다. 어둑한 조명 속에서 그는 손에 머리를 파묻은 채 조용히 앉아 있었다. 그녀는 그 모습에 행복했고 조지 윌라드가 현관으로 오자 과장되게 그를 맞이하면서 급히 모자를 썼다. 젊은 조지 윌라드와 함께 거리를 걸어가면 에드 핸드비가 따라올 걸로 생각했으며 그를 고통스럽게 하고 싶었다.

달콤한 밤공기 속에서 벨 카펜터와 젊은 기자는 한 시간 동안 나무 밑을 걸었다. 조지 윌라드는 허세로 가득 차 있었다. 골목의 어둠 속에 있는 동안 그에게 다가왔던 힘에 대한 인지가 그에게 남아 있어서 조지는 으스대며 걷거나 팔을 휘두르면서 대담하게 말했다. 그는 자신의 이전 약점을 깨달았고 그가 변했다는 사실을 벨 카펜터가 알아차리길 원했다. "내가 달라졌다는 걸 알게 될 거야." 손을 주머니에 넣으면서, 또 그녀의 눈을 대담하게 쳐다보면서 조지가 말했다. "왜 그런지는 모르겠지만 아무튼 그래. 넌 나를 남자로 대하거나 아니면 혼자 있게 내버려 둬야 해. 그런 거야."

초승달이 떠 있는 가운데 여자와 소년은 조용한 거리를 거닐었다. 조지가 말을 마쳤을 때 그들은 옆길로 내려가 다리를 건넌 다음 산비탈로 올라가는 길로 접어들었다. 그 언덕은 워터워크 연못에서 시작해 위쪽으로는 와인즈버그의 장터로 이어졌다. 산비탈에는 덤불과 작은 나무들이 무성하게 자라 있었고, 덤불들 사이로 지금은 뻣뻣해지고 얼어붙은 기다란 잔디가 깔린 작은 공터들이 있었다.

여자의 뒤를 따라 산에 올라갈 때 조지 윌라드의 심장이 마구 뛰기 시작하며 어깨가 곧추섰다. 벨 카펜터가 곧 자신에게 항복할 거라고 조지는 갑자기 결론 내렸다. 그는 자기 자신 안에서 스스로 발현된 그 새로운 힘이 여자에게 작용했으며 그녀를 정복하도록 이끌어 줄 것이라고 느꼈다. 그 생각이 조지로 하여금 남자다운 힘을 느끼게 하면서 그를 술에 취한 것 같은 상태에 빠뜨렸다. 비록 함께 걸을 때 벨 카펜터가 자신의 말을 듣지 않는 것처럼 보여 짜증이 났지만 그녀가 그와 함께 이런 장소로 왔다는 사실이 모든 의심을 몰아냈다. '달라졌어. 모든 것들이 달라졌어.' 조지는 이렇게 생각하며 벨의 어깨를 붙잡고 몸을 돌려 자부심으로 빛나는 눈으로 그녀를 쳐다보며 서 있었다.

벨 카펜터는 저항하지 않았다. 조지가 입술에 키스할 때 그에게 강하게 몸을 기대며 조지의 어깨너머로 어두운 곳을 살펴봤다. 그녀의 태도에는 전반적으로 뭔가를 기다리는 분위기가 있었다. 다시, 그 뒷골목에서처럼 조지 윌라드의 마음은 단어들로 가득 찼고, 여자를 더 단단히 안으면서 조용한 밤을 향해 아까 했던 말을 속삭였다. "욕정," 그가 속삭였다. "욕정과 밤과 여자들."

조지는 그날 밤 산비탈에서 자신에게 무슨 일이 일어났는지 이해하지 못했다. 나중에 자기 방으로 돌아왔을 때, 그는 울고 싶어졌고 이어 분노와 증오로 거의 미쳐 버릴 지경이 되었다. 벨 카펜터를 증오했고 평생 계속해서 그녀를 증오하게 될 것임을 확신했다. 산비탈에서 조지는 덤불들 사이의 작은 공터들 중 하나로 여자를 인도했고 그녀 옆에서 무릎을 꿇었다. 노동자들의 집 부근에 있던 공터에서처럼, 자신 안의 새로운 힘에 관한 감사의 표시로 손을 들었고 에드 핸드비가 나타났을 무렵엔 그녀가 말해 주기를 기다리는 중이었다.

바텐더는 소년이 자신의 여자를 뺏으려 한다고 생각했으나 때리고 싶진 않았다. 구타는 불필요함을, 주먹을 쓰지 않고도 그의 목적을 달성할 수 있는 힘이 자신에게 있음을 바텐더는 알았다. 조지의 어깨를 붙잡아 그의 발치로 끌고 온 후, 잔디 위에 앉아 있는 벨 카펜터를 바라보면서 조지를 한 손으로 붙잡았다. 이어 빠르고 큰 팔 동작으로 그 젊은이를 덤불 속으로 내팽개치며 자리에서 일어난 여자에게 겁을 주었다. "너는 못됐어." 그가 거칠게 말했다. "너를 귀찮게 하지 말아야 한다는 생각도 했어. 내가 널 그토록 원하지 않았다면 널 혼자 있게 내버려 뒀을 거야."

덤불 속에 엎드려 있던 조지 윌라드는 눈 앞에 펼쳐진 광경을 쳐다보며 생각하려 애를 썼다. 그는 자신에게 수치를 안긴 남자를 향해 튀어 나갈 준비가 돼 있었다. 두들겨 맞는 편이 이렇듯 치욕스럽게 한쪽으로 내팽개쳐진 것보다 훨씬 낫게 여겨졌다.

젊은 기자는 세 번을 에드 핸드비에게로 뛰쳐나갔지만 그 때마다 바텐더는 그의 어깨를 붙잡아 덤불 속으로 다시 집어 던졌다. 나이가 더 많은 그 남자는 그 행위를 무한정 계속할 준비가 돼 있는 듯 보였지만 조지 윌라드의 머리가 나무뿌리에 부딪히는 바람에 조지는 가만히 누워 있었다. 이어 에드 핸드비가 벨 카펜터의 팔을 잡고는 데리고 가 버렸다.

조지 윌라드는 덤불을 헤치고 돌아가는 남자와 여자의 소리를 들었다. 산비탈을 기어서 내려올 때 마음이 아파 왔다. 그는 자기 자신을 증오했고 이런 수치를 초래한 운명을 증오했다. 골목길에서 홀로 있었던 시간을 떠올리자 당황스러워져서 어둠 속에 멈춰 선 후, 그토록 바로 직전에 그의 심장에 새로운 용기를 부여했던 자신 바깥의 그 소리를 다시 듣길 희망하며 귀를 기울였다. 집으로 가던 중 다시 그 목조 주택 거리로 들어섰을 때 조지는 그 광경을 참을 수 없어 달리기 시작했다. 이제는 그저 불결하고 흔한 것으로만 보이는 그 마을에서 어서 벗어날 수 있기를 희망하면서.

‘이상한 사람’

‘QUEER’

엘머 카울리는 와인즈버그의 ‘카울리 & 선’ 가게 점원이었고, 마치 껍질이 꺼끌꺼끌한 씨앗처럼 가게 뒤편에 박혀 있는, 거친 판자로 만든 상자 모양의 그의 자리에서는 더러워진 창문을 통해《와인즈버그 이글》의 인쇄소가 내다보였다. 엘머는 새 구두끈을 신발에 매고 있던 중이었다. 구두끈이 쉽게 들어가지 않아서 그는 구두를 벗어야 했다. 엘머는 구두를 손에 들고 앉아 양말의 뒤꿈치 쪽에 나 있는 커다란 구멍을 쳐다봤다. 이어 재빨리 눈을 들어 보니 와인즈버그의 유일한 신문기자인 조지 윌라드가 멍한 시선으로《이글》 인쇄소 뒷문에 서 있는 것이 보였다. “이런, 다음엔 또 뭐야!” 손에 구두를 든 젊은이는 이렇게 외치고는 자리에서 벌떡 일어나 조심스레 창가에서 물러났다.

엘머 카울리의 얼굴이 상기됐고 손은 떨려오기 시작했다.

가게 안에서는 한 유대인 외판원이 계산대 옆에 서서 그의 아버지와 얘기하는 중이었다. 저 기자가 지금 벌어지고 있는 대화를 들을 수 있다고 상상하니 분노가 치밀었다. 작업장 한쪽 구석에서 여전히 구두 한 짝을 손에 들고 서 있으면서 그는 판자로 만든 바닥에 양말만 신은 발을 굴려 댔다.

카울리 & 선 가게는 와인즈버그의 중심가에 면해 있지 않았다. 앞문은 모미가 쪽으로 나 있었고 그 위로 보이트의 마차 가게, 그리고 농부의 말들이 휴식을 취하는 헛간이 하나 있었다. 가게 옆 골목이 중심가 상점들의 뒤쪽으로 나 있어, 온종일 물건을 가져오거나 가져가는 짐마차와 배달 마차들이 위아래로 지나다녔다. 그 가게 자체는 이루 말할 수 없을 정도였다. 윌 핸더슨은 한때 그 가게는 모든 것을 팔지만 아무것도 팔지 않는다고 말한 바 있다. 모미가 쪽의 진열장 유리에는 석탄 주문이 들어왔음을 짐작하게 하는 사과 통만큼 큰 한 무더기의 석탄이 있었고 검은 덩어리인 그 석탄 옆으로 갈색으로 변하고 더러워진 채 가게 소유의 나무 틀 안에 담긴 세 개의 개꿀이 놓여 있었다.

그 꿀은 6개월 동안 가게 진열장 유리에 그렇게 있었다. 사람들에게 서비스를 제공하고자 참을성을 발휘하며 기꺼이 그곳에 함께 놓여 있던 옷걸이, 특허 받은 고정용 버튼, 지붕용 페인트 깡통, 류머티즘 치료제가 담긴 병들, 그리고 커피 대체재와 마찬가지로 꿀은 판매를 위한 것이었다.

외판원의 입술에서 열정적으로 후드득 떨어지는 말을 들으며 가게 안에 서 있는 키 크고 홀쭉한 에브니저 카울리는 씻지도 않은 듯했다. 앙상한 그의 목에는 회색 수염으로 일부분이 가려진 커다란 혹이 하나 있었다. 그는 기다란 프록코트를 입었는데 결혼식에서 입기 위해 구매한 코트였다. 상인이 되기 전 에브니저는 농부였고 결혼 후 일요일에 교회에 갈 때, 또 토요일 오후 일을 보기 위해 마을에 올 때 그 프록코트를 입었다. 상인이 되려고 농장을 팔고 난 후에는 항상 그 코트를 입었다. 세월이 흘러 갈색으로 변하고 기름 자국들이 묻었지만 에브니저는 그 코트를 입어야 제대로 차려입었다고, 마을에서의 하루를 시작할 준비가 됐다고 느꼈다.

에브니저는 상인으로서의 삶도, 농부로서의 삶도 행복하지 않았다. 그럼에도 여전히 그는 존재했다. 메이블이란 이름의 딸과 아들로 구성된 그의 가족은 가게 위쪽에 있는 방에서 함께 살았으므로 큰돈이 들지는 않았다. 그의 고민은 돈 문제가 아니었다. 상인으로서 에브니저의 불행은 팔아야 하는 물건을 든 어떤 외판원이 앞문에 왔을 때 그가 이를 두려워했다는 사실에 있었다. 계산대 뒤에서 에브니저는 머리를 흔들며 서 있었다. 그가 두려워했던 건 첫째, 그 물건을 사기를 완강하게 거절해서 이를 다시 팔 수 있는 기회를 놓치는 것이었고, 두 번째는 충분히 고집스럽지 못해 약해지는 바로 그 순간에 팔리지 않을 물건을 사 버리는 것이었다.

《이글》 인쇄소 뒷문에 서서 귀를 기울이고 있음이 분명한 조지 윌라드를 엘머 카울리가 봤던 그날 오전, 가게에서는 그의 분노를 항상 휘저었던 상황이 일어나고 있었다. 외판원이 말을 하고 에브니저는 듣고 있었는데 그의 몸 전체가 반신반의하고 있음을 보여 주고 있었다. "얼마나 빨리 할 수 있는지 한번 보세요." 외판원은 쇠로 만든 작고 납작한 옷깃용 단추 대용품을 팔려고 온 것이었다. 그는 한 손으로 셔츠의 옷깃을 재빨리 풀었다가 다시 조였다. 아첨과 감언으로 꾀는 듯한 말투였다. "제 말 좀 들어 보세요. 옷깃용 단추로 성가시게 고생하는 시절은 끝났고 당신은 그 변화에서 돈을 버는 사람이 될 겁니다. 난 당신에게 이 마을에서의 독점 판매권을 제안하는 거예요. 이 잠금장치 스무 다스를 가져가시면 다른 가게에는 들르지 않을 겁니다. 여긴 당신에게만 맡기겠어요."

외판원은 계산대 위로 몸을 기울여 손가락으로 에브니저의 가슴을 툭툭 쳤다. "이건 기회이고 난 당신이 그 기회를 얻기 바랍니다." 그가 재촉했다. "내 친구 중 하나가 당신에 대해 말하더군요. '카울리라는 사람을 만나 봐.' 친구가 그랬어요. '별난 사람이야.'"

외판원은 잠시 말을 멈추고 기다렸다. 그는 주머니에서 공책을 하나 꺼내더니 주문을 적기 시작했다. 여전히 구두를 손에 쥔 엘머 카울리는 가게 안을 가로질러서 열중해 있는 그 둘을 지나친 다음 앞문 근처의 유리 진열장으로 갔다. 그리고 진열장에서 값싼 리볼버 하나를 꺼내 흔들기 시작했다. "여기서 나가!" 그가 소리쳤다. "우린 어떤 옷깃 잠금 물건도 원하지 않아." 한 생각이 엘머의 머리에 떠올랐다. "명심해, 난 결코 위협하려는 게 아냐." 그가 덧붙였다. "난 쏜다고 말하지 않았어. 그저 살펴보려고 이 총을 꺼냈을 뿐이야. 하지만 넌 나가는 게 좋을 거야. 그래요, 선생님, 그걸 말하려는 겁니다. 물건을 챙겨 나가는 게 좋을 거요."

젊은 가게 주인 목소리는 거의 비명 수준으로까지 올라갔고 그는 계산대 뒤편으로 가서 두 사람이 있는 쪽을 향해 위협적으로 다가갔다. "우린 여기서 바보 취급을 당하고 있어!" 그가 울부짖었다. "팔기 시작할 때까지는 어떤 물건도 사지 않겠어. 우린 계속 이상한 사람으로 있지 않을 거고 사람들이 쳐다보거나 엿듣지도 못하게 하겠어. 그러니 여기서 나가!"

외판원은 떠났다. 계산대 위에 있던 옷깃 단추 샘플들을 검은 가죽 가방에 휩쓸어 담고는 도망쳤다. 그는 작은 체구에 다 다리도 밖으로 심하게 휜 형태여서 도망치는 동작이 어색했다. 검은 가방이 문에 걸리는 바람에 외판원이 비틀거리다 넘어졌다. "미쳤군, 저 자식—미쳤어!" 인도에서 몸을 일으켜 급히 달아나던 외판원이 더듬거리며 말했다.

가게 안의 엘머 카울리와 그의 부친은 서로를 빤히 쳐다봤다. 분노의 직접적인 대상이 도망치고 나자 젊은이는 머쓱해졌다. "내가 말한 대로예요. 우린 아주 오랫동안 이상한 사람들이었어요." 진열장으로 가서 리볼버를 원래 자리에 놓으며 그가 말했다. 그리고 한 상자에 앉아 손에 들고 있던 구두에 끈을 당겨 죄었다. 그는 아버지로부터 자신을 이해해 주는 말이 나오기를 기다렸지만 아버지가 했던 말은 아들의 분노를 일깨우기만 할 뿐이어서 젊은이는 대꾸도 하지 않고 가게 밖으로 달려나갔다. 때 묻은 긴 손가락으로 회색 수염을 긁으며, 상인은 그가 외판원을 만났을 때 보였던 것과 똑같은 흔들리고 불확실한 시선으로 아들을 바라보았다. "나는 풀에 먹여질 거야." 그가 부드럽게 말했다. "음, 음, 난 씻기고, 다림질되고, 풀에 먹여질 거야!"

엘머 카울리는 와인즈버그 외곽으로 나가 철길과 평행하게 나 있는 시골길을 따라 걸었다. 어디로 가려는 건지, 무엇을 하려는 건지 그는 알지 못했다. 급격하게 오른쪽으로 방향을 틀면서 철길 아래 깊이 움푹 팬 한 피신처에서 걸음을 멈추자 가게에서 그가 폭발을 일으킨 원인이었던 열정이 되살아나기 시작해 엘머는 이렇게 말했다. "난 이상하게 되지 않을 거야—남들이 쳐다보고 엿듣는 그런 사람 말이야." 그가 큰 소리로 말했다. "난 다른 사람들과 같아질 거야. 그걸 조지 윌라드에게 보여 주겠어. 그는 이 사실을 알게 될 거야. 내가 보여 주겠어!"

제정신이 아닌 젊은이는 길 한가운데에 서서 시선을 돌려 마을을 노려봤다. 그는 기자인 조지 윌라드를 알지 못했고 마을 소식을 수집하며 사람들이 모인 곳을 돌아다니는 그 키 큰 소년에 대해 어떤 특별한 감정도 없었다. 그 기자는 그저 그의 사무실과 《와인즈버그 이글》 인쇄소에 있음으로 인해 젊은 상인의 마음에 무엇인가를 상징하게 됐을 뿐이었다. 엘머는 카울리 & 선 가게 앞을 계속해서 지나다니고 또 거리에서 사람들과 말하는 조지가 자신을 염두에 두고 있으며 아마도 비웃을 거라고 생각했다. 그가 느끼기에 조지 윌라드는 마을에 속한 일원으로, 마을의 상징이자 그 자신을 통해 마을의 분위기를 대변했다. 엘머 카울리는 조지 윌라드 역시 불행한 날들을 보내고 있으며 자신이 느꼈던 모호한 갈증과 이름 붙일 수 없는 비밀스러운 욕구 또한 갖고 있음을 믿을 수 없었다. 그가 사람들의 여론을 대표하고 와인즈버그의 여론은 카울리 사람들을 이상하다고 비난하지 않았던가? 휘파람을 불고 웃으면서 중심가를 걷지 않았던가? 어떤 사람을 타격함으로써 더 거대한 적에게도, 즉 미소 지으며 자기 멋대로 생각하는, 그 와인즈버그의 비난에도 타격을 줄 순 없을 것인가?

엘머 카울리는 보통 이상으로 키가 컸고 팔은 길고 힘이 셌다. 그의 머리카락과 눈썹, 그리고 턱에서 막 자라기 시작한 솜털 같은 수염은 창백하다 못해 거의 하얬다. 치아는 입술 사이로 튀어나왔고 파란 눈은 와인즈버그 소년들이 주머니에 넣고 다니던, '유리구슬'이라 불렸던 대리석의 색깔처럼 창백한 푸른 빛이었다. 엘머는 1년 동안 와인즈버그에서 살았지만 친구는 아무도 사귀지 않았다. 그는 자신이 친구 없이 인생을 살도록 선고받았다고 느꼈고 이런 생각을 증오했다.

시무룩해진 키 큰 젊은이는 바지 주머니에 손을 넣은 채 길을 따라 터벅터벅 걸었다. 으스스한 바람이 불어와 추운 날씨였으나 곧 햇살이 빛났고 길은 부드러워져 진흙투성이가 됐다. 길을 형성했던 얼어붙은 진흙의 솟아오른 윗부분이 녹는 바람에 진흙이 엘머의 구두에 들러붙었다. 발이 차가워졌다. 몇 마일을 걷고 난 후 엘머는 길에서 벗어나 한 들판을 가로질러 숲으로 들어갔다. 숲에서 그는 나뭇가지들을 모아 불을 지폈고 그 불에 몸과 마음 모두 비참해진 자신을 따뜻하게 녹이려 애쓰며 앉아 있었다.

두 시간 동안 불 옆에서 통나무 위에 앉아 있던 엘머는 몸을 일으켜 덤불 속을 조심스럽게 통과한 다음, 울타리로 가서 낮은 건물들에 둘러싸여 있는 들판 너머의 한 작은 농가를 바라봤다. 작은 미소가 입가에 떠올랐고 그는 한 들판에서 옥수수껍질을 벗기고 있던 어떤 남자를 향해 긴 팔을 움직여 신호를 보냈다.

비참했던 그 순간에 젊은 상인은 어린 시절 내내 살았던 농장으로, 자기 자신을 설명해줄 수 있다고 느꼈던 또 다른 사람이 살고 있는 그 농장으로 돌아왔던 것이다. 농장에 있던 남자는 무크라는 이름의 멍청한 노인이었다. 그는 한때 에브니저에게 고용되어 농장이 팔릴 때까지도 계속 있었다. 노인은 농가 뒤쪽의 페인트도 칠해지지 않은 오두막에 살았고 온종일 밭에서 빈둥거렸다.

멍청이인 무크는 행복하게 살았다. 아이 같은 순진한 믿음으로 그는 오두막에서 함께 살았던 동물들의 지적 능력을 믿었으며 외로울 때면 소와 돼지, 심지어 마당에서 돌아다니던 닭들과도 오랫동안 대화했다. '세탁된다'라는 표현을 그의 이전 주인에게 알게 해준 것도 바로 그였다. 그 무엇이 무크를 흥분시키거나 놀라게 한다 해도 무크는 모호하게 미소 지으며 이렇게 중얼거렸다. "난 씻겨지고 다림질될 거야. 음, 음, 난 씻기고, 다림질되고, 풀에 먹여질 거야!"

멍청한 노인이 옥수수껍질 벗기기를 그만두고 엘머 카울리를 만나러 숲으로 왔을 때, 젊은이의 갑작스러운 출현에도 그는 놀라거나 특별히 관심을 두지 않았다. 그의 발 역시 차가워져서 온기에 감사해하며 불 옆의 통나무 위에 앉았지만 엘머가 말해야 하는 바에는 분명 무관심해 보였다.

엘머는 위아래로 서성대거나 팔을 흔들어 대는 아주 자유로운 분위기 속에서 진지하게 말했다. "제게 무슨 문제가 있는지 이해하지 못할 테니 당연히 신경도 안 쓰겠죠." 그가 말했다. "하지만 저로선 달라요. 지금까지 제가 항상 어떤 처지였는지 한번 봐요. 아버지는 이상하고 어머니도 그랬었죠. 심지어 어머니가 입었던 옷도 다른 사람들의 옷과 같지 않았어요. 게다가 제대로 차려입었다고 생각하며 아버지가 마을에서 일을 볼 때 입는 코트까지. 왜 아버지는 새 옷을 사지 않는 거죠? 돈이 많이 들진 않을 텐데. 제가 이유를 말씀드리죠. 아버지는 모르고 있고 어머니께서 살아 계실 때 어머니 역시 몰랐죠. 메이블은 달라요. 그 애는 알지만 아무것도 말하려 하지 않아요. 하지만 난 말하겠어요. 더 이상 남들이 쳐다보지 못하게 할 거예요. 왜 쳐다보는지 알려 주죠, 무크. 아버지는 마을의 당신 가게가 그저 이상한 물건들이 뒤섞여 있는 곳이라는 걸 몰라요. 그리고 당신이 사는 물건을 결코 팔지 못할 거라는 사실도. 아버지는 그것에 대해 아무것도 몰라요. 가끔 장사가 안 된다고 조금 걱정하다가 뭔가를 사러 가죠. 저녁이면 위층으로 올라가 불가 옆에 앉아 있으면서 조만간 장사가 될 거라고 말해요. 아버지는 걱정 안 해요. 아버지는 이상해요. 걱정할 정도로 그렇게 잘 알질 못해요."

흥분한 젊은이는 더 흥분하기 시작했다. "아버지는 모르지만 난 알아요." 말도 없고 반응도 없는 멍청한 노인의 얼굴을 내려다보려고 걸음을 멈추며 그가 외쳤다. "너무 잘 알아요. 난 그걸 참을 수가 없어요. 우리가 여기에 살 때는 달랐죠. 난 일을 했고 밤이면 침대로 가서 잤어요. 지금의 나처럼 항상 사람을 보거나 생각하진 않았죠. 마을에서는 저녁이면 우체국에 가거나 기차가 들어오는지 보려고 역으로 가지만 누구도 나한테 말을 걸지 않아요. 사람들은 서서 웃고 말하지만 내게는 아무 말도 안 해요. 그럼 난 내가 아주 이상하게 느껴져서 나 역시 말하지 않아요. 난 가 버리죠. 난 아무 말도 하지 않아요. 말할 수가 없어요."

젊은이의 분노는 통제 불능으로 치달았다. "난 참지 않을 거예요." 고개를 들어 앙상한 나뭇가지들을 쳐다보며 그가 소리쳤다. "그저 참고만 있진 않겠어요."

불 옆 통나무에 앉아 있는 남자의 둔한 얼굴에 화가 치민 엘머는 와인즈버그 마을로 향하는 도로 주변을 노려봤던 것처럼 몸을 돌려 노인의 얼굴을 쏘아 봤다. "아저씨 일이나 계속해요." 그가 소리쳤다. "아저씨한테 얘기해 봤자 무슨 소용이 있죠?" 한 생각이 머리를 스치자 엘머의 목소리가 낮아졌다. "나 역시 겁쟁이인가요, 네?" 그가 중얼거렸다. "내가 왜 모든 일을 제쳐두고 여기로 걸어온 줄 알아요? 누군가에게 이 말을 해야만 했고 아저씨는 내가 얘기할 수 있는 유일한 사람이죠. 그러니까 또 다른 이상한 사람을 찾았던 거예요. 난 도망쳤어요, 그게 내가 했던 일이죠. 조지 윌라드 같은 사람들에게 맞설 수가 없었어요. 그래서 아저씨한테 와야만 했죠. 난 그에게 말해야 하고 또 그럴 겁니다."

또다시 목소리가 고함치듯 높아졌고 팔은 허공을 날아다녔다. "그자에게 말할 거예요. 난 이상해지지 않을 거예요. 그들이 뭐라고 생각하든 신경 안 써요. 난 참지 않을 거예요."

불 앞의 통나무에 앉아 있는 멍청한 노인을 남겨 둔 채 엘머 카울리는 숲에서 뛰어나갔다. 곧 노인은 자리에서 일어나 울타리를 넘어 그가 일하고 있던 옥수수밭으로 돌아갔다. "난 씻기고, 다림질되고, 풀에 먹여질 거야." 그가 말했다. "음, 음, 난 씻기고, 다림질될 거야." 무크의 관심이 살아났다. 그는 들판에서 짚더미를 야금야금 먹고 있는 두 마리의 소를 향해 길을 따라 걸었다. "엘머가 다녀갔어." 그가 소에게 말했다. "엘머는 미쳤어. 그러니 엘머가 볼 수 없는 짚더미 뒤로 숨는 편이 좋을걸. 그래도 그 애는 누군가를 다치게 할 거야, 엘머는 그렇게 할 거야."

그날 밤 8시, 엘머 카울리는 조지 윌라드가 앉아서 글을 쓰고 있던 《와인즈버그 이글》 사무실의 앞문 안쪽으로 고개를 내밀었다. 모자는 눈까지 당겨져 내려와 있었고 얼굴에는 뚱하면서도 단호한 표정이 떠올랐다. "나와 함께 밖으로 나가지." 안으로 걸어 들어와 문을 닫으며 그가 말했다. 혹시 누군가 들어오려 하면 저항할 준비라도 하듯이 문고리에서 손을 놓지 않았다. "그냥 밖으로 나가면 돼. 할 말이 있어."

조지 윌라드와 엘머 카울리는 와인즈버그의 중심가를 통과해 걸었다. 밤은 차가웠고 조지 윌라드는 새 코트를 입고 있어 매우 말쑥하고 또 잘 차려입은 듯 보였다. 조지는 코트 주머니에 손을 집어 넣은 채 호기심 어린 눈빛으로 동료를 쳐다봤다. 조지는 오랫동안 그 젊은 상인과 친구가 되기를, 또 그가 무슨 생각을 하는지 알 수 있기를 원했던 터였다. 이제 그 기회가 왔다고 생각해 기뻤다. '이 친구가 왜 왔을까? 아마 신문에 날 만한 기삿거리를 갖고 있다고 생각할 수도 있지. 화재는 아닐 거야. 화재 경종을 듣지도 못했고 달려가는 사람들도 없었으니까.' 그는 이렇게 생각했다.

추운 11월의 밤에 와인즈버그 중심가에는 사람들이 거의 보이지 않았고 있는 사람들마저 어떤 가게 뒤편에 있는 스토브에 도착하는 일에 열심이어서 발걸음을 서두를 뿐이었다. 가게들 문에는 성에가 끼었고 닥터 웰링의 사무실로 이어지는 계단 입구에 걸린 양철로 된 간판은 불어오는 바람에 덜거덕거렸다. 헤른이 운영하는 식료품점 앞에는 사과가 담긴 바구니와 새 빗자루로 가득 찬 선반이 인도 쪽에 놓여 있었다. 엘머 카울리는 걸음을 멈추고 조지 윌라드를 향해 섰다. 그는 말을 하려고 노력했고 손을 위아래로 흔들기 시작했다. 얼굴에서는 경련이 일었다. 그는 곧 소리칠 것처럼 보였다. "오, 넌 돌아가." 엘머가 외쳤다. "여기에 나와 함께 있지 마. 너한테 말해 줄 게 아무것도 없어. 널 전혀 보고 싶지 않아."

자신이 이상한 사람이 아니라고 말하려 했던 결심이 실패로 끝나 버려 극도로 분노한 젊은 상인은 세 시간 동안 낙담한 채 와인즈버그의 주택가를 배회했다. 비참한 패배감이 그를 에워싸서 울고 싶었다. 아무 말도 못하고 식식거렸던 그 오후의 헛된 시간들과 젊은 기자 앞에서의 실패가 있고 난 뒤, 엘머는 자기 자신의 미래에 관한 어떤 희망도 찾을 수 없다고 생각했다.

이어 새로운 생각이 점차 떠오르기 시작했다. 그를 둘러싼 어둠 속에서 한 가닥 빛이 보이기 시작했다. 장사가 되기를 1년 넘게 헛되이 기다려 온, 이제는 어두워진 카울리 & 선 가게로 가서 엘머는 몰래 안으로 기어들어 간 후 뒤쪽에 놓인 스토브 옆의 통을 더듬었다. 통 안의 대팻밥 밑에 가게의 현금이 담긴 양철 상자가 있었다. 매일 저녁 에브니저 카울리는 가게 문을 닫을 때 그 상자를 통 속에 집어넣은 다음 위층으로 올라갔다. "그런 평범한 곳을 떠올릴 사람은 아무도 없어." 강도들을 염두에 두면서 에브니저는 혼잣말로 중얼거렸다.

농장을 팔고 남은 현금으로 아마도 4백 달러가 보관된 작은 통에서 엘머는 10달러짜리 지폐 두 장, 즉 20달러를 꺼냈다. 이어 대팻밥 아래에 상자를 다시 놓아 두고는 조용히 앞문으로 빠져나와 거리를 다시 걸어갔다.

그의 모든 불행을 끝장낼 수 있을지도 모른다고 생각했던 그 아이디어는 매우 단순했다. "여기서 나갈 거야, 집에서 도망치겠어." 엘머가 중얼거렸다. 그는 자정에 와인즈버그를 통과해 새벽이면 클리블랜드에 도착하는 지방 화물 열차가 있음을 알고 있었다. 그 열차를 몰래 타고 가서 클리블랜드에 도착하면 엘머는 군중들 속에서 자기 자신을 잃게 될 것이다. 아마 어떤 가게에서 일자리를 얻고 다른 일꾼들과 친구가 될 것이며 평범한 사람이 될 것이다. 그럼 말할 수 있고 웃을 수 있을 것이다. 더 이상 이상하지 않을 것이며 친구도 사귈 수 있을 것이다. 다른 사람들에게도 그렇듯, 그에게 있어 인생은 따뜻해지고 의미가 있게 될 것이다.

어색한 표정의 그 키 큰 젊은이는 거리를 성큼성큼 걷는 와중에, 자신이 화가 나 있었고 조지 윌라드에게 반쯤 겁을 먹었다는 사실을 떠올리곤 스스로를 비웃었다. 그는 마을을 떠나기 전에 그 젊은 기자에게 말해 주기로, 즉 어쩌면 자신에게 도전하는, 또 자신을 통해 와인즈버그의 모든 사람들에게 도전하는 것들에 대해 말해 주기로 결심했다.

새로운 자신감에 불타오르면서 엘머는 뉴 윌라드 하우스의 사무실로 가서 문을 두드렸다. 한 소년이 졸음에 겨운 눈으로 사무실의 간이침대에서 자던 중이었다. 소년은 아무 보수도 받지 못했지만 호텔에서 끼니를 해결했으며 '야간 직원'이라는 직무에 자부심을 갖고 있었다. 그 소년 앞에서 엘머는 대담했고 또 완강했다. "그자를 깨워." 엘머가 명령조로 말했다. "차고 옆으로 내려오라고 말해. 그를 만난 다음에 지방 열차를 타고 떠나야 해. 옷을 갈아입고 내려오라고 전해. 난 시간이 별로 없어."

자정에 떠나는 지방 열차는 와인즈버그에서의 용무를 끝마쳤고 열차 직원들은 차량을 연결하고 랜턴을 흔들면서 계속해서 동쪽으로 갈 채비를 했다. 눈을 비비며 다시 그 새 코트를 입은 조지 윌라드는 호기심에 가득 차 기차역 승강장으로 뛰어 내려왔다. "내가 왔어. 뭘 원해? 나한테 뭔가 할 말이 있는 거지? 응?" 조지가 말했다.

엘머는 설명하려 애썼다. 그는 혀로 입술을 적시며 이제 으르렁거리며 움직이기 시작한 기차를 쳐다봤다. "어, 너도 알겠지만." 말을 시작했지만 혀가 통제되지 않았다. "난 씻기고, 다림질될 거야. 난 씻기고, 다림질되고, 풀에 먹여질 거야." 그는 거의 말도 안 되는 소리를 중얼거렸다.

어둠 속 기차역 승강장에서 으르렁대는 기차 옆에 서 있던 엘머 카울리는 분노로 몸부림쳤다. 그의 눈앞에서 빛들이 허공을 뛰어다니며 일렁거렸다. 그는 주머니에서 10달러짜리 지폐 두 장을 꺼내 조지 윌라드의 손에 찔러 넣었다. "가져가." 그가 외쳤다. "난 그 돈을 원하지 않아. 아버님께 갖다 드려. 훔쳐 온 돈이야." 격노에 차 으르렁거리면서 엘머는 몸을 돌려 긴 팔을 허공에서 후려쳤다. 붙잡혀 있는 손에서 풀려나려고 몸부림치는 사람처럼, 엘머는 주먹을 휘둘러 조지 윌라드의 가슴과 목, 그리고 입을 몇 번이고 가격했다. 젊은 기자는 엄청난 타격으로 기절하면서 반쯤 의식을 잃은 채 승강장 위에서 뒹굴었다. 지나가고 있는 기차로 뛰어올라 차량의 지붕 위로 달려간 엘머는 무개화차로 뛰어 내려간 다음, 어둠 속에 쓰러져 있는 사람을 보려고 엎드린 자세로 뒤를 쳐다봤다. 자부심이 내면에서 솟구쳤다. "그에게 보여 줬어." 그가 외쳤다. "그에게 보여 준 거야. 난 그렇게 이상하지 않아. 내가 그렇게 이상한 사람이 아니란 걸 보여 줬어."

말하지 못한 거짓말

THE UNTOLD LIE

레이 피어슨과 핼 윈터스는 와인즈버그 북쪽으로 3마일 떨어져 있던 한 농장의 일꾼이었다. 토요일 오후가 되면 둘은 시골의 다른 일꾼들과 함께 마을로 와서 거리를 배회했다.

약 쉰 살의 레이는 과묵하고 다소 예민한 성격으로 갈색 수염을 길렀고 너무 많고 너무 고된 일로 둥글어진 어깨를 지니고 있었다. 성격상으로 핼 윈터스와 그렇게 대조적일 수가 없었다.

매우 진지한 남자였던 레이에게는 날카로워 보이는 외모에 목소리 역시 날카로운 아내가 있었다. 둘 사이에는 가느다란 다리를 가진 여섯 명의 아이들이 있었고 이들은 레이가 일했던 웰스 농장 뒤쪽 끝에 있는 작은 시내 옆의 금방이라도 무너질 듯한 목조 주택에서 살았다.

동료인 핼 윈터스는 젊은 친구였다. 와인즈버그 사람들 사이에서 큰 존경을 받았던 네드 윈터스 가문 사람이 아니라, 6마일 떨어진 유니온빌에서 제재소를 운영했고 와인즈버그의 모든 사람들로부터 고질적인 타락한 늙은이로 간주됐던 윈드피터 윈터스란 사람의 세 아들 중 한 명이었다.

와인즈버그가 위치했던 북부 오하이오의 사람들에게 늙은 윈드피터는 그의 특이하고 비극적인 죽음으로 기억될 것이다. 어느 날 저녁, 마을에서 술에 취했던 그는 철길을 따라 유니온빌의 집으로 마차를 몰았다. 그 길가에서 살았던 정육점 주인 헨리 브래튼버그는 마을의 한 가장자리에서 그를 멈춰 세워서 하행 기차와 충돌할 게 뻔하다며 말렸지만 윈드피터는 채찍으로 그를 후려치고는 계속 마차를 몰았다. 기차가 마차와 충돌해 그와 두 마리의 말이 죽었을 때 근처 길에서 마차를 몰아 집으로 가고 있던 한 농부와 그의 아내가 사고를 목격했다. 그들의 말에 따르면 늙은 윈드피터는 마차의 자기 자리에서 일어서서는 달려오는 기차를 향해 고래고래 소리 지르며 욕을 해댔고, 끊임없는 채찍질에 광포해진 말들이 틀림없는 죽음을 향해 앞으로 직진할 때 기쁨에 겨워 큰 괴성을 냈다고 한다. 조지 윌라드와 세스 리치먼드 같은 젊은이들은 그 사건을 매우 생생하게 기억할 터인데, 왜냐하면 비록 마을의 모든 사람들이 그 노인은 바로 지옥으로 갔을 것이며 그가 없어져 마을이 더 나아졌다고 말하긴 했어도, 젊은이들은 윈드피터가 자신이 어떤 짓을 하고 있는지 알고 있었다는 비밀스러운 확신이 있었고 따라서 그의 바보 같은 용기에 감탄했기 때문이다. 대부분의 소년들에게는 식료품점 점원이 되어 따분한 인생을 지속하기보다 영광스럽게 죽을 수 있기를 바라는 시절이 있다.

하지만 이 이야기는 윈드피터 윈터스에 관한 이야기도, 윌스 농장에서 레이 피어슨과 함께 일했던 그의 아들 핼에 관한 이야기도 아니다. 이는 레이에 관한 이야기다. 하지만 젊은 친구인 핼에 대해 약간 언급하는 것이 레이의 이야기를 잘 이해하는 데 필요할 것이다.

핼은 불량 청년이었다. 모두가 그렇게 말했다. 윈터스 집안에는 존, 핼, 에드워드, 이렇게 세 아들이 있었는데 늙은 윈드피터처럼 모두 떡 벌어진 어깨에 체구가 컸으며, 하나같이 싸움꾼에다 여자 꽁무니나 쫓아다녔던, 전반적으로 모든 면에서 불량했던 청년들이었다.

핼은 그중에서도 제일 불량했고 항상 어떤 말썽에 관여돼 있었다. 한때 그는 아버지의 제재소에서 판자 한 무더기를 훔쳐 와인즈버그에서 팔아먹었다. 받은 돈으로는 야단스러운 싸구려 옷 한 벌을 샀다. 핼은 술에 취했고 아버지가 그를 찾으려고 소리 지르며 마을에 왔을 때, 둘은 중심가에서 주먹다짐을 벌였고 이에 체포되어 함께 교도소에 갇혔다.

핼이 윌스 농장에서 일하게 된 건 그의 마음에 들었던 한 시골 학교 선생이 그쪽으로 가는 방향에 살았기 때문이었다. 그는 당시 겨우 스물두 살에 불과했지만 이미 와인즈버그에서 '여자 문제'로 얘기가 돌았던 두세 가지 사건에 연루돼 있었다. 햅이 학교 선생에게 빠져 있다는 얘기를 접한 모든 사람들은 결국엔 끝이 좋지 않을 거라 확신했다. 마을에서는 이런 말들이 돌았다. "다들 알겠지만, 그저 그 여자를 임신시키기만 할걸."

그렇게 이 두 남자, 레이와 햅은 늦은 10월의 어느 날 밭에서 일하고 있었다. 그들은 옥수수 껍질을 벗겼고 이따금 뭔가에 관해 얘기하거나 웃어 댔다. 이어 침묵이 찾아왔다. 더 예민하고 항상 조심하는 편인 레이는 손이 부르터서 상처가 났다. 그는 그 손들을 코트 주머니에 넣은 채 밭을 가로질러 둘러봤다. 레이는 슬프고 산만한 분위기였고 전원의 아름다움에 취해 있었다. 만약 당신이 가을의 와인즈버그 전원에 대해 안다면, 또 그 낮은 언덕들이 어떻게 노랗고 붉게 울긋불긋 물드는지 안다면 아마 그의 감정을 이해할 것이다. 레이는 시간에 대해 생각하기 시작했다. 아버지와 함께 살던 아주 오래전 젊은이였던 시절을, 와인즈버그에서 제빵사로 일했던 시절을, 그리고 견과류를 모으거나 토끼를 사냥하거나 그저 빈둥거리거나 혹은 파이프 담배를 피우려고 숲을 돌아다녔던 그런 날들이 어떠했는지를. 그렇게 방랑하던 시절의 어느 날에 그는 결혼을 하게 됐다. 레이는 아버지 가게에서 일하던 한 소녀에게 같이 있자고 꾀었고 어떤 일이 일어났다. 그는 그날 오후에 대해, 그리고 이에 항변하고픈 기분이 들었을 때 그 일이 자신의 전체 인생에 어떻게 영향을 끼쳤는지 생각하는 중이었다. 레이는 햅의 존재는 잊어버리고 혼잣말로 중얼거렸다.

"신에게 속았어, 그게 나였어, 인생에 속고 웃음거리가 된 거야." 낮은 목소리로 그가 말했다.

레이의 생각을 이해하기라도 한 것처럼 핼 윈터스가 입을 열었다. "어, 그래 그만한 가치가 있었나요? 그건 어땠죠, 네? 결혼과 그 밖에 모든 것들이 어땠어요?" 그는 이렇게 묻고는 웃음을 터뜨렸다. 핼은 계속 웃고자 했지만 그 역시 진지해졌다. 핼이 진지하게 말했다. "남자는 결혼해야만 하나요?" 그가 물었다. "일생 동안 말처럼 마구에 채워져 달려야만 하는 거예요?"

핼은 대답을 기다리는 대신 자리에서 벌떡 일어나 옥수수 노적가리 사이를 왔다 갔다 하기 시작했다. 그는 점점 더 흥분에 휩싸였다. 그러고는 갑자기 허리를 숙이더니 노란 옥수수의 이삭 하나를 주워 울타리를 향해 내던졌다. "넬 건서를 임신시켰어요." 그가 말했다. "아저씨한테는 말해 주지만 비밀로 해줘요."

레이 피어슨은 자리에서 일어나 핼을 물끄러미 쳐다봤다. 그는 핼에 비해 거의 1피트가량 작았고 그래서 젊은이가 다가와 그의 두 손을 노인의 어깨에 올려놓자 하나의 그림이 되었다. 조용히 열을 지어 늘어선 옥수수 노적거리들과 붉고 노란 언덕들을 뒤로한 채 그들은 그렇게 텅 빈 넓은 들판에 서 있었고, 이제 그들은 그저 두 명의 무관심한 일꾼에서 서로에게 아주 생생히 살아 있는 존재로 변했다. 핼이 이를 감지하고는 그럴 때 늘 그랬듯 웃어 댔다. "이봐요, 나이 든 아버지." 그가 어색하게 말했다. "자, 조언을 해달라고요. 난 넬을 임신시켰어요. 아마 아저씨 자신도 똑같은 곤경에 처했던 적이 있었을걸요. 모든 사람이 옳은 일을 하라고 말할 거라는 건 나도 알지만, 아저씨는 뭐라고 말해 줄 거죠? 결혼해서 정착할까요? 늙은 말처럼 녹초가 되도록 나 자신에게 마구를 채울까요? 아저씨는 나를 알잖아요. 아무도 나를 깨뜨릴 순 없지만 난 나 자신을 깨뜨릴 수 있어요. 그렇게 할까요, 아니면 넬에게 꺼져 버리라고 말할까요? 자, 어서요, 말해 줘요. 아저씨가 뭐라고 하든 그렇게 할게요."

레이는 대답할 수 없었다. 그는 핼의 손을 뿌리치고 방향을 돌려 헛간이 있는 쪽으로 곧장 걸어갔다. 그는 감성적인 사람이어서 눈에 눈물이 고였다. 늙은 윈드피터 윈터스의 아들인 핼 윈터스에게 할 말은 오직 하나뿐임을, 그 자신이 배운 교육과 그가 알고 있던 사람들의 모든 믿음이 승인할 대답은 오직 하나뿐임을 레이는 알고 있었지만, 그의 인생 때문에 자신이 말해야 한다고 알고 있는 그것을 그는 말할 수 없었다.

그날 오후 4시 30분쯤, 아내가 시냇가의 길을 따라 올라와 그를 불렀을 때 레이는 헛간 주변을 어슬렁거리고 있었다. 핼과의 대화 이후 레이는 옥수수밭으로 돌아가지 않고 헛간에서 일했다. 이미 저녁에 해야 할 허드렛일을 다 끝낸 그의 눈에, 옷을 차려입고 마을에서 떠들썩한 밤을 보낼 준비를 하며 농가에서 나와 길로 들어서는 핼이 보였다. 땅을 쳐다보며 생각에 잠긴 채 레이는 그의 집으로 이어진 길을 아내 뒤를 따라 터덜터덜 걸어갔다. 그는 무엇이 잘못됐는지 이해할 수 없었다. 눈을 들어 황혼이 지는 시골의 아름다움을 볼 때마다, 레이는 전에는 결코 해보지 못했던 뭔가를, 그러니까 고함치거나, 비명을 지르거나, 주먹으로 아내를 때리거나, 혹은 이와 비슷한 예상치 않은 깜짝 놀랄 만한 뭔가를 하고 싶었다. 머리를 긁으며 길을 따라 걷는 동안 그는 이해하려고 노력했다. 아내의 등을 노려봤지만 아내는 아무 문제도 없는 듯 보였다.

아내가 남편에게 바랐던 건 오직 식료품을 사러 마을로 가는 것이었으며 이에 관한 얘기를 꺼내자마자 아내는 그를 나무랐다. "당신은 언제나 꾸물거려요." 아내가 말했다. "이제 좀 부지런을 떨어 봐요. 집에 저녁거리가 아무것도 없으니 마을로 갔다가 빨리 돌아와야 해요."

레이는 집으로 가서 문 뒤편 고리에 걸려 있던 오버코트를 손에 들었다. 오버코트의 주머니 주변은 찢어졌고 깃에선 윤이 났다. 아내는 침실로 가서 곧 한 손엔 때 묻은 천을, 또 한 손에는 1달러짜리 은화 세 개를 들고 나왔다. 집 어딘가에서 한 아이가 몹시 우는 소리가 났고 스토브 옆에서 잠자던 개는 일어나 하품을 해댔다. 다시 아내가 그를 나무랐다. "아이들이 울고 또 울 거예요. 당신은 왜 항상 꾸물대죠?" 아내가 물었다.

집에서 나온 레이는 울타리를 넘어 밭으로 들어섰다. 막 어두워지고 있었고 레이 앞에 펼쳐진 광경은 아름다웠다. 낮은 언덕들 모두 울긋불긋하게 물들었으며 심지어 울타리 구석진 곳에 작게 무리를 이루고 있는 덤불들까지 생기 있고 아름다웠다. 옥수수밭에서 그와 핼이 서로의 눈을 쳐다보며 서 있을 때 둘이 갑자기 생기를 띠었던 것처럼, 세상 전체가 마치 뭔가로 생기 있게 변한 듯 여겨졌다.

그날 가을 저녁, 와인즈버그 주변 시골의 아름다움은 레이에게 너무 벅찰 정도였다. 그게 다였다. 그는 참을 수가 없었다. 갑자기 그는 자신이 조용한 늙은 일꾼임을 잊어버리고 찢어진 오버코트를 벗어 던지고는 밭을 가로질러 뛰기 시작했다. 뛰면서 레이는 자신의 인생에 대해, 모든 인생에 대해, 인생을 추하게 만드는 그 모든 것들에 대해 항의의 외침을 내질렀다. "내가 했던 약속은 아무것도 없어." 앞에 놓인 텅 빈 공간을 향해 그가 외쳤다. "난 미니에게 어떤 약속도 안 했고 핼은 넬에게 그 어떤 약속도 안 했어. 핼이 그랬다는 걸 난 알아. 넬은 스스로 원했기 때문에 핼과 함께 숲으로 갔던 거야. 핼이 원했던 걸 그녀도 원했어. 왜 내가 대가를 지불해야 하지? 왜 핼이 대가를 지불해야 하지? 왜 누군가 대가를 지불해야 해? 난 핼이 늙어 녹초가 되는 걸 원치 않아. 핼에게 말해야겠어. 그렇게 되도록 내버려 두지 않겠어. 핼이 마을에 도착하기 전에 따라잡아서 말해 줘야겠어."

어색한 동작으로 달리던 레이가 비틀거리다 쓰러졌다. "반드시 핼을 따라잡아 말해 줘야 해." 이렇게 계속 생각하면서 비록 숨이 턱까지 차올랐지만 쉬지 않고 더 열심히 달리고 또 달렸다. 달려가는 동안 그는 수년간 떠올리지 못했던 것들을,

즉 결혼하던 당시 자신이 어떻게 숙부의 집이 있는 서쪽의 오리건주 포틀랜드로 가려고 계획했는지, 농부가 되고 싶었던 것이 아니라 서부를 떠나 바다로 가서 선원이 되든지 아니면 목장에서 일자리를 얻어 소리치고 웃고 그의 거친 외침으로 사람들을 깨우며 서부의 마을들로 말을 타고 달려가고 싶어 했는지를 생각했다. 이어 아이들에게 생각이 미치자 아이들의 손이 자신을 움켜잡고 있다는 상상에 빠졌다. 자신에 관한 모든 생각이 핼에 대한 생각으로 연결되어 레이는 아이들이 그 젊은이 역시 움켜잡으려 한다는 생각이 들었다. "핼, 그 애들은 인생에서 일어난 사고야." 그가 외쳤다. "그 애들은 나의 것이 아니고 너의 것도 아냐. 난 그 애들과 아무 상관도 없어."

레이가 계속해서 달리는 동안 들판 위로 어둠이 퍼지기 시작했다. 그의 입김이 작은 흐느낌으로 변했다. 길 가장자리 울타리에 도착했을 때, 그리고 한껏 차려입은 채 파이프 담배를 피우며 쾌활하게 걷고 있는 핼 윈터스와 맞닥뜨렸을 때, 레이는 그가 생각했던 것이나 원했던 바를 말할 수 없었다.

레이 피어슨은 겁이 났고 이것이 정말 그에게 일어났던 이야기의 끝이다. 그가 울타리에 다다라 양손을 나무막대 위에 걸쳐 놓고 쳐다보며 서 있을 때는 거의 어두워졌을 무렵이었다. 핼 윈터스는 도랑을 뛰어넘은 뒤 손을 주머니에 넣고 미소 지으며 레이에게 가까이 다가왔다. 그는 옥수수밭에서 있었던 자신의 느낌을 잊어버린 듯했으며, 튼튼한 손을 들어 올려

레이가 입고 있던 윗옷의 깃을 붙잡고는 나쁜 짓을 한 개를 흔들기라도 하듯 노인을 흔들어 댔다.

"나에게 해줄 말이 있어 왔군요, 그렇죠?" 그가 말했다. "뭐, 내게 어떤 말을 해야 할지 신경 쓰지 마세요. 난 겁쟁이가 아니고 이미 마음을 정했어요." 그는 다시 웃고는 도랑을 뛰어 건너 돌아갔다. "넬은 바보가 아니에요." 그가 말했다. "자기와 결혼해 달라고 요구하지 않았어요. 난 그녀와 결혼하고 싶어요. 정착하고 싶고 아이들을 갖고 싶어요."

레이 피어슨도 웃었다. 그는 자기 자신과 모든 세상 사람들을 비웃고 싶어졌다.

와인즈버그로 가는 길 위의 황혼 속으로 핼 윈터스의 형체가 사라질 때, 레이는 몸을 돌려 찢어진 오버코트를 남겨 두고 온 곳을 향해 밭을 가로질러 천천히 되돌아 걸어갔다. 걸어가는 동안 그 시냇가 옆 다 쓰러져 가는 집에서 가느다란 다리의 아이들과 함께 보냈던 즐거운 저녁에 관한 기억이 레이의 마음속에 떠올랐음이 틀림없는데, 이는 그가 이렇게 중얼거렸기 때문이다. "오히려 다행이지. 내가 핼에게 무엇을 말했든 그건 거짓말이었을 거야." 부드럽게 그가 말했고 이어 그의 형체 역시 밭의 어둠 속으로 사라졌다.

음주

DRINK

아직 어렸던 시절, 톰 포스터는 신시내티에서 와인즈버그로 와 새로운 인상을 많이 받았다. 그의 할머니는 마을 근처의 한 농장에서 자라다가 어린 소녀일 때 와인즈버그의 학교로 진학했는데 당시 와인즈버그는 트러니언 파이크의 한 잡화점을 중심으로 약 열둘에서 열다섯 가구가 모여 있던 촌락이었다.

변경의 정착지를 떠난 이래 그녀가 살아왔던 인생은 어떠했으며 또 보잘것없는 늙은이였지만 그녀는 얼마나 강하고 또 능력 있었던가! 그녀는 정비공이었던 남편이 죽기 전까지 그와 함께 떠돌며 캔자스, 캐나다, 뉴욕시에서 살았다. 나중에는 함께 살고자 딸에게로 갔는데, 역시 정비공과 결혼했던 그 딸은 신시내티에서 내려오는 강 건너편의 켄터키 커빙턴에서 살았다.

이어 톰 포스터의 할머니였던 그녀에게 시련의 시간이 시작됐다. 먼저 사위가 파업 도중 경찰에 의해 사망했고 이어 딸 역시 병에 걸려 사망했다. 할머니에게는 저축해 둔 약간의 돈이 있었지만 딸의 치료와 두 번의 장례식을 치르는 데 다 써 버리고 말았다. 그녀는 거의 힘 빠진 나이 든 여성 노동자 신세가 되어 신시내티의 한 옆길에 위치한 중고 상점 위층에서 손자와 함께 살았다. 5년 동안 사무실 건물의 바닥을 청소했고 이어 한 레스토랑에서는 접시 닦는 일을 일했다. 그녀의 손은 모두 뒤틀려 제 형태가 아니었다. 대걸레나 빗자루를 쥘 때면 손은 마치 나무에 붙어 올라가는 오래된 덩굴의 마른 줄기 같았다.

할머니는 기회가 생기자마자 와인즈버그로 돌아왔다. 일을 마치고 집으로 돌아오던 어느 저녁, 37달러가 들어 있는 지갑을 주웠고, 그 지갑이 길을 열어 줬다. 소년에게 그 여행은 큰 모험이었다. 할머니가 늙은 손에 지갑을 단단히 쥐고 귀가한 시간은 7시가 넘어서였는데 거의 말도 하지 못할 만큼 흥분해 있었다. 만약 오전까지 머물면 돈의 주인이 자신들을 알아낼 게 뻔해 문제가 될 수 있으니 그날 밤에 신시내티를 떠나야 한다고 할머니는 주장했다. 당시 열여섯 살이던 톰은 갖고 있던 것들을 낡은 담요에 꾸려 등에 짊어지고 할머니와 함께 기차역으로 터벅터벅 걸어갔다. 할머니는 톰 옆에서 걸으면서 어서 가자고 재촉했다. 할머니의 이빨 빠진 입이 신경질적으로 실룩거렸고, 피곤해진 톰이 거리 교차로에서 짐을 내려놓고 싶어 하자 할머니는 짐 꾸러미를 홱 낚아챘는데 만약 톰이 말리지 않았다면 그것을 자신의 등에 매었을 것이다. 기차에 올라타고 기차가 도시를 벗어났을 때 할머니는 소녀처럼 기뻐했고 손자가 이전엔 그녀의 얘기를 한 번도 들어 본 적이 없기에 이에 대해 말하기 시작했다.

밤새 내내 덜커덕거리며 기차가 달리는 동안 할머니는 톰에게 와인즈버그에 관해, 또 밭에서 일하고 그곳의 숲에서 야생 동물을 사냥하면서 그가 자신의 인생을 어떻게 즐기게 될지에 대해 말했다. 그녀는 50년 전의 그 자그만 마을이 자신이 없는 동안 번화한 곳으로 성장했음을 믿지 못해, 아침에 기차가 와인즈버그에 도착하자 내리고 싶어 하지 않았다. “여긴 내가 생각했던 곳이 아니구나. 네가 여기서 지내는 게 힘들 수도 있겠어.” 그녀는 이렇게 말했고 이어 기차가 자기 갈 길로 떠나 버리자 둘은 와인즈버그의 수화물 담당자인 앨버트 롱워스 앞에서 어디로 가야 할지 혼란스러워하며 서 있었다.

하지만 톰 포스터는 정말 문제 없이 잘 지냈다. 그는 어디에서든 잘 지낼 수 있는 사람이었다. 은행가의 아내인 화이트 부인이 부엌 일꾼으로 할머니를 고용했고 톰은 벽돌로 지은 은행가의 새 마구간에서 마구간지기 자리를 얻었다.

와인즈버그에서는 일꾼을 고용하기가 힘들었다. 집안일을 도와줄 사람을 찾는 여자들은 ‘가정부’를 고용했는데 이들은 가족과 함께 식탁에 앉아 있기를 주장했다. 화이트 부인은 가정부들에게 진력이 난 상태여서 도시에서 온 그 늙은 여자를 고용할 기회가 오자 이를 놓치지 않았다. 화이트 부인은 마구간 위층에 톰이 거주할 방도 마련해 줬다. "그 애는 잔디를 깎을 수 있고 말들을 돌보지 않아도 될 때는 심부름을 할 수도 있어요." 화이트 부인은 남편에게 이렇게 설명했다.

톰 포스터는 나이에 비해 체구가 작았고 큰 머리에는 뻣뻣한 검은 머리카락이 곧게 자라 있었다. 머리카락으로 인해 큰 머리가 두드러져 보였다. 목소리는 지극히 부드러웠고 또 사람 자체가 그토록 점잖고 조용했기에 어떤 시선도 끌지 않고 마을의 일상에 스며들었다.

톰이 어디에서 그런 점잖은 성품을 얻게 됐는지 궁금할 수밖에 없었다. 신시내티에서 그는 불량 청소년 일당이 거리를 약탈하는 곳에서 살았으며 인격 형성기 내내 그런 불량 청소년들과 어울려 다녔다. 잠시 전신 회사에서 심부름꾼으로 일한 적이 있어 매춘을 하는 집들이 흩어져 있는 동네에다 소식을 전해 주기도 했다. 그 집에 살던 여자들은 톰을 알고 또 좋아했으며 불량 청소년들 역시 그를 좋아했다.

톰은 결코 자기 자신을 주장하지 않았다. 그것이 그를 탈출할 수 있게 도왔던 한 가지였다. 그는 기묘한 방식으로 인생이라는 벽의 그림자 속에 서 있었는데, 그런 그림자 속에 서 있도록 정해진 운명이었다. 냉정하면서 이상하리만치 아무런 영향도 받지 않은 채로, 톰은 욕정의 집에 사는 남자와 여자들을 봤고, 그들의 가벼우면서도 지독한 정사를 알아챘고,

불량 청소년들이 싸우는 모습을 봤고, 그들의 절도와 음주에 관한 얘기들을 들었다.

한번은 톰이 도둑질을 한 적이 있었다. 여전히 그 도시에 살던 때였다. 당시 할머니는 아팠고 자신은 실직 상태였다. 집에 먹을 것이 아무것도 없었기에 그는 옆길의 마구를 파는 가게로 들어가 돈을 넣어 두는 서랍에서 1달러 75센트를 훔쳤다.

마구 가게 주인은 긴 콧수염을 길렀던 노인이었다. 도사리고 있는 톰을 보긴 했지만 도둑질을 하리라곤 생각도 못 했다. 노인이 한 마부와 얘기하려고 거리로 나왔을 때 톰은 돈을 넣어 두는 서랍을 열어 돈을 갖고 밖으로 걸어 나왔다. 나중에 톰은 붙잡혔고 할머니가 한 달 동안 일주일에 두 번 가게 청소를 해주는 것으로 문제를 해결했다. 소년은 부끄러워했지만 다소 기쁘기도 했다. "부끄러워하는 것도 괜찮아요, 새로운 것들을 이해할 수 있으니까." 그는 할머니에게 이렇게 말했는데 할머니는 톰이 무슨 말을 하는지 몰랐지만 손자를 그토록 사랑했으므로 자신이 이해했는지 못했는지는 문제 되지 않았다.

1년 동안 톰 포스터는 은행가의 마구간에서 살았지만 이후 그 일자리를 잃었다. 톰은 말들을 잘 돌보지 않았고 은행가의 아내를 끊임없이 짜증 나게 했다. 잔디를 깎으라고 하면 이를 잊어버렸다. 가게나 우체국에 보내면 돌아오진 않고 남자들과 소년들의 무리에 끼어 그냥 서 있거나, 듣거나, 혹은 가끔 누가 말을 걸어오면 몇 마디 대꾸도 해가면서 그날 오후 전체를 그들과 함께 보냈다. 도시의 매춘을 하는 집들에서, 또 밤에 거리를 쏘다니는 난폭한 아이들과 함께할 때도 그랬듯이 그는 와인즈버그 사람들 사이에서 자신 주변의 삶의 일부가 될 수 있는 동시에 한편으론 그 삶들에서 명백히 떨어져 있을 수 있는 힘을 항상 갖고 있었다.

은행가 집의 일자리를 잃은 후 비록 저녁이면 자주 할머니가 그를 찾아오곤 했지만 할머니와 함께 살진 않았다. 톰은 나이 든 루퍼스 위팅 소유의 작은 목조 건물 뒤편에 있는 방을 하나 빌렸다. 그 건물은 중심가에서 약간 떨어져 있는 듀에인가에 있었으며 수년간 루퍼스 위팅이 운영하는 법률사무소로 쓰였는데, 그 노인은 일을 수행하기엔 자신이 너무 허약해지고 건망증이 심해졌음에도 그러한 결함을 깨닫지 못했다. 그는 톰을 좋아해서 한 달에 1달러를 받고 방을 빌려줬다. 변호사가 집으로 돌아간 어느 늦은 오후면 톰은 온전히 그곳을 차지하고 스토브 옆 바닥에 몇 시간 동안 누워 이런저런 생각에 잠겼다. 저녁이면 할머니가 와서 변호사 의자에 앉아 파이프 담배를 피웠고 톰은 사람들이 있는 곳에서는 항상 그랬듯 말없이 잠자코 있었다.

할머니는 자주 대단한 열정으로 수다를 떨었다. 가끔은 은행가의 집에서 있었던 일들에 대해 화를 내며 몇 시간 동안 힐난을 해댔다. 할머니는 직접 번 돈으로 대걸레를 사서 정기적으로 변호사 사무실을 청소했다. 그렇게 점 하나 없이 깨끗해지고 청결한 냄새가 나면 사기 파이프에 불을 붙여 톰과 함께 담배를 피웠다. "네가 죽을 준비가 되면 나 역시 죽을 거다." 그녀가 앉은 의자 옆 바닥에 누워 있는 소년에게 할머니는 이렇게 말했다.

톰 포스터는 와인즈버그에서의 삶을 즐겼다. 그는 부엌용 난로에 쓸 장작을 팬다든가 집들 앞에 있는 잔디를 깎는 등 잡다한 일들을 했다. 5월 말이나 6월 초에는 밭에서 딸기를 땄다. 그에게는 빈둥거릴 시간이 있어서 그 시간을 즐겼다. 은행가 화이트 씨가 톰에게는 너무 큰 헌 외투를 줬지만 할머니가 이를 줄여 줬고 역시 은행가 집에서 모피로 안감을 댄 오버코트도 얻었다. 모피가 군데군데 해어지긴 했지만 그 코트는 따뜻했고 그래서 톰은 그것을 입고 잠을 자기도 했다. 톰은 그렇게 지내는 자신의 방식이 충분히 좋다고 생각해 행복해했으며 또 와인즈버그에서 그에게 펼쳐졌던 삶의 방식에 만족해했다.

가장 터무니없는 작은 것들이 톰 포스터를 기쁘게 했다. 내 생각으론 그것이 사람들이 그를 사랑했던 이유였다. 금요일 오후가 되면 사람들은 헤른의 식료품점에서 토요일에 밀어닥칠 업무에 대비하며 커피를 볶았고 그럼 강한 향기가 중심가에 낮게 퍼져 갔다. 톰은 그곳에 나타나 가게 뒤편 자리에 앉았다. 한 시간 동안 톰은 움직이지 않은 채 그를 거의 행복에 취하게 만들었던 커피의 강한 향으로 자신의 존재를 채우며 꼼짝도 않고 앉아 있었다. "그 향기가 좋아요." 톰은 부드럽게 말했다. "저 멀리 떨어져 있는 것들을 떠올리게 하거든요. 장소나 물건 같은 것들 말이에요."

어느 날 밤 톰은 술에 취했다. 꽤 별난 방식으로 말이다. 그는 이전엔 결코 취한 적이 없었고 실제로 일생 동안 취하게 하는 그 어떤 음료수도 마신 적이 없었으나 그때 딱 한 번 술에 취할 필요가 있다고 느꼈으며 그래서 마을에서 나가 그렇게 했다.

신시내티에서 살았던 그때, 톰은 많은 것들에 대해, 즉 추함과 범죄와 욕정에 대해 알게 됐다. 진정 그는 와인즈버그의 누구보다 이런 것들에 대해 더 많이 알고 있었다. 특히 섹스 같은 문제는 그에게 아주 끔찍한 방식으로 나타나서 이는 그의 마음에 깊은 인상을 남겼다. 추운 밤 그 불결한 집들 앞에 서 있던 여자들에게서 뭔가를 본 후, 또 그 여자들에게 말을 걸려고 멈춰 선 남자들의 눈에서 드러난 표정을 보고 난 후, 그는 섹스를 자신의 인생에서 완전히 격리하기로 했다. 한 번은 사창가의 한 여자가 그를 유혹해서 톰은 여자와 함께 방으로 들어갔다. 톰은 그 방의 냄새도 그 여자의 눈에 떠올랐던 탐욕스러운 표정도 결코 잊지 않았다. 그것은 톰을 역겹게 했고 그의 영혼에 매우 끔찍스러운 방식으로 흉터를 남겼다. 이전에는 여자를 할머니만큼이나 매우 순수한 존재로 생각했으나 그 방에서의 경험 이후엔 마음에서 여자를 지워 버렸다. 톰의 천성이 너무나 부드러웠기에 어떤 것도 증오할 수 없었고 이해할 수 없는 것들은 잊기로 결심했다.

그리고 와인즈버그로 오기 전까지는 정말 잊고 지냈다. 와인즈버그에서 약 2년을 살고 난 후, 그의 내면에서 뭔가가 꿈틀거리기 시작했다. 톰은 도처에서 젊은이들이 연애하는 모습을 보았으며 그 자신 역시 젊은이였다. 무슨 일이 일어났는지 알아채기 전에 그도 사랑에 빠졌다. 톰은 자신에게 일자리를 주었던 은행가의 딸인 헬렌 화이트와 사랑에 빠져서 밤이면 그녀를 생각하고 있는 자신을 발견했다.

그것은 톰에게 문젯거리였고 그는 이를 자신의 방식으로 해결했다. 헬렌 화이트의 형체가 마음속에 떠오를 때면 그녀에 대해 생각하도록 내버려 두면서 오직 자신의 사고방식에만 신경을 썼다. 톰은 자신의 욕망들을 그것들이 속해 있어야 한다고 생각하는 곳에 가두기 위한 조용하면서도 단호한 그만의 작은 싸움을 벌였으며, 전체적으로 그의 승리로 끝났다.

그러던 어느 날, 톰이 술에 취했던 봄밤이 찾아왔다. 톰은 그날 밤 기분이 매우 좋았다. 그는 마치 정신을 흥분시키는 잡초라도 뜯어 먹은 숲속의 순수하고 젊은 수사슴 같았다. 그 일은 하룻밤에 시작됐고, 진행되어 갔고, 또 끝났는데, 톰이 터뜨린 음주 사건 때문에 와인즈버그에서 더 나빠진 사람은 아무도 없다는 점을 확신해도 좋을 것이다.

우선 그날은 섬세한 사람을 술 취하게 할 만한 밤이었다. 마을 주택가를 따라 늘어선 모든 나무들이 부드럽고 푸른 잎으로 새롭게 갈아입었고, 집 뒤편 정원에서는 사람들이 채소밭 주변에서 빈둥거렸으며, 공기 중에서는 침묵이, 즉 사람의 피를 끓게 하는 뭔가를 기대케 하는 고요함이 떠돌았다.

밤이 서서히 모습을 드러내기 시작할 때 톰 역시 듀에인에 있는 그의 방에서 나왔다. 우선 말로 표현하려고 애썼던 생각들을 떠올리면서 부드럽고 조용히 길을 따라 걸었다. 톰은 헬렌 화이트는 공기 중에서 춤추는 불꽃이라고, 자신은 나뭇잎도 없이 하늘을 배경으로 선명히 서 있는 작은 나무라고 말했다. 이어 그는 그녀가 바람, 즉 폭풍 치는 바다의 어두운 곳에서 나타난 강하고 엄청난 바람이며, 자신은 어부가 해안가에 내버려 두고 간 보트라고 말했다.

이런 발상이 소년을 기쁘게 해서 톰은 이를 생각하며 느긋이 거리를 걸어갔다. 그는 중심가로 가서 왝커 담배 가게 앞 도로 경계석 위에 앉았다. 사람들의 대화를 들으며 한 시간 동안 서성거렸지만 그 대화들은 그의 관심을 많이 끌지 못해 자리를 떠났다. 이어 술에 취하기로 결심하고 윌리의 술집에 들어가 위스키 한 병을 샀다. 술병을 주머니에 넣고는 더 많은 생각을 하고 위스키를 마시고자 혼자 있고 싶어 마을에서 걸어 나왔다.

마을에서 약 1마일 떨어진 도로 옆 풀들이 새로 난 둑 위에 앉아 톰은 술을 마시고 취했다. 앞에는 하얀 도로가, 등 뒤로는 꽃이 만발한 사과 과수원이 있었다. 그는 술병째로 술을 마시고는 잔디 위에 누웠다. 그리고 와인즈버그에서의 아침을, 또 은행가 집의 자갈 덮인 진입로의 돌들이 어떻게 이슬에 젖어 아침 햇살에 반짝였는지 생각했다. 비가 내리는 바람에 빗방울이 두드리는 소리를 듣고 말과 건초의 따뜻한 냄새를 맡으며 잠에서 깬 채로 누워 있던 마구간에서의 밤을 생각했다. 이어 며칠 전 으르렁대며 와인즈버그를 통과했던 폭풍을 생각하다가 시간을 되돌려, 할머니와 함께 신시내티에서 나올 때 할머니와 기차에서 보냈던 그 밤을 다시 떠올렸다. 조용히 기차에 앉아 기차를 밤 속으로 내던지는 엔진의 힘을 느끼는 것이 그에게는 얼마나 낯설게 여겨졌는지 선명히 기억났다.

톰은 아주 짧은 시간에 술에 취했다. 생각들이 떠오를 때마다 계속 병째로 술을 마시다가 머리가 어지러워져 자리에서 일어나 와인즈버그로부터 이어져 나온 도로를 따라 걸었다. 와인즈버그에서 뻗어 나와 이리호 북쪽으로 이어지는 도로에 다리 하나가 있었는데 술에 취한 소년은 그 다리를 향해 길을 따라서 걸어갔다. 그리고 그곳에 자리를 잡았다. 다시 술을 마시려 했지만 병에서 코르크를 벗겨 냈을 때 속이 불편해져서 마개를 재빨리 도로 닫았다. 머리가 앞뒤로 흔들거려 톰은 돌로 지어진 진입로에 앉아서 한숨을 내쉬었다. 머리는 바람개비처럼 빨리 움직이다가 허공 속으로 튀어나갈 듯했고 팔과 다리는 속수무책으로 바닥에 털썩 쓰러졌다.

톰이 마을로 돌아온 것은 11시쯤이었다. 헤매고 돌아다니는 그를 조지 윌라드가 발견해 《이글》 인쇄소로 데려갔다. 이어 술에 취한 그가 바닥을 엉망으로 만들지 않을까 두려워진 조지는 톰을 골목으로 부축해 갔다.

그 기자는 톰 포스터 때문에 혼란스러웠다. 술에 취한 소년은 헬렌 화이트에 대해 말하면서 해변에서 그녀와 함께 있었으며 그 소녀와 사랑을 나눴다고 말했다. 저녁에 아버지와 함께 길을 걷던 헬렌을 이미 봤던 터였기에 조지는 톰이 제정신이 아니라고 결론 내렸다. 마음속에 잠복해 있던 헬렌 화이트에 대한 감정이 솟구쳐서 조지는 매우 화가 났다. "그만해요." 조지가 말했다 "이런 대화에 헬렌 화이트의 이름이 들먹여지게 하진 않겠어요. 그렇게 내버려 두지 않을 겁니다." 알아듣게 하려고 애쓰면서 조지가 톰의 어깨를 흔들기 시작했다. "그만둬요." 조지가 다시 말했다.

그렇게 기묘하게 함께 남겨진 두 젊은이는 세 시간 동안 인쇄소에 머물렀다. 톰이 다소 회복되어 조지는 그를 데리고 산책에 나섰다. 그들은 외곽으로 가서 숲 가장자리의 한 통나무 위에 앉았다. 고용한 밤의 뭔가가 둘을 가깝게 하여 술 취한 소년의 머리가 맑아지기 시작하자 둘은 대화를 나눴다.

"술 취하는 것도 좋은 일이더군요." 톰 포스터가 말했다. "내게 뭔가를 가르쳐 줬어요. 다시는 그렇게 하지 않을 겁니다. 이후에는 더 맑은 정신으로 생각할 거예요. 그게 어떤 건지 알게 될 겁니다."

조지 윌라드는 알 수 없었지만 헬렌 화이트에 대한 분노는 사그라졌으며, 이전에 누구에게도 결코 경험한 적 없는 종류의 끌림을 창백하고 겁먹은 톰에게서 느꼈다. 조지는 엄마와 같은 마음으로 톰에게 자리에서 일어나 걷자고 말했다. 그들은 다시 인쇄소로 돌아와 어둠 속에 조용히 앉았다.

톰 포스터의 마음속에서 해결된 그의 행동의 목적을 조지는 이해할 수 없었다. 톰이 헬렌 화이트에 대해 다시 말했을 때 조지는 다시 화가 나서 나무라기 시작했다. "그만해요." 조지가 날카롭게 말했다. "당신은 그녀와 같이 있지 않았어요. 왜 그렇게 말하는 거죠? 왜 계속 그런 말을 해요? 이제 그만둬요, 듣고 있어요?"

톰은 상처받았다. 그는 언쟁을 벌일 수 없는 사람이었기에 조지 윌라드와 말다툼을 할 수 없었고, 이에 나가려고 자리에서 일어섰다. 조지 윌라드가 계속 나무라자 톰은 더 나이가 많은 소년의 팔에 자신의 손을 뻗어 올려놓고는 설명하려 애썼다.

"어," 그가 부드럽게 말했다. "어떻게 된 건지 나도 몰라요. 난 행복했어요. 어떤 기분인지 아실 겁니다. 헬렌 화이트는 나를 행복하게 했고 어젯밤 역시 그랬어요. 난 고통받고 싶었어요, 어쨌든 상처를 받고 싶었어요. 그게 내가 해야 할 일이라고 생각했죠. 난 고통받고 싶었고, 아시다시피, 그 이유는 모두가 고통받고 나쁜 짓을 하기 때문이에요. 해야 할 많은 일들을 생각했지만 효과는 없었죠. 그것들은 모두 누군가에게 상처를 줬으니까요."

톰 포스터의 목소리가 높아졌고, 평생 처음으로 그는 거의 흥분 상태에 다다랐다. "그건 사랑을 나누는 것과 같았고 그게 내가 의미하는 거예요." 그가 설명했다. "그게 어떤 건지 몰라요? 내가 했던 걸 하는 건 내게 상처를 주고 모든 걸 이상하게 만들었어요. 그게 내가 그렇게 했던 이유예요. 나 역시 기뻐요. 그것이 뭔가를 가르쳐 줬어요, 그거예요. 그게 내가 원했던 거예요. 이해하지 못하겠어요? 어, 난 뭔가를 배우고 싶었어요. 그게 내가 그랬던 이유예요."

죽음

DEATH

닥터 리피의 사무실은 헤프너 구역 '파리스 직물 회사' 가게 위층에 위치했고 사무실로 이어지는 계단 조명은 침침했다. 계단 초입엔 버팀목으로 고정한 더러운 굴뚝과 함께 램프가 달려 있었다. 양철 재질의 램프 반사경은 녹슬어 갈색인데다 먼지로 가득했다. 사람들은 이전에 지나갔던 많은 이들의 발자국을 따라 계단을 올라갔다. 계단에 설치된 부드러운 판자는 지나갔던 사람들의 무게 탓에 휘어졌으며 깊게 움푹 꺼진 자국이 남아 있었다.

계단 맨 위에서 오른쪽으로 방향을 틀면 의사가 있는 사무실 문으로 이어졌다. 왼쪽으로는 쓰레기로 가득 찬 어두운 복도가 있었다. 낡은 의자들, 목수가 만든 말, 발판 사다리, 그리고 빈 상자들이 누군가에게 걷어차이기를 기다리며 어둠 속에 놓여 있었다. 그 쓰레기 더미들은 파리스 직물 회사의 소유였다. 가게의 판매대나 선반들이 쓸모없어지면 점원이 그것들을 계단 위로 들고 올라가 더미에 던져 넣었던 것이다.

닥터 리피의 사무실은 헛간만큼이나 컸다. 살찐 배처럼 둥글게 생긴 스토브는 방 한가운데에 놓였다. 스토브 밑부분 주변으로는 못으로 바닥에 고정된 육중한 널빤지 안에 톱밥 더미가 자리를 잡았다. 문 근처엔 한때 헤릭 옷 가게에 있던 가구 중 일부로, 주문 제작한 옷들을 전시하는 데 사용됐던 커다란 탁자가 있었다. 탁자 위는 책, 병, 외과 수술 도구 등이 차지했다. 탁자 가장자리 부근에선 닥터 리피의 친구이자 묘목 업자인 존 스패니어드가 사무실에 들를 때마다 주머니에서 꺼내 놓고 간 서너 개의 사과들을 볼 수 있었다.

중년인 닥터 리피는 키가 크고 동작이 어색했다. 나중에 길렀던 회색 턱수염은 아직 보이지 않았으나 윗입술에선 갈색 콧수염이 자라고 있었다. 나이가 더 들었을 때의 우아한 모습은 아니었으며 손과 발동작을 처리하는 문제에 신경을 아주 많이 썼다.

결혼 후 많은 해가 지나고 아들인 조지 윌라드가 열둘 혹은 열네 살이던 여름날 오후, 엘리자베스 윌라드는 가끔 닥터 리피 사무실에 이르는 낡은 계단을 걸어 올라갔다. 타고난 큰 키가 이미 처지기 시작해서 힘겹게 몸을 끌고 올라갔다. 표면상으로는 건강 문제 때문에 의사를 보러 갔지만, 의사를 만나러 갔을 때 그중 대여섯 번의 방문은 주로 건강에 관련된 것이 아니었음이 드러났다. 엘리자베스와 의사는 건강에 관해서도 얘기했지만 대부분은 그녀의 인생, 그 둘의 인생, 그리고 그들이 와인즈버그에서 삶을 꾸려 가는 동안 떠올랐던 생각들에 관해 얘기했다.

비어 있는 커다란 사무실에서 그 남자와 여자는 서로를 바라보며 앉았는데 둘은 상당히 비슷했다. 비록 눈의 색이 다르고 코의 길이가 다르고 또 처했던 환경이 다른 것처럼 그들의 육체는 달랐지만, 그들 내면의 뭔가는 동일한 것을 의미했고, 동일한 해방을 원했고, 그들을 바라봤던 이들의 기억에 동일한 인상을 남겼을 것이다. 나중에 나이가 들어 젊은 아내와 결혼했을 때, 의사는 아팠던 여자와 보냈던 시간에 대해 자주 들려줬으며 엘리자베스에게는 말할 수 없었던 많은 것들에 관해서도 얘기했다. 노년에 그는 거의 시인이나 다름없었는데 발생했던 일에 관한 그의 견해는 시적인 분위기를 풍겼다. "이제 내 인생에서 기도가 필요하게 된 시점에 이르렀고 그래서 나는 신들을 발명해 그들에게 기도했지." 그가 말했다. "난 기도를 말로 하지 않았고 무릎을 꿇지도 않았지만 내 의자에 완전히 꼼짝도 하지 않고 앉아 있었어. 덥고 조용한 중심가의 늦은 오후나 우울한 겨울날들에 신들이 사무실로 왔고 난 그 신들을 아는 사람은 아무도 없다고 생각했지. 그때 이 엘리자베스라는 여자는 알고 있음을, 그녀 역시 같은 신들을 숭배하고 있음을 발견했어. 그녀가 사무실로 온 것은 그 신들이 거기에 있다고 생각했기 때문이었겠지만, 그럼에도 자신이 혼자가 아님을 알게 돼서 기뻤을 것이라는 게 내 견해야.

비록 그런 일은 모든 종류의 장소에서 남자와 여자들에게 항상 일어난다고 생각되지만, 설명할 수 없는 경험이었어."

어느 여름날 오후 엘리자베스와 의사가 사무실에 앉아 있었을 때 둘은 그들의 인생에 대해, 또 다른 이들의 인생에 관해서도 얘기했다. 가끔 의사는 철학적인 경구를 곁들였다. 재미있어하며 빙그레 웃기도 했다. 이따금 침묵의 시간이 지난 뒤, 말하는 사람의 인생을 기묘하게 비추었던 단어가 나오거나 암시가 주어졌고, 욕망 혹은 꿈으로 변했다가 거의 죽어버리고 만 소망이 갑자기 확 타오르며 살아나기도 했다. 대부분의 말들은 여자에게서 나왔고 그녀는 남자를 쳐다보지 않은 채 그 말들을 했다.

의사를 보러 올 때마다 호텔 주인의 아내는 좀더 자유롭게 말했으며 그와 함께 한두 시간을 보내고 나면 지루한 그녀의 일상이 다시금 새로워지고 강해짐을 느끼며 계단을 내려와 중심가로 돌아왔다. 그녀는 소녀 시절 때의 동작과 비슷하게 몸을 흔들며 걸어갔지만, 방 창가에 있는 의자로 돌아가고 어둠이 내려와 호텔 식당에서 일하는 여자아이가 저녁식사를 쟁반에 담아다 가져다주었을 때 그 음식이 식도록 그냥 내버려 두었다. 모험에 대한 열정적인 갈망과 함께 그녀의 생각은 소녀 시절로 마구 내달렸고, 그녀에게 모험이 가능하던 것이었을 때 그녀를 안았던 남자들의 팔을 기억했다. 특히 잠시 그녀의 연인이었고 열정에 사로잡혀 같은 말을 미친 듯 반복하며 그녀를 향해 수없이 이렇게 외쳤던 한 남자를 기억했다. "오, 당신! 오, 당신! 오, 사랑스러운 당신!" 그 말들은, 그녀가 생각하기에, 자신이 인생에서 성취하고 싶어 했던 뭔가를 표현했다.

허름하고 낡은 호텔에 있는 자기 방에서 호텔 주인의 아픈 아내는 손에 얼굴을 파묻고 앞뒤로 흔들며 울기 시작했다. 하나뿐인 그녀의 친구 닥터 리피의 말이 귓가에 울렸다. "사랑이란 칠흑처럼 어두운 밤에 나무 밑의 잔디를 흔드는 바람과 같은 것이오." 그는 말했었다. "사랑을 분명한 것으로 만들려 해서는 안 돼요. 그것은 인생의 숭고한 사건이오. 만약 분명한 것으로 만들고 확신하려고 든다면, 또 부드러운 밤바람이 불어오는 나무 밑에서 살려고 한다면, 실망이라는 길고 뜨거운 날이 재빨리 찾아올 것이고 지나가는 마차에서 날려온 모래 먼지들이 키스로 흥분되고 부드러워진 입술 위로 모여들 거요."

엘리자베스 윌라드는 자신이 고작 다섯 살이었을 때 사망한 어머니를 기억할 수 없었다. 소녀 시절에는 상상할 수 있는 가장 무계획적인 삶을 살았다. 아버지는 혼자 있기를 원했던 사람이었으나 호텔 일들이 그를 혼자 있게 내버려 두지 않았다. 아버지 역시 아픈 삶을 살다가 죽었다. 매일 아버지는 명랑한 얼굴로 일어났지만 아침 10시쯤이면 그 모든 기쁨은 그의 심장에서 사라졌다. 손님이 호텔 식당 가격에 대해 불평하거나 침구를 정돈하는 여직원들 중 한 명이 결혼하여 떠나 버리면 바닥을 발로 쿵쿵대며 욕을 해댔다. 밤에 침대로 자러 갈 때, 호텔로 들어오고 나가는 사람들의 물결 속에서 성장하는 그의 딸을 생각하며 슬픔에 빠졌다. 소녀가 성장해 밤이면 남자들과 밖으로 나가기 시작하자 딸에게 말을 하고 싶었으나 그 시도는 성공적이지 못했다. 그는 항상 말하고 싶었던 것을 잊어버렸고 자기 일에 대해 불평하며 시간을 보냈다.

소녀 시절과 좀더 성숙했던 젊은 시절, 엘리자베스는 인생의 진정한 모험가가 되고자 노력했다. 이는 열여덟 살이 되었을 때 가장 심해져 그녀는 더 이상 처녀가 아니었다. 하지만 비록 톰 윌라드와 결혼하기 전에 여섯 명의 애인이 있긴 했어도, 욕망에 의해서만 촉발된 모험으로는 결코 들어가지 않았다. 세상의 모든 여자들처럼 그녀는 진정한 연인을 원했다. 맹목적이고 열정적으로 그녀가 추구했던 뭔가가, 숨겨진 인생의 그 어떤 경이로움이 항상 존재했다. 남자들과 함께 나무 밑을 걸을 때 몸을 흔들며 성큼성큼 걸었던 키 크고 아름다운 소녀는 어둠을 향해 끊임없이 손을 뻗으면서 다른 어떤 손을 찾고자 했다. 함께 모험했던 남자들의 입술에서 쏟아지는 단어의 홍수 속에서 그녀를 위한 진정한 말은 무엇일지 찾으려 했다.

엘리자베스는 아버지 호텔의 직원이었던 톰 윌라드와 결혼했는데, 이는 그가 가까이에 있었고 또 결혼해야겠다는 결심이 그녀에게 섰을 때 그가 결혼을 원했기 때문이다. 대부분의 젊은 여자들과 마찬가지로 한동안은 결혼이 인생의 얼굴을 바꿔 줄 거라고 그녀는 생각했다. 혹시 톰과의 결혼이 초래할 결과에 의심이 생길라치면 이를 무시했다. 당시 부친은 아파서 거의 죽을 지경에 이르렀고, 엘리자베스는 그때 막 자신이 연관됐던 연애의 무의미한 결과 때문에 당혹스러웠다. 와인즈버그에서 엘리자베스 나이 또래의 다른 여자들은 식료품점 직원이나 젊은 농부 등 그녀가 항상 알고 있던 남자들과 결혼했다. 저녁이면 그 여자들은 남편과 함께 중심가를 걸었고 엘리자베스가 곁을 지나칠 때 행복한 미소를 지었다. 결혼의 진실은 어떤 숨겨진 중요성으로 가득 차 있을지도 모른다고 엘리자베스는 생각하기 시작했다. 그녀와 얘기를 나눴던 젊은 아내들은 부드럽고 수줍어하며 말했다. "너만의 남자를 갖게 되면 세상이 달라져." 그들은 그렇게 말했다.

결혼하기 전 어느 날 저녁, 당황한 소녀는 아버지와 대화를 나눴다. 나중에 그녀는 만약 아픈 아버지와 둘이서만 보냈던 그 시간들이 결혼하겠다는 그녀의 결정으로 이끌지 않았다면 어땠을지 궁금해했다. 아버지는 당신의 인생에 관해 얘기하면서 그 같은 또 다른 진창으로 이끌리는 것을 피하라고 딸에게 조언했다. 그는 톰 윌라드에 대해 욕을 했고 이로 인해 엘리자베스로 하여금 그 직원을 변명하게 만들었다. 아픈 부친은 흥분해서 침대에서 벗어나려고 했다. 그녀가 걷지 못하게 하자 부친은 불평하기 시작했다. "난 한 번도 혼자 있었던 적이 없어." 그가 말했다. "열심히 일했지만 호텔이 수지맞게 하진 못했지. 심지어 지금도 은행에 빚지고 있어. 내가 가고 나면 알게 될 거야."

병든 남자의 목소리에 진지한 긴장감이 감돌았다. 자리에서 일어날 수 없었던 부친은 손을 뻗어 소녀의 머리를 자신의 옆쪽으로 당겼다. "출구가 하나 있다." 부친이 속삭였다. "톰과 결혼하지 마라, 혹은 여기 와인즈버그의 그 누구와도. 내 트렁크에 8백 달러가 든 양철 상자가 있어. 그걸 갖고 떠나."

다시 병든 남자의 목소리에 짜증이 묻어나기 시작했다. "나한테 약속해야만 한다." 그가 말했다. "결혼하지 않을 거라 약속하지 않겠다면, 톰에게 그 돈에 대해 절대 말하지 않겠다고 약속해 줘. 이건 내 돈이고 내가 그 돈을 너한테 준다면 난 이렇게 요구할 권리가 있다. 그걸 숨겨. 이건 아빠로서 실패한 대가로 너한테 보상해 주는 거야. 언젠가 그것이 너한테 문이, 앞을 열어 주는 커다란 문이 될 거다. 어서, 난 곧 죽을 거야, 그러니 약속해 줘."

닥터 리피의 사무실에서, 마흔한 살의 피곤하고 수척한 나이 든 여자, 엘리자베스는 스토브 근처에 있는 의자에 앉아 바닥을 쳐다봤다. 의사는 창문 부근의 작은 책상에 앉아 있었다. 의사는 책상 위에 놓인 연필을 만지작거렸다. 엘리자베스는 결혼한 여자로서의 자기 인생에 관해 얘기했다. 개인적인 감정은 배제한 채 자신의 얘기를 강조하기 위한 모델로만 남편을 언급했을 뿐 남편에 대해서는 잊어버렸다. "이어 난 결혼했고 그건 전혀 좋지 못한 것으로 드러났죠." 엘리자베스가 비통하게 말했다. "결혼 생활에 들어가자마자 두려워지기 시작했어요. 아마 이전에 너무 많이 알고 있었고 남편과의 첫날 밤 동안 너무 많은 것을 알아 버렸기 때문이겠죠. 기억은 안 나요."

"얼마나 바보였는지. 아버지가 그 돈을 주면서 결혼할 생각을 하지 말라고 말하려 애쓸 때 난 듣지 않으려 했어요. 결혼한 여자들이 결혼에 대해 말했던 것들을 생각했고 그래서 나도 결혼을 원했죠. 내가 원했던 건 톰이 아니라 결혼이었던 거예요. 아버지가 잠들었을 때 난 창문 밖으로 몸을 기대며 살아왔던 인생에 대해 생각했어요. 난 나쁜 여자가 되고 싶지 않았어요. 마을은 나에 관한 얘기들로 가득 찼었죠. 심지어 톰이 마음을 바꿀까 봐 겁나기 시작했어요."

여자의 목소리가 흥분으로 떨리기 시작했다. 무슨 일이 일어나고 있는지 깨닫지도 못한 채 엘리자베스를 사랑하기 시작했던 닥터 리피에게 기묘한 환각이 찾아왔다. 엘리자베스가 얘기할 때 그녀의 몸이 변하고 있다고, 즉 더 젊어지고, 똑바른 자세가 되고, 강해지고 있다고 생각했다. 그 환각을 떨쳐 버릴 수 없게 되자 닥터 리피의 마음은 이를 왜곡해 의사 입장에서 보도록 했다. "이 여자의 몸이나 정신 모두에게 좋은 거야, 이런 얘기가 말이야." 그는 중얼거렸다.

여자는 결혼하고 나서 몇 개월 뒤 어느 날 오후에 있었던 사건에 관해 얘기하기 시작했다. 목소리가 보다 침착해졌다. "어느 늦은 오후, 나 혼자서 드라이브를 나갔죠." 그녀가 말했다. "모이어네 마구간에 맡겨 놨던 마차와 작은 회색 조랑말이 있었어요. 톰은 호텔 방을 칠하고 새로 도배하는 중이었죠. 남편은 돈을 원했고 난 아버지가 내게 준 8백 달러에 대해 남편에게 말하겠다고 결심하려 애쓰는 중이었어요. 그렇게 하기로 결정할 수가 없었죠. 그럴 만큼 남편을 좋아하지 않았어요. 당시 남편 손과 얼굴엔 늘 페인트가 묻어 있었고 페인트 냄새가 났어요. 낡은 호텔을 수리해서 새롭고 멋지게 만들려 했죠."

흥분한 여자는 의자에 아주 똑바른 자세로 앉았고 봄날 오후에 혼자서 드라이브했던 얘기를 하는 동안 소녀처럼 손을 재빨리 움직여 댔다. "구름 낀 날씨였고 폭풍이 올 조짐이 있었어요." 그녀가 말했다. "검은 구름이 나무와 풀의 푸른색을 도드라지게 하는 바람에 그 색깔들이 눈을 아프게 했죠. 트러니언 파이크에서 약 1마일 이상 가다가 옆길로 방향을 돌렸어요. 작은 말은 재빨리 언덕 위를 올라가고 내려갔어요. 난 안달이 났죠. 생각들이 자꾸 떠올라 그 생각들에서 벗어나고 싶었으니까. 말을 채찍질하기 시작했어요. 검은 구름이 자리를 잡더니 비가 내리기 시작하더군요. 난 아주 무서운 속도로 영원히 계속해서 달리고 싶었어요. 마을에서, 내 옷에서, 내 결혼에서, 내 몸에서, 모든 것에서 벗어나고 싶었죠. 말을 달리게 하는 동안 말은 거의 죽을 지경이 되었고 그래서 더 이상 달릴 수 없게 되자 난 마차에서 내려 쓰러져 옆구리를 다칠 때까지 어둠 속에서 맨발로 뛰어갔어요. 모든 것에서 달아나고 싶었지만 동시에 뭔가를 향해 달려가고 싶었어요. 선생님, 무슨 뜻인지 아시겠어요?"

엘리자베스는 자리에서 벌떡 일어나 사무실 안을 서성거리기 시작했다. 닥터 리피가 보기에 그로서는 누구에게서도 본 적이 없는 자세로 그녀는 걸었다. 엘리자베스의 몸 전체에는 그를 취하게 하는 흔들림이, 리듬이 있었다. 엘리자베스가 다가와 의사가 앉은 의자 옆에 무릎을 꿇자 그는 팔로 그녀를 안아 열정적으로 키스하기 시작했다. "집으로 오는 내내 울었어요." 난폭한 드라이브에 관한 얘기를 계속하려 애쓰면서 엘리자베스가 말했지만 의사는 듣지 않았다. "오, 당신! 사랑스러운 당신! 오, 사랑스러운 당신!" 그는 중얼거렸고 자신이 팔에 안은 것은 마흔한 살의 완전히 지친 여자가 아니라, 어떤 기적에 의해 완전히 지친 여자의 몸이라는 껍질을 벗고 자기 자신을 드러낼 수 있었던 사랑스럽고 순수한 여자라고 생각했다.

닥터 리피는 팔에 안았던 그 여자를 그녀가 죽고 나서야 다시 볼 수 있었다. 어느 여름 오후 사무실에서 그녀의 연인이 되려는 찰나, 거의 기이하다고 해야 할 작은 사건이 일어나 그의 구애를 신속히 중단시켜 버렸다. 남자와 여자가 서로를 부둥켜안고 있을 때 사무실 계단을 올라오는 육중한 발자국 소리가 들렸다. 둘은 자리에서 벌떡 일어나 선 채로 몸을 떨며 귀를 기울였다. 계단에서 나는 소음은 파리스 직물 회사의 직원이 내는 소리였다. 그는 큰 소리를 내며 빈 상자 하나를 쓰레기 더미 위에 던져 놓고는 무겁게 계단을 내려갔다. 엘리자베스는 거의 즉각적으로 그 점원을 따라 내려갔다. 하나뿐인 친구에게 말하는 동안 그녀의 내면에서 활기를 띠었던 뭔가가 갑자기 죽어 버렸다. 닥터 리피도 마찬가지긴 했지만 그녀는 불안감이 심해져서 얘기를 계속하고 싶어 하지 않았다. 거리를 따라 걷는 동안 그녀의 몸은 여전히 흥분에 휩싸여 있었으나, 중심가에서 몸을 돌렸을 때 앞쪽에 있던 뉴 윌라드 하우스의 불빛을 보자 몸이 떨려오고 무릎이 흔들려 엘리자베스는 자신이 혹시 거리에 쓰러지고 마는 건 아닐까 잠깐 생각했다.

아픈 여자는 죽기 마지막 몇 개월을 죽음을 갈망하며 보냈다. 죽음의 길을 따라 걷고, 찾고, 열망했다. 그녀는 죽음의 형체를 의인화하여 어떨 땐 언덕 위를 뛰어 올라가는 튼튼한 검은 머리의 청년으로 만들었다가, 어떨 땐 삶이라는 사건으로 얼룩지고 흉터가 난 근엄하고 조용한 남자로 만들기도 했다. 방에 깃든 어둠 속에서 엘리자베스는 침대 커버 밑에서부터 손을 밀쳐 뻗으며, 마치 죽음을 자신에게 손을 내미는 살아있는 존재처럼 생각했다. "조급하게 굴지 말아요, 사랑하는 이여." 그녀가 속삭였다. "당신을 젊고 아름답게 유지하고 조급해하지 말아요."

질병이 엘리자베스의 몸에 육중한 손을 얹고 그리하여 아들인 조지에게 숨겨진 8백 달러에 관해 얘기할 계획을 무산시켜 버린 어느 저녁, 그녀는 침대에서 나와 방을 반 정도 기어간 다음 죽음에게 한 시간만 더 살아 있게 해달라고 애원했다. "기다려요, 그대여! 내 아들! 내 아들! 내 아들!" 그녀는 애원했다. 그토록 간절히 원했던 연인의 팔을 뿌리치기 위해 온 힘을 다하면서.

엘리자베스는 아들인 조지가 열여덟 살이 되던 어느 해 3월에 죽었고, 조지는 엄마의 죽음이 갖는 의미에 대해 느낌이 거의 없었다. 오직 시간만이 이를 그에게 가져다줄 수 있을 뿐이었다. 한 달 동안 조지는 어머니가 창백하게 꼼짝도 하지 않고 말없이 침대에 누워 있는 것을 봐왔고, 이어 어느 날 오후 의사가 그를 복도에서 멈춰 세우고는 몇 마디 말을 건넸다.

젊은이는 자기 방으로 가서 문을 닫았다. 복부 쪽에서 이상한 공허감이 밀려왔다. 그는 잠시 바닥을 노려보며 앉아 있다가 벌떡 일어나 산책에 나섰다. 승강장을 따라 걷다가 거의 자기 일만 생각하면서 고등학교 건물을 지나 주택가를 배회했다. 죽음이란 개념은 조지를 붙잡을 수 없었고 사실 하필 그날에 어머니가 죽었다는 사실 때문에 그는 약간 짜증이 나 있었다. 이전에 자신이 보냈던 쪽지에 대한 답장으로, 은행가의 딸인 헬렌 화이트로부터 그때 막 쪽지를 받았던 것이다. '오늘 밤 그녀를 만나러 갈 수 있었는데 이젠 연기할 수밖에 없겠군.' 거의 화를 내면서 조지는 생각했다.

엘리자베스는 금요일 오후 3시에 죽었다. 오전에는 춥고 비가 왔으나 오후에는 해가 모습을 드러냈다. 죽기 전 약 엿새 동안은 말하거나 움직이지도 못한 채 오직 정신과 눈만이 살아 있는 가운데 마비 상태로 누워 있었다. 그 엿새 중 사흘 동안 아들을 생각하면서, 또 아들의 미래에 대해 몇 마디라도 하려고 노력하면서 몸부림쳤는데, 그녀 눈에는 그토록 감동적인 호소력이 담겨 있어서 이를 본 모든 사람들은 죽어 가는 여자에 관한 추억을 수년간 마음속에 간직했다. 심지어 항상 아내에게 거의 분노하며 지냈던 톰 윌라드조차 분노를 잊어버렸고 눈에서는 눈물이 흘러 콧수염을 적셨다. 수염이 회색으로 변하기 시작해서 톰은 염색을 했었다. 염색 목적으로 사용하고자 준비해 두던 오일이 있었는데, 흘러내려 콧수염에 닿은 눈물을 톰이 손으로 훔치는 바람에 안개와 비슷한 미세한 증기가 만들어졌다. 비통해하는 톰 윌라드의 얼굴은 오랜 시간 동안 혹독한 날씨에 완전히 지쳐 버린 작은 개의 얼굴을 닮아 있었다.

어머니가 죽은 날, 조지는 어두워질 무렵 중심가를 따라 집으로 돌아왔고 머리를 빗고 옷을 털기 위해 자기 방으로 들어간 후 복도를 따라 걷다가 시신이 있는 방으로 들어갔다. 문 옆의 화장대 위에는 양초가 놓였고 닥터 리피가 침대 옆 의자에 앉아 있었다. 의사는 자리에서 일어나 밖으로 나가려고 했다. 마치 젊은이에게 인사를 하는 듯 그는 손을 뻗었다가 이어 어색한 동작으로 다시 거두었다. 자의식을 가진 두 인간의 존재로 방 안의 공기는 무거웠고 의사는 서둘러 방에서 빠져나갔다.

죽은 여자의 아들은 의자에 앉아 바닥을 쳐다봤다. 그리고 다시 자기 일에 대해 생각하다가 인생에 변화를 만들 것이라고, 와인즈버그를 떠나겠다고 굳게 결심했다. "어떤 도시로 갈 거야. 한 신문사에서 일자리를 얻을 수 있겠지." 그렇게 생각하다가 이어 그날 저녁 시간을 같이 보내기로 돼 있었던 소녀가 떠오르자 그녀에게 가지 못하게 한 일련의 사건들에 대해 다시금 거의 화가 치밀었다.

죽은 여자가 누워 있는 침침한 방에서 젊은이는 생각에 잠기기 시작했다. 어머니가 죽음에 대해 이런저런 생각을 했듯이, 그는 삶에 관한 이런저런 생각에 잠겼다. 눈을 감고 헬렌 화이트의 젊고 붉은 입술이 자신의 입술을 건드리는 장면을 상상했다. 몸이 떨려 왔고 손이 흔들렸다. 이어 어떤 일이 일어났다. 소년은 자리에서 벌떡 일어나 뻣뻣한 자세로 섰다. 이어 시트 밑의 죽은 여자 형체를 바라봤고 그가 생각했던 것에 대한 부끄러움이 그를 완전히 휩쓸어 이에 울기 시작했다. 새로운 어떤 생각이 떠올라 조지는 혹시 관찰당하고 있는 건 아닐까 두려워하는 것처럼 몸을 돌려 죄지은 사람처럼 주변을 둘러봤다.

조지 윌라드는 어머니의 몸에서 시트를 들어 올려 얼굴을 보고 싶다는 광기에 사로잡혔다. 머리에 떠오른 생각이 그를 완전히 움켜쥐었다. 그는 자신 앞의 침대에 누워 있는 사람이 엄마가 아닌 다른 누군가라는 확신이 들었다. 그 확신은 너무나 사실적이어서 거의 참을 수가 없었다. 시트 밑의 몸은 길었고 죽음 속에서 젊고 우아해 보였다. 어떤 이상한 환상에 빠진 소년에게 그것은 이루 말할 수 없이 아름다웠다. 앞에 있는 몸이 살아 있고, 사랑스러운 여인이 홀연히 침대에서 튀어나와 자신과 대면하게 될 거라는 느낌이 그토록 강력하게 덮쳐 와 조지는 그 긴장감을 감내할 수 없었다. 계속해서 몇 번이고 조지는 자신의 손을 내밀었다. 딱 한 번 엄마를 덮고 있던 시트를 건드려 반쯤 들어 올렸지만 용기가 꺾여 닥터 리피처럼 몸을 돌려 방에서 빠져나왔다. 그는 문밖의 복도에 멈춰서 몸을 떨었고 이에 몸을 지탱하고자 손으로 벽에 기대야 했다. "내 엄마가 아냐. 저기 있는 사람은 엄마가 아냐." 조지는 혼잣말로 중얼거렸고 다시금 두려움과 불확실성에 몸이 떨려 왔다. 시신을 보살피기 위해 온 엘리자베스 스위프트 부인이 근처 방에서 나오자 조지는 그녀의 손을 잡고 슬픔에 복받쳐 고개를 옆으로 가로저으며 흐느끼기 시작했다. "엄마가 죽었어요." 조지는 이렇게 말하고는 엘리자베스 스위프트 부인의 존재를 잊은 채로 몸을 돌려 그가 방금 나왔던 문을 뚫어지게 쳐다봤다. "오, 당신! 오, 당신! 오, 사랑스러운 당신!" 마치 자신 밖에 있는 어떤 충동에 의해 다그침이라도 받은 듯 소년이 큰 소리로 중얼거렸다.

죽은 여자가 그토록 오랫동안 숨겨 왔던, 또 조지가 도시에서 시작할 수 있게 주려고 했던 그 8백 달러에 관해 말하자면, 돈은 양철 상자에 담긴 채 그녀 침대 다리 부근의 회반죽 벽 뒤에 놓여 있었다. 결혼하고 나서 일주일 뒤, 엘리자베스는 막대기로 회반죽 벽을 깨뜨려 안에다 상자를 갖다 뒀다. 그리고 당시 남편이 호텔에서 고용했던 일꾼들 중 한 명을 불러 벽을 수리하게 했다. "침대 모서리를 그 벽에 대고 고정시켰어요." 해방이라는 자신의 꿈을 포기할 수 없었던 엘리자베스는 남편에게 이렇게 설명했었지만 그해방은 엘리자베스의 인생에서 결국 단 두 번밖에 오지 않았다. 바로 그녀의 연인인 죽음과 닥터 리피가 그들의 팔에 엘리자베스를 안았던 그 순간에만.

성숙

SOPHISTICATION

늦가을의 어느 초저녁, 와인즈버그에서 군 축제가 열려 많은 시골 사람들이 마을로 몰려들었다. 낮에는 청명했으며 밤공기는 따뜻하고 상쾌했다. 마을은 이젠 마른 갈색 잎으로 덮인 딸기밭들 사이로 펼쳐져 있고, 그 마을을 지나는 도로로 이어지는 트러니언 파이크에선 달리는 마차가 일으킨 먼지가 구름이 되어 솟아올랐다. 아이들은 작은 공처럼 웅크린 채 짚이 흩뿌려져 있는 마차 침대에서 잠을 잤다. 아이들의 머리는 먼지로 가득했으며 손가락은 새카만 데다 또 끈적끈적했다. 먼지는 밭들 위로 굴러가듯 물러갔고 밭들은 지는 햇살을 받아 울긋불긋 타올랐다.

와인즈버그 중심가의 상점과 인도는 군중으로 가득 찼다. 밤이 다가왔고, 말들은 울음소리를 냈고, 가게 점원들은 미친 듯 이리저리 뛰어다니고, 길을 잃은 아이들은 우렁차게 울어 대는 등, 미국의 한 마을은 그야말로 흥겨움을 제대로 발산했다.

중심가에서 군중을 밀치고 앞으로 나아가던 젊은 조지 윌라드는 닥터 리피의 사무실로 이어지는 계단에서 몸을 숨긴 채 사람들을 쳐다봤다. 흥분한 눈으로 그는 가게 불빛 아래를 부유하듯 지나쳐 가는 얼굴들을 바라봤다. 머릿속에서는 생각들이 계속해서 떠올랐지만 생각하고 싶지 않았다. 조지는 짜증이 나 목재 계단을 발로 쿵쿵대고는 주변을 날카롭게 둘러봤다. "뭐야, 그녀는 온종일 그놈과 지낼 생각인 거야? 난 헛되게 이렇게 기다린 거야?" 그가 중얼거렸다.

오하이오 마을의 소년인 조지 윌라드는 성인으로 빠르게 성장하고 있어 새로운 생각들이 마음속으로 밀려들었다. 그날 온종일, 조지는 축제에 몰려든 사람들의 한가운데에서 외로움을 느끼며 돌아다녔다. 그는 일자리를 얻길 희망했던 한 도시 신문사가 있는 어떤 도시로 가기 위해 와인즈버그를 곧 떠날 예정이었으며, 자신이 성장했음을 느꼈다. 조지를 사로잡았던 기분은 성인에게는 알려진 것이었고 소년에게는 알려지지 않은 것이었다. 그는 나이가 듦을 느꼈고 다소 피곤해졌다. 내면에서 추억들이 되살아났다. 조지가 생각할 때 성숙함이라는 새로운 감각은 그를 다른 사람으로, 즉 반쯤은 비극적인 사람으로 만들었다. 그는 엄마의 죽음 후 자신을 사로잡았던 이 느낌을 누군가 이해해 주기를 원했다.

살다 보면 모든 소년들은 처음으로 자신의 인생을 되돌아보는 때가 온다. 아마도 그 순간이 성인으로 들어서는 선을 넘은 시기일지 모른다. 소년은 마을의 거리들을 헤집고 돌아다닌다. 그리고 미래를, 또 세상에서 만들어 가게 될 자신의 모습에 대해 생각한다. 야망과 후회가 내면에서 고개를 든다. 갑자기 어떤 일이 생긴다. 그는 나무 아래에서 발걸음을 멈추고 자신의 이름을 부르는 목소리를 기다린다. 옛것들의 유령들이 의식 속으로 기어들어 온다. 그의 외부에 있는 목소리가 인생의 한계에 관한 메시지를 속삭인다. 자신과 자신의 미래에 대해 확신해 왔지만 전혀 확신할 수 없게 된다. 만약 조지가 상상력이 풍부한 소년이라면 그는 문이 찢어져 열리면서 처음으로 세상을, 그러니까 그의 시대 이전에 무無에서 나와 세상으로 와서, 자신들의 삶을 살고 다시 무無 속으로 사라져 갔던 헤아릴 수 없이 많은 사람들이 그의 앞에서 행렬을 이뤄 행진하는 모습을 보게 된다. 성숙의 아픔이 소년에게 닥쳐 온다. 가볍게 한숨을 쉬며, 자신을 단지 마을에 부는 바람에 흩날리는 나뭇잎으로 여긴다. 친구들의 대담한 발언에도 불구하고, 그는 자신이 불확실성 속에서 살고 죽어야 함을 알고 있다, 바람에 흩날리는 존재로, 태양에 시든 옥수수 같은 운명을 가진 존재로. 소년은 몸을 떨며 진지한 눈빛으로 주변을 둘러본다. 인간들의 긴 행렬 속에서, 그가 살았던 18년이라는 시간은 그저 숨을 돌리는 순간에 불과한 듯하다. 이미 그는 죽음이 부르는 소리를 듣는다. 그는 진심으로 다른 어떤 인간에게로 가까이 가고 싶고, 자신의 손으로 누군가의 손을 만지고 싶고, 다른 이들의 손에 건드려지길 원한다. 만약 소년이 그 다른 사람으로 여자를 선호한다면, 이는 여자는 부드러울 것이고 그녀는 이해할 거라 믿기 때문이다. 무엇보다도, 그는 이해를 원한다.

성숙의 순간이 왔을 때 조지 윌라드의 마음은 와인즈버그 은행가의 딸인 헬렌 화이트에게로 향했다. 자신이 남자로 성숙할 때 여자로 성숙하고 있던 그 소녀를 조지는 항상 의식했다. 조지가 열여덟 살이던 어느 여름밤 헬렌 화이트와 함께 시골길을 걸었을 때, 그는 그녀 앞에서 허세를 떨고 그녀의 눈에 자신이 크고 중요하게 보이도록 하고 싶은 충동에 굴복했었다. 이제는 다른 목적으로 헬렌 화이트를 만나고 싶었다. 자신에게 다가온 새로운 충동에 대해 말하고 싶었다. 성인 남자에 대해 아무것도 모를 때 그녀로 하여금 그를 남자로 생각하게 하려 애썼지만 지금은 그녀와 함께 있고 싶고, 자신의 천성에 일어났다고 믿는 변화를 그녀도 느끼게 하고 싶었다.

헬렌 화이트에 관해 말하자면, 그녀 역시 변화의 시기를 맞았다. 조지가 느꼈던 바를 그녀 역시 젊은 여자인 자기만의 방식으로 느꼈다. 그녀는 더 이상 소녀가 아니어서 성숙한 여자의 우아함과 아름다움에 도달할 수 있기를 갈망했다. 헬렌 화이트는 축제에서 하루를 보내려고 대학을 다니고 있던 클리블랜드에서 돌아온 참이었다. 그녀 역시 추억에 잠기기 시작했다. 그날 헬렌은 대학 강사들 중 한 명이자 엄마의 손님이었던 어떤 젊은이와 함께 야외 관람석에 앉아 있었다. 그 남자는 현학적인 성향이어서 헬렌은 그가 그녀의 목적에 적합한 사람이 아님을 당장 알 수 있었다. 옷을 잘 차려입은 데다 낯선 사람이었기에, 축제에서 그와 동행하는 것은 즐거운 일이었다. 그의 존재가 사람들에게 인상적일 것임을 그녀는 알았다. 낮 동안에는 즐거웠지만 밤이 다가오자 초조해지기 시작했다. 강사를 몰아내고 싶었고 그와 떨어져 있고 싶었다. 야외 관람석에서 함께 앉아 있는 동안, 또 이전 학교 친구들의 눈이 그들에게 쏠리는 동안 헬렌 화이트는 동반자에게 너무 신경을 써서 그는 점점 흥미 있는 표정이 되었다. "학자는 돈이 필요해. 돈이 있는 여자와 결혼해야 해." 그가 중얼거렸다.

조지 윌라드가 헬렌 화이트를 생각하면서 많은 사람들 사이를 우울하게 배회하던 바로 그 순간에 그녀는 조지 윌라드를 생각하는 중이었다. 그들이 함께 걸었던 그 여름 저녁을 기억했고 다시 함께 걷고 싶었다. 도시에서 보냈던 몇 달들, 즉 극장에 가거나 불 밝힌 번화가를 배회하던 거대한 군중을 봤던 것이 자신을 심오하게 변화시켰다는 생각이 들었다. 그녀는 자신의 천성에 일어난 변화를 조지가 느끼고 의식하기를 원했다.

아주 분별력 있게 평가하자면, 젊은 남자와 여자 모두의 기억에 강한 영향을 미쳤던 그 함께했던 여름 저녁을 둘은 다소 어리석게 보냈다고 해야 할 것이다. 그들은 마을을 벗어나 시골길을 따라 걸었다. 이윽고 덜 여문 옥수수밭의 한 울타리에 멈춰 섰고 조지는 코트를 벗어 팔에 걸쳤다. "어, 계속 여기 와인즈버그에 머물러 왔어—맞아— 아직 떠난 건 아니지만 난 성장하고 있어." 그가 말했다. "책을 읽고 생각도 해오고 있어. 인생에서 뭔가를 이루기 위해 노력할 거야."

"어," 그가 설명했다. "그건 중요한 게 아니야. 그만 말하는 게 낫겠군."

혼란스러워진 소년은 소녀의 팔에 손을 얹었다. 그의 목소리가 떨렸다. 둘은 왔던 길을 되돌아 마을을 향해 걷기 시작했다. 필사적인 심정으로 조지는 허세를 부렸다. "난 큰 사람이 될 거야, 여기 와인즈버그에서 살았던 그 누구보다 큰 사람이." 그가 단언했다. "너도 뭔가를 하길 바라, 그게 뭔지 난 모르지만. 아마 내가 상관할 일이 아닐 수도 있지. 네가 다른 여자들과 다르게 되기 위해 노력하길 원해. 요점이 뭔지 알 거야. 다시 말하지만 내가 신경 쓸 일은 아냐. 난 네가 아름다운 여자가 되길 원해. 넌 내가 원하는 게 뭔지 알아."

소년의 목소리가 잦아들었고 둘은 침묵 속에 마을로 돌아와 헬렌 화이트의 집으로 가는 길을 따라 걸었다. 대문 앞에서 조지는 인상적인 뭔가를 말하려 애썼다. 생각해 뒀던 대사들이 머리에 떠올랐지만 그것들은 완전히 의미 없는 것처럼 여겨졌다. "난 생각했어, 어, 생각하곤 했어, 네가 세스 리치먼드와 결혼할 거라고. 그러지 않을 거라는 걸 이젠 알아." 그녀가 대문을 통과해 현관을 향해 걸어갈 때 그가 할 수 있었던 말은 이것뿐이었다.

따뜻한 가을 저녁, 중심가를 통과해 떠다니는 군중을 계단에 서서 바라보며 조지는 그 덜 여문 옥수수밭에서의 대화를 떠올리고는 자신이 스스로 만들었던 인물을 부끄러워 했다. 거리에서 사람들은 우리 안에 갇힌 소들처럼 마구 밀려들었다. 좁다란 번화가는 사륜차와 우마차가 거의 점령했다. 밴드가 연주를 했고 꼬마들은 사람들의 다리 사이로 뛰어들며 인도를 따라 달렸다. 붉게 빛나는 얼굴의 젊은이들은 소녀들을 팔로 안고 어색한 자세로 걸었다. 무도회가 열리고 있던 한 가게의 위층에서는 바이올린 연주자들이 악기를 조율하는 중이었다. 중얼대는 소리와 밴드의 쾅쾅대는 커다란 호른 소리 사이로 그 매끄럽지 않은 소리가 열린 창문을 통해 길 아래로 흘러들어왔다. 연달아 들려오는 소리들이 젊은 조지의 신경을 건드렸다. 모든 곳, 사방 도처에서, 북적대고 움직여 대는 생기가 가까이에서 느껴졌다. 그는 혼자서 다른 곳으로 달아난 후 생각하고 싶었다. "그녀가 그놈과 함께 있고 싶다면 그러라고 해. 내가 왜 신경 써야 하지? 그게 나한테 무슨 차이가 있어?" 조지는 으르렁대며 중심가를 따라 걷다가 헤른 식료품점을 통과해 옆길로 들어섰다.

조지는 완전히 외롭고 또 낙담해서 울고 싶어졌지만 자존심 때문에 팔을 흔들며 재빨리 길을 걸어갔다. 웨슬리 모이어 마구간에 와서는 걸음을 멈춰 그늘 속에 있으면서 일단의 사람들이 오후 경주 대회에서 우승한 웨슬리의 종마 토니 팁에 관해 얘기하는 걸 들었다. 군중이 마구간 앞에 모여들었고 웨슬리는 과시하듯 활보하며 군중 앞으로 걸어 나왔다. 그는 손에 들고 있는 채찍으로 땅을 계속해서 두드렸다. 일어나는 작은 먼지들이 램프 불빛을 통해 보였다. "어, 다들 그만 떠들어." 웨슬리가 소리쳤다. "난 걱정 안 했어. 다른 말들을 이길 수 있다는 걸 항상 알고 있었거든. 난 걱정 안 했어."

평소 같으면 조지 윌라드는 기수인 웨슬리의 과시에 강한 관심을 가졌을 것이다. 하지만 지금은 그것이 조지를 화나게 했다. 그는 몸을 돌려 길을 따라 서둘러 걸었다. "늙은 수다쟁이," 조지가 중얼거렸다. "왜 떠벌리고 싶어 하는 거지? 왜 입을 닥치지 않는 거야?"

공터로 들어선 조지가 발걸음을 서두르다 쓰레기 위로 넘어졌다. 빈 통 위로 돌출돼 있던 못이 바지를 찢어 놨다. 조지는 땅에 주저앉아 욕을 했다. 이어 핀으로 옷을 수선하고는 일어나 계속 길을 갔다. "헬렌 화이트의 집으로 갈 거야, 그게 내가 할 일이야. 바로 걸어 들어갈 거야. 그녀가 보고 싶다고 말할 거야. 난 바로 걸어 들어가 자리에 앉을 거야, 그게 내가 해야 할 일이야." 울타리를 넘어 뛰어가기 시작하면서 그가 선언했다.

은행가 화이트 집의 베란다에서 헬렌은 초조하고 심란했다. 강사는 어머니와 딸 사이에 앉았다. 강사의 말은 소녀를 피곤하게 했다. 비록 그 역시 오하이오 마을에서 자랐지만 강사는 도시 사람의 분위기를 띠기 시작했다. 그는 코즈모폴리

턴*처럼 보이고 싶어 했다. "대부분의 우리 소녀들이 가진 배경을 살펴볼 수 있도록 제게 주셨던 기회가 좋았습니다." 그가 선언하듯 말했다. "화이트 양, 오늘을 위해 저를 불러 주시다니, 감사합니다." 그가 헬렌을 향해 돌아앉으며 웃었다. "당신의 삶은 여전히 이 마을의 삶과 밀접한 관련이 있습니까?" 강사가 물었다. "여기에 당신이 관심 있어 하는 사람이 있나요?" 소녀에게 그의 목소리는 거만하고 심각하게 들렸다.

헬렌은 자리에서 일어나 집 안으로 들어갔다. 뒤편의 정원으로 이어지는 문에서 그녀는 걸음을 멈춘 후 서서 귀를 기울였다. 엄마가 말을 시작했다. "헬렌과 같은 신분의 소녀들이 사귀기에 적합한 사람은 여기엔 아무도 없어요."

헬렌은 집 뒤편에 나 있는 계단을 뛰어 내려와 정원으로 들어섰다. 그리고 어둠 속에 멈춘 후 몸을 떨며 서 있었다. 그녀에게 세상은 말을 하는 의미 없는 사람들로 가득 찬 듯했다. 열정으로 가득 찬 그녀는 마구간 구석을 돌아 정원 문을 통과해 달려간 후 작은 옆길로 들어갔다. "조지! 조지, 어디 있어요?" 불안이 깃든 흥분에 휩싸여 헬렌이 외쳤다. 달리기를 멈춘 헬렌이 한 나무에 몸을 기대고 발작적으로 웃었다. 조지는 여전히 중얼대면서 어두운 작은 길을 따라 다가왔다. "난 곧장 그녀의 집 안으로 들어갈 거야. 곧장 들어가 앉을 거야." 헬렌과 가까워질 때 조지가 선언하듯 말했다. 그는 걸음을 멈추

* cosmopolitan. 세계주의 사상을 가진 사람.

고 멍청한 표정으로 바라봤다. "이리 와." 조지는 이렇게 말하며 그녀의 팔을 잡았다. 둘은 고개를 숙이고 나무 아래로 길을 따라 걸어갔다. 발밑에서 마른 잎들이 부스럭거렸다. 이제 그녀를 찾았으므로, 조지는 자신이 무엇을 하고 무엇을 말해야 좋을지 생각했다.

와인즈버그의 장터 위쪽에는 반쯤 부식된 낡은 야외 관람석이 있다. 한 번도 페인트를 칠한 적이 없고 널빤지는 모두 휘어져 제 형태가 아니다. 장터는 와인 시내 계곡 외곽에 솟아올라 있는 낮은 언덕 위에 있어서, 밤에 야외 관람석에 있으면 옥수수밭 너머로 하늘을 배경으로 반사되는 마을의 불빛을 볼 수 있다.

조지와 헬렌은 워터 워크 연못을 지나는 길을 통과해 장터가 있는 언덕을 올라갔다. 마을의 혼잡한 거리에서 젊은이에게 다가왔던 외로움과 고립감은 헬렌의 존재로 인해 깨어지기도 하고 한편으론 강화되기도 했다. 그가 느꼈던 감정은 헬렌에게도 전해졌다.

청춘의 시기에는 항상 사람들 안에서 싸우는 두 가지의 힘이 있다. 따뜻하지만 경솔한 작은 동물은 숙고하고 기억하는 것들에 대항해 투쟁한다. 그리고 조지 윌라드를 사로잡은 것은 보다 나이 들고, 보다 성숙한 것이었다. 조지의 기분을 감지한 헬렌은 존경심으로 가득 차 그 옆에서 걸었다. 야외 관람석에 도착해서는 지붕 밑으로 올라가서 긴 벤치처럼 생긴 좌석에 앉았다.

연례적으로 열리는 축제가 끝난 어느 밤, 한 중서부 마을의 가장자리에 위치한 축제 마당에 가서 얻는 경험에는 기억할 만한 뭔가가 있다. 그 느낌은 결코 잊히지 않는 것이다. 사방에, 죽은 자의 유령들이 아닌, 살아 있는 사람의 유령들이 있다. 마을과 주변 시골에서 쏟아져 나온 사람들이 방금 지나간 낮에 여기로 왔었다. 아내, 자녀와 함께 온 농부와 목조 주택에 사는 수백 가구의 모든 사람들이 이 널빤지로 만든 벽 안에 모여 있었다. 어린 소녀들은 웃었고 턱수염을 기른 남자들은 자신들의 삶에서 일어나는 일들에 관해 얘기했다. 이곳은 흘러서 넘칠 만큼 삶으로 가득 찼었다. 삶으로 근질거리고 꼼지락거렸으나 이제는 밤이 되어 그 생명들은 모두 가 버렸다. 침묵은 거의 무서울 정도다. 우리는 나무 몸통 옆에 조용히 서서 몸을 숨기고 미약했던 우리 본성 안의 사색적인 경향은 강화된다. 인생이 의미 없다는 생각에 몸이 떨려오고 그와 동시에, 만약 마을 사람들이 우리가 잘 아는 사람들이라면, 우리는 인생을 너무도 강렬히 사랑한 나머지 눈에 눈물이 고인다.

야외 관람석 지붕 아래 어둠 속에서 조지는 헬렌 화이트 옆에 앉았고 존재의 계획 안에 그 자신이 무의미하다는 사실을 아주 강렬히 느꼈다. 여러 일로 바쁘게 쏘다니던 사람들의 존재 때문에 그토록 성가셨던 마을에서 이제 벗어났기에 그의 짜증은 모두 사라졌다. 헬렌의 존재가 조지를 다시 새롭게 하고 원기를 불어넣었다. 마치 그녀가 지닌 여자의 손이 조지로 하여금 그의 인생이라는 기계에 미세한 조정을 가하도록 도와주고 있는 것 같았다. 조지는 항상 경외감 비슷한 감정을 품고 살았던 마을의 사람들을 생각하기 시작했다. 그는 헬렌에 대해 경외감을 갖고 있었다. 헬렌을 사랑하고 그녀에게 사랑받고 싶었으나 그 순간엔 헬렌의 여성성 때문에 자신이 혼란스러워지기를 원치 않았다. 어둠 속에서 헬렌의 손을 잡았고 그녀가 살그머니 가까이 다가오자 그녀 어깨에 손을 올렸다. 바람이 불어오기 시작해 조지는 몸을 떨었다. 있는 힘을 다해 자신에게 닥쳐 온 기분을 붙잡고 또 이해하려 애썼다. 높은 곳의 어둠 속에서 이상하게 예민해진 인간 개체 둘은 서로를 꼭 끌어안고 기다렸다. 둘은 각자 마음속으로 같은 생각을 했다. '난 이 외로운 장소로 왔고 여기에 이 다른 사람이 있다.' 이것이 그들이 느꼈던 실체였다.

와인즈버그에서는 혼잡했던 하루가 끝나고 늦가을의 긴 밤이 시작됐다. 농장의 말들은 자기가 감당해야 할 피곤한 사람들을 태우고 외로운 시골길을 따라 터벅터벅 달렸다. 점원들은 상품 견본을 인도에서 안쪽으로 들이고는 가게 문을 잠갔다. 오페라하우스에는 공연을 보고자 사람들이 모였고 더 아래쪽 중심가에서는 조율하던 바이올린 연주자들이 무도회장 바닥 위를 날아다니는 젊은이들의 발에 땀 흘리며 보조를 맞췄다.

야외 관람석의 어둠 속에서 헬렌 화이트와 조지 윌라드는 잠자코 있었다. 이따금 둘 사이를 묶고 있던 마법의 주문이 깨져 둘은 몸을 돌리고 침침한 조명 속에서 서로의 눈을 들여다보려 애썼다. 키스를 하긴 했지만 그 충동은 지속되지 않았다. 장터 위쪽 끝부분에서는 여섯 명의 사람들이 오후에 경주를 벌였던 말들을 돌보고 있었다. 그들은 불을 지피고 물 담은 주전자를 데웠다. 앞뒤로 움직이는 그들의 다리들만 조명을 통해 보일 뿐이었다. 바람이 불어오자 작은 불꽃들이 미친 듯이 춤을 췄다.

조지와 헬렌은 자리에서 일어나 어둠 속으로 걸어갔다. 둘은 아직 추수하지 않은 옥수수밭 근처의 길을 따라 걸었다. 마른 옥수수 잎들 사이에서 바람이 속삭였다. 마을로 걸어 돌아가는 동안 둘을 묶고 있던 주문이 잠시 깨어졌다. 워터워크 힐의 산마루에 들어섰을 때 한 나무 옆에 멈춰 섰고 조지는 다시 헬렌의 어깨에 손을 얹었다. 그녀는 조지를 열정적으로 껴안았으며 이어 둘은 다시 그 충동으로부터 재빨리 물러났다. 둘은 키스를 멈추고 약간 떨어져 서 있었다. 두 사람 사이에 서로에 대한 신뢰가 커졌다. 두 사람 모두 어색해했고 그 어색함을 덜기 위해 어린 동물로 돌아갔다. 그들은 웃으면서 서로를 밀치고 내던졌다. 그들이 빠져 있던 분위기로 인해 왠지 모르게 부드럽고 순화돼 있었던 둘은, 이제 남자와 여자가 아니라, 소년과 소녀가 아니라, 흥분한 작은 동물이 되었다.

그들은 그렇게 하면서 언덕을 내려갔다. 어둠 속에서 둘은 젊은 세계의 멋진 젊은 것들처럼 장난을 쳤다. 한번은 앞으로 재빨리 내달리면서 헬렌이 조지의 발을 걸어 조지가 그만 쓰러지고 말았다. 조지는 창피해하면서 소리를 질렀다. 웃음과 함께 몸을 흔들며 그는 언덕 아래로 굴러갔다. 헬렌이 뒤따라서 뛰어갔다. 잠시 동안 그녀는 어둠 속에서 발을 멈췄다. 그녀의 마음속으로 어떤 여성적인 생각들이 스쳐 지나갔는지 알 길은 없었지만 언덕 아래에 다다랐을 때 헬렌은 소년에게로 와서 그의 팔을 잡고는 위엄 있는 침묵과 함께 그의 옆에서 걸었다. 함께했던 조용한 저녁에서 필요로 했던 것을 둘이서 얻었다는 사실을 그들은 어떤 까닭에서인지 설명할 수 없었다. 남자 또는 소년으로서, 여자 또는 소녀로서, 잠시 동안 둘은 현대 세계에서 남자와 여자의 성숙한 인생을 가능하게 만드는 것을 붙잡았던 것이다.

출발

DEPARTURE

젊은 조지 윌라드는 새벽 4시에 침대에서 일어났다. 4월이어서 어린나무의 잎들은 이제 막 싹이 움트고 있었다. 와인즈버그 주택가를 따라 늘어선 나무들은 단풍나무이고 그 씨들은 바람에 실려 간다. 바람이 불 때면 그것들은 미친 듯이 소용돌이치면서 허공을 채우다 발밑으로 카펫처럼 깔린다.

조지는 갈색 가죽 가방을 들고 아래층의 호텔 사무실로 내려왔다. 트렁크는 출발할 수 있게 꾸려진 상태였다. 2시부터 그는 앞으로 곧 떠나게 될 여행에 대해 생각하면서, 또 그의 여행의 끝에서 무엇을 발견하게 될지 궁금해하면서 깨어 있었다. 호텔 사무실에서 잤던 소년은 문 근처의 간이침대에 누워 있었다. 소년의 입은 벌어져 있고 큰 소리로 코를 골았다. 조지는 조용히 간이침대 옆을 지나 인적 없이 조용한 중심가로 나왔다. 새벽이 오는지 동쪽은 분홍색으로 물들었고 몇 개의 별이 여전히 빛나고 있는 하늘에서는 긴 빛줄기들이 올라갔다.

와인즈버그 트러니언 파이크의 마지막 집 너머로는 광활한 들판이 펼쳐져 있다. 그 밭들은 마을에 살면서 저녁이면 트러니언 파이크를 따라 가볍게 삐걱대는 마차 소리를 내며 집으로 돌아오는 농부들의 소유다. 밭에는 딸기와 작은 과일들이 심겨 있다. 길과 밭들이 먼지로 뒤덮이는 뜨거운 여름의 늦은 오후가 되면 연기처럼 자욱한 연무가 거대하고 평평한 땅의 분지 위를 덮는다. 그것들을 가로질러 보고 있노라면 마치 바다를 가로질러 보는 듯하다. 봄이 되어 땅이 푸르러지면 그 효과는 다소 다르다. 그 땅은 작은 인간이란 곤충이 힘들게 일하며 위아래로 움직이는 넓은 초록색의 당구대로 변한다.

어린 시절과 젊은 시절 내내 조지 윌라드는 트러니언 파이크를 산책하는 습관이 있었다. 눈에 덮여 있고 오직 달만이 내려다보는 겨울밤에 조지는 그 광활한 트인 곳의 한가운데에 있었다. 스산한 바람이 불어오는 가을에, 곤충들의 노래로 공기가 진동하는 여름 저녁에 그는 그곳에 있었다. 4월 아침에 조지는 그곳에 다시 가고 싶어졌고 침묵 속에 다시 걷고 싶었다. 실제로 조지는 마을에서 2마일 떨어진, 시냇물로 인해 다소 움푹 팬 도로까지 걸어갔고 이어 몸을 돌려 다시 조용히 되돌아왔다. 중심가로 돌아왔을 때 점원들은 가게 앞 인도를 청소하는 중이었다. "안녕, 조지. 떠난다니 기분이 어때?" 그들이 물어왔다.

서쪽으로 가는 기차는 와인즈버그에서 오전 7시 45분에 떠난다. 톰 리틀이 차장이다. 그의 기차는 클리블랜드에서 출발해 거대한 철도의 본선을 따라 연결되는 시카고와 뉴욕의 종점 같은 곳들까지 달린다. 철도 계통에 있는 사람들이 하는 말로 톰은 '쉽게 달리는' 사람이다. 매일 저녁 톰은 그의 가족에게 돌아온다. 가을과 봄이면 일요일마다 이리호에서 낚시를 한다. 그의 얼굴은 붉고 둥글며 눈은 파랗다. 톰은 철도를 따라 늘어선 마을 사람들을 도시에 사는 사람이 그의 아파트 건물에 사는 사람들을 아는 것보다 더 잘 알고 있다.

7시에 조지는 뉴 윌라드 하우스의 작은 경사면을 따라 내려왔다. 톰 윌라드가 그의 가방을 들었다. 아들은 아버지보다 키가 더 커졌다.

승강장에서 모두가 젊은이와 악수를 했다. 여섯 명 이상의 사람들이 그곳에서 기다렸다. 이어 그들은 자신들의 일에 관해 얘기했다. 심지어 게으르고 자주 9시까지 잠을 자는 윌 핸더슨마저 침대에서 일어났다. 조지는 당황스러웠다. 와인즈버그 우체국에서 일하는 50세의 키 크고 여윈 여자인 거트루드 윌멋이 승강장을 따라 다가왔다. 그녀는 이전엔 조지에게 신경 쓴 적이 한 번도 없었다. 지금은 그녀가 멈춰 서서 손을 내밀었다. 그리고 단 두 마디로 모든 이가 느꼈던 바를 표현했다. "행운이 있기를." 그녀는 이렇게 큰 소리로 말하고는 몸을 돌려 떠나갔다.

기차가 역에 도착하자 조지는 안도감을 느꼈다. 그는 재빨리 서두르며 기차에 올라탔다. 헬렌 화이트가 작별 인사를 할 수 있기를 바라며 중심가를 따라 달려오고 있었지만 좌석을 발견한 그는 그녀를 보지 못했다. 기차가 출발할 때 톰 리틀은 조지의 티켓을 검표하고는 씩 웃었으며, 조지를 잘 알고 조지가 막 시작한 모험에 대해서도 알고 있었지만 아무 말도 하지 않았다. 톰은 마을을 떠나 도시로 가는 천 명의 조지 윌라드를 봐왔다. 그에게는 너무나도 흔한 풍경이었던 것이다. 흡연실에는 샌더스키 베이로 낚시 여행을 가자고 방금 톰에게 제안한 남자가 타고 있었다. 톰은 그 제안을 받아들이고 이에 대해 자세히 얘기하고 싶었다.

조지는 아무도 없는지 확실히 하기 위해 기차 안을 위아래로 훑어본 다음 지갑을 꺼내어 돈을 세었다. 그는 풋내기처럼 보여서는 안 된다는 생각에 몰두해 있었다. 아버지가 마지막으로 말한 것들 중 대부분은 조지가 도시에 도착했을 때의 행동에 관한 것이었다. "영리한 사람이 되어야 한다." 톰 윌라드가 말했다. "돈에서 눈을 떼지 말거라. 깨어 있어야 해. 그게 핵심이다. 누구도 너를 애송이라고 여기게 해선 안 돼."

돈을 세고 나서 창밖을 바라보았을 때 기차가 여전히 와인즈버그에 있음을 알고 그는 놀랐다.

인생의 모험을 만나기 위해 마을을 떠나고 있는 젊은이는 생각에 잠기기 시작했지만 그가 생각했던 것은 크고 극적인 그 무엇도 아니었다. 어머니의 죽음, 와인즈버그에서의 출발, 도시에서의 그의 미래의 불확실성, 그의 인생의 심각하고 커다란 관점 같은 것들은 마음에 없었다.

그는 작은 것들을 생각했다. 아침이면 판자를 싣고 마을의 중심가를 통과해 운전하던 터크 스몰렛, 한때 아버지 호텔에서 하룻밤을 묵었던 가운 차림의 키 크고 아름다운 여인, 여름날 저녁이면 손에 횃불을 들고 거리를 서둘러 돌아다니면서 램프에 불을 밝히던 부치 휠러, 와인즈버그 우체국에서 우표를 봉투에 붙이며 창가에 서 있던 헬렌 화이트.

젊은이의 마음은 꿈에 대한 커져 가는 열정으로 옮겨 갔다. 그를 보는 사람이 있었다면 그가 특별히 똑똑하다고 생각하진 않았을 것이다. 마음속으로 작은 것들을 회상하면서 조지는 눈을 감고 좌석에 등을 기대었다. 그렇게 한동안 있다가 잠에서 깨어 다시 창밖을 바라보자 와인즈버그의 마을은 사라졌고 그곳에서의 자신의 인생은 성인으로서 자신의 꿈을 칠하게 될 배경에 지나지 않게 되었다.

〈끝〉

100년 전의 이야기, 그러나 여전히 유효한 이야기

공교롭게도 딱 100년이다. 『와인즈버그, 오하이오』의 출간 연도가 1919년이니 올해로 정확히 100년이 되었다. 그럼에도 불구하고 구어체에 바탕을 둔 소박한 문체, 그리고 금욕보다는 인간적인 감정에 충실한 시각을 통해 헤밍웨이, 포크너, 스타인벡에게 영향을 끼쳤던 셔우드 앤더슨의 『와인즈버그, 오하이오』는 모던라이브러리Modern Library에서 1998년에 선정한 '20세기 영어로 쓰인 소설들 중 최고의 작품 100선100 best English-language novels of the 20th century'에서 24위에 오르는 등 여전히 말 그대로 고전의 반열에 올라 있다.

오하이오주에 위치한 가상의 마을 와인즈버그를 무대로 펼쳐지는 이 작품은 일종의 성장소설이다. 도입부 격인 목수 이야기부터 시작해 실질적인 주인공이며 화자라 할 조지 윌라드가 마을을 떠나는 장면까지 유기적인 연관성을 갖는 총 스물다섯 개의 아름다운 단편들로 구성돼 있다. 각 단편의 주인공들은 나이나 성별, 직업이 제각각임에도 일관된 공통점을 갖고 있는데, 바로 하나같이 외롭고 고립된 인간이라는 점이다. 이들은 과거의 경험이나 시대적 배경에 의한 제약, 또는 타고난 성향 등 나름의 다양한 상처들로 인해 괴로워한다. 셔우드 앤더슨은 이를 '진실'과 '기이함'이라는 단어로 포착하는 지극히 문학적인 통찰력을 발휘해 다음과 같이 요약했다.

'사람들을 기이하게 만든 것은 바로 진실들이었다. 이 문제에 관해 노인은 아주 정교한 이론을 지니고 있었다. 그들 중 한 명이 하나의 진실을 그의 것으로 취하고, 이를 그의 진실이라 칭하고, 그리고 그것에 따라 인생을 살아가려고 애쓰는 바로 그때, 그는 기이하게 변했고 그가 품었던 진실은 거짓이 되었다는 것이 작가의 견해였다.'

한 세기라는 시간의 간극과 20세기 초의 미국 중소 도시라는 낯선 배경임에도 불구하고 『와인즈버그, 오하이오』는 현재를 사는 우리들에게도 충분한 공감대를 선사한다. 그것은 지금의 우리들 역시 한편으론 상처받은 외롭고 고립된 존재들이기 때문이며, 그리하여 작품 속 와인즈버그의 사람들은 변형된 다양한 모습으로 여전히 우리들 주변을 서성대고 있기 때문이다. 시대를 뛰어넘어 변함없이 읽을 만한 가치를 지닌 작품을 고전이라 정의한다면, 이것만으로도 고전으로서의 『와인즈버그, 오하이오』의 유효성에는 부족함이 없다 하겠다.

저명한 비평가인 말콤 카울리Malcolm Cowley는 셔우드 앤더슨에 대해 영감에 의존하는 작가로 진실의 순간을 생생하게 포착해 내는 재능을 갖고 있다고 언급한 바 있는데 이러한 재능이 최고도로 구현된 것이 바로 『와인즈버그, 오하이오』다. '죽음이 아닌 삶이야말로 위대한 모험이다'라는 자신의 묘비명처럼, 페인트 공장을 운영하던 사업가에서 작가의 길로 뛰어들었던 셔우드 앤더슨은 소설, 시, 희곡 등 다양한 장르에서 수십 편에 달하는 작품을 남겼고 그중에서도 『와인즈버그, 오하이오』는 가히 가장 빛나는 수작으로 남았다.

책을 읽는다는 것은 언제나 즐겁다. 번역 역시 일종의 집중된 독서인 만큼 즐거운 과정이었으나 혼자서 즐기고 끝나는 독서와는 엄연히 다르기에 독자들이 최대한 온전히 작품을 감상할 수 있도록 작가의 문체와 표현을 살리고자 애썼다. 작업을 마치고 나면 언제나 그렇듯 끝 모를 아쉬움이 남지만, 셔우드 앤더슨의 천재적 재능이 유감없이 발휘된 이 작품을 감상하는 데 조금이라도 도움이 되었다면 더 바랄 나위가 없겠다.

이 책이 나오기까지 많은 분들의 도움과 수고가 있었으며 특히 보다 매끄러운 번역이 될 수 있도록 아낌없는 응원과 도움을 주셨던 새움출판사 편집부 김자윤 님께 깊은 감사를 드리는 바이다.

2019년 8월

박영원

셔우드 앤더슨 연보

1876. 미국 오하이오주 캠든에서 마구 제작자 어윈 매클레인과 엠마 제인 앤더슨 사이의 일곱 남매 중 셋째로 출생.

1884. 오하이오주 클라이드로 이사. 아버지의 사업 실패와 폭음으로 생계가 어려워짐.

1890. 정규 교육을 중단하고 신문 배달원, 심부름꾼, 마구간지기 등으로 일함 .

1895. 가정 형편이 더 어려워지고 어머니가 결핵으로 사망. 클라이드를 떠남.

1896. 시카고로 건너가 형의 도움으로 루이스 인스티튜트에서 야간 수업을 들음.

1898. 스페인 전쟁에 참전하기 위해 입대, 쿠바에서 복무.

1899. 스페인 전쟁이 종전되어 귀국. 오하이오주 스프링필드의 비텐베르크 아카데미에서 고등학교 과정을 수료. 교사 트릴레나 화이트를 만나 문학에 심취.

1900. 졸업 후 크로웰 광고회사의 경영주 해리 시몬스가 광고기획자로 발탁.

1902. 크로웰 광고회사를 떠나 프랭크 B. 화이트 광고회사에 취직. 다양한 광고 카피와 칼럼을 씀.

1906. 오하이오주 털리도의 부유한 사업가의 딸인 코넬리아 레인과 결혼. 시카고 남부에 정착.

1906. United Factories Company의 사장으로 취임해 클리블랜드로 이사.

1907. 장남 로버트 레인 출생. 사업 스트레스로 신경쇠약에 걸림. 사장직을 사임하고 오하이오주 일리리아로 이사. Anderson Manufacturing Company를 설립해 방수페인트를 판매하기 시작.

1908. 차남 존 셔우드 출생.

1911. 장녀 매리언 출생. 사업이 번창해 American Merchant Company와 합병.

1912. "발이 점점 더 축축하게 젖고 있다"라는 말을 남기고 사무실을 나가 실종

된 지 나흘 만에 기억을 잃은 채로 발견됨. 이후 치료를 받았으나 이때의 기억은 돌아오지 않았고 사업을 정리한 뒤 전업 작가의 길을 걷게 됨. 마거릿 앤더슨이 편집장으로 있던 《The little Review》에 에세이와 단편들을 발표하기 시작.

1916. 코넬리아 레인과 이혼하고 조각가 테네시 미첼과 결혼. 첫 장편소설 『윈디 맥퍼슨의 아들』 출간.

1918. 월트 휘트먼의 영향을 받은 첫 시집 『미국 중서부의 노래』 출간.

1919. 연작단편집 『와인즈버그, 오하이오』 출간.

1920. 장편소설 『불쌍한 화이트』 출간.

1921. 단편집 『달걀의 승리: 시와 단편으로 미국인의 삶을 포착한 단상 모음』 출간. 다이얼Dial상 수상.

1923. 성적 자유를 다룬 소설 『많은 결혼들』 출간. F. 스콧 피츠제럴드에게 "앤더슨 최고의 소설"이라는 평을 들음. 단편집 『말馬과 인간들』 출간.

1924. 테네시 미첼과 이혼. 윌리엄 포크너의 친구 엘리자베스 프롤과 세 번째로 결혼. 뉴올리언스로 이주. 윌리엄 포크너, 칼 샌드버그, 에드먼드 윌슨 등 작가들과 친교. 회고록 『어느 이야기꾼의 이야기』 출간.

1925. 1920년대의 새로운 성적 자유를 다룬 『검은 웃음소리』가 출간되어 베스트셀러가 됨. 에세이집 『현대의 작가』 출간. 버지니아주 트라우트데일로 이주하여 농장을 구입.

1926. 반半 자전적 소설 『타르: 중서부의 유년기』와 회고록 『셔우드 앤더슨의 공책』 출간.

1927. 버지니아주 메리언 출판사를 매입, 두 개의 지방신문 편집장이자 발행인이 됨. 산문시집 『신약성서』 출간.

1929. 두 개의 자전적 작품으로 구성된 단편집 『앨리스와 잃어버린 소설』과 신문 사설 모음집 『헬로, 타운즈!』 출간.

1930. 논픽션 에세이집 『아메리칸 컨트리 페어』 출간.

1931. 여성 문제에 관한 에세이집 『어쩌면 여자들은』 출간.

1932. 세 번째 아내 엘리자베스 프롤과 이혼. 장편소설 『욕망을 넘어』 출간.

1933. 엘리너 코펜헤이버와 결혼. 단편집 『삼림 속의 죽음 외』 출간.

1935. 에세이집 『당황한 아메리카』 출간.

1937. 희곡집 『희곡, 와인즈버그 외』 출간.

1939. 에세이집 『리얼리즘에 대한 어느 작가의 개념』 출간.

1940. 사진에세이 『홈타운』 발간.

1941. 남미 크루즈 여행에서 실수로 이쑤시개를 삼키는 바람에 장에 천공이 생겨 복막염으로 사망.

1942. 유고집 『셔우드 앤더슨의 회고록』 출간.